德孝舜地

毕星星 著

作家出版社

序 一

张 平

　　为了深入贯彻落实习近平总书记视察山西重要讲话和重要指示精神,山西省运城市委宣传部策划编撰了"典藏古河东丛书",共十一本。本丛书旨在反映河东的悠久历史和文化底蕴,传承和弘扬河东优秀传统文化,为推动经济社会发展提供强大的价值引导力、文化凝聚力和精神推动力,提升运城的知名度、美誉度。

　　运城,位于黄河之东,又称"河东"。河东是一片古老而神奇的土地,数千年来,大河滔滔,汹涌奔腾,物华天宝,钟灵毓秀,人杰辈出,群星灿烂,孕育了悠久而灿烂的历史文化,具有厚重的人文历史积淀,构成了中国传统文化的重要基因,植根于中国人的血脉,不愧为中华文明的摇篮。

　　关于"河东"的说法,最早来源于《尚书·禹贡》的记载。《禹贡》划分天下为九州,首先是冀州,其次分别为兖州、青州、徐州、扬州、荆州、豫州、梁州、雍州,皆以冀州为中心。冀州,即古代所谓的"河东"。当时的河东是华夏文明的轴心地带。河东,在战国、秦汉时指今山西西南部,后泛指今山西省,因黄河经此由北向南流,这一带位于黄河以东而得名。战国中期,秦国夺取了魏国的西河和韩国的上党以后,魏国为加强防守,遂置河东郡,国都在今运城市安邑镇。公元前290年,秦昭王在兼并战争中迫使魏国献出河东地四百里给秦。秦沿袭魏河东郡旧名不变,治所在安邑(今山西夏县西北禹王城）。秦始皇统一六国，设三十六郡，运城属河东郡，治所安邑。汉代的河东，辖今山西阳城、沁水、浮山以西，永和、隰县、霍州市以南地区。东晋义熙十四年（418年），河东郡移治蒲坂（今山西永济市蒲州镇），辖境缩小至今山西西南汾河下游至王屋山以西一角。隋废，寻复置。唐改河东郡为蒲州，复改为河中府。唐天宝、至德时又曾改蒲州为河东郡。宋为河东路，辖山西大部、河北及河南部分地区，至金朝未变。元、明、清与临汾同为平阳府，治所平阳（今临汾尧都区）。民国三年至十九年，运城、临汾及石楼、灵石、交口同属河东道。古代，由于河东位于两大名都长安和洛阳之间，其他州郡对其形成众星捧月之势，因此，河东无论在政治、经济、文化上都具有重要的地位。河东所辖的地区范围不断发生变化，但其疆界基本上以现代的山西运城市为中心。今天的河东地区，特指山西运城市。

河东，位于山西西南部，是中国两河交汇的风水佳地。黄河滔滔，流金溢银，纵横晋陕峡谷；汾水漫漫，飞珠溅玉，沃育河东厚土。在今天之运城，黄河从河津寺塔西侧入境，沿秦晋峡谷自北向南，出禹门口后，一泻千里，由北向南经河津、万荣、临猗、永济，在芮城县的风陵渡曲折向东，过平陆、夏县，到垣曲县的碾盘沟出境，共流经运城市八个县（市）。汾河是山西的母亲河，发源于宁武管涔山脉，从南至北流经河东大地。汾河自新绛县南梁村入境，经新绛、稷山、河津、万荣四县（市），由万荣县庙前汇入黄河，灌溉着河东万顷良田。华夏民族的始祖在河东繁衍生息，中国古代第一部诗歌总集《诗经》里的许多诗篇歌吟过河东大地。黄河和汾河交汇之处——山西运城市，吸吮黄河和汾河两大母亲河的乳汁，滋生了悠久灿烂的华夏文明，源远流长。在朝代的兴替与岁月的更迭中，河东大地描绘了多少华夏儿女的动人画卷，道尽多少人间的沧桑变化！

河东，地处晋、豫、陕交会的金三角地区。山西省运城市、河南省三门峡市、陕西省渭南市，区域总面积约五万二千平方公里，总人口约一千七百余万，共同形成了晋陕豫三省边缘"黄河金三角区域"，构成了以运城市为核心的文化经济圈。这个区域，位于我国中、西部交界地带，接通华北，连接西北，笼罩中原，位置优越，不仅是华夏文明的发祥地，而且在全国经济发展中具有承东启西、贯通南北的作用。该区域的历史文化、资源禀赋、旅游优势、经济协作，可以发挥重要的经济文化互相促进的平台效应，具有"以东带西、东中西共同发展"的战略价值。研究河东历史文化，对于繁荣黄河金三角地区的文化，打造区域经济圈，都具有非常重要的现实意义。

河东，是"古中国"的发祥地。河东地区，属于人类最早活动的区域之一。这片美丽富饶的大地上，远古时期气候温和，土地肥沃，山脉起伏，河汉纵横，绿草丰茂，森林覆盖，飞鸟鸣啾，走兽徜徉，是人类栖息的理想地方。著名考古学家苏秉琦教授在其《华人·龙的传人·中国人》一文中指出："晋南地区是当时的'帝王所都'。帝王所都为'中'，故曰'中国'。而'中国'一词的出现正在此时。'帝王所都'，意味着古河东地区曾经是华夏民族的先祖创建和发展华夏文明的活动中心。"自从盘古开天地、三皇五帝到今天，从远古文明到石器时代，从类人猿到原始人、智人的进化，河东这块土地都充当了亲历者和见证者。

人类的远祖起源于河东。1995年5月，中美科学家在山西省垣曲县寨里村，发现了世界上最早的具有高等灵长类动物特征的猿类化石，命名为"世纪曙猿"。它生活在距今四千五百万年以前，比非洲古猿早了一千多万年。中美科学家在英国权威科学期刊《自然》杂志上联合发表论文，证实了人类的远祖起源于山西垣曲县寨里村，推翻了"人类起源于非洲"的论断。

人类文明的第一把圣火燃烧于河东。西侯度遗址位于山西省芮城县西侯度村，考古学家发掘出土的石器有石核、石片、砍斫器、刮削器和三棱大尖状器，动物化石有巨河狸、山西披毛犀、中国野牛、晋南麋鹿、步氏羚羊、李氏野猪、纳玛象等，尤其在文化层中发现了带切痕的鹿角和动物烧骨，这是中国最早的人类用火证据。证明远在二百四十三万年前，人类就在这里生活居住，并已经掌握了"火种"。

中国的蚕桑起源于河东。《史记》记载了"嫘祖始蚕"的故事。河东地区有"黄帝正妃嫘祖养蚕缫丝"的传说。西阴遗址位于山西省夏县西阴村。1926年，考古学家李济主持发掘该处遗址，出版了《西阴村史前遗存》一书。该遗址属于新石器时代，西北倚鸣条岗，南临青龙河，面积约三十万平方米。此处发掘出土了许多石器和骨器，最具震撼力的是发现了半枚经人工切割过的蚕茧壳。这为嫘祖养蚕的传说提供了有力实证。2020 年，人们又在山西夏县师村遗址出土了仰韶文化早期遗物，主要有罐、盆、钵、瓶等。尤为重要的是，还出土了四枚仰韶早期的石雕蚕蛹。西阴遗址和师村遗址互相印证，意味着至迟在距今六千年以前，河东的先民们就掌握了养蚕缫丝的技术，成为中华文化的重要标识之一。

远古时代，黄帝为首的华夏族部落生活在河东一带。黄帝的元妃嫘祖是河东地区夏县人，宰相风后是河东地区芮城县风陵渡人。黄帝和蚩尤大战于河东地区的盐池一带。传说黄帝取得胜利后尸解蚩尤，蚩尤的鲜血流入河东盐池，化为卤水，因而这里被命名为"解州"。今天运城市还保存着"解州镇"的地名。盐池附近有个村庄名叫蚩尤村，相传是当年蚩尤葬身的地方。后来人们将蚩尤村改名"从善村"，寓弃恶从善之意。黄帝战胜蚩尤之后，被各诸侯推举为华夏族部落首领。《文献通考》道："建邦国，先告后土。"黄帝经过长期战争后，希望国泰民安，天下太平，得到大地之神——后土的护佑。于是，黄帝带领部落首领来到汾阴脽上，扫地为坛，祭祀后土，传为千古佳话。明代嘉靖版《山西通志》记载："轩辕扫地坛在后土祠上，相传轩辕祭后土于汾脽之上。"

河东地区是中华民族的先祖尧、舜、禹定都的地方。文献记载："尧都平阳（今临汾）、舜都蒲坂（今永济）、禹都安邑（今夏县）。"据史料记载，尧帝的都城起初设在蒲坂，后来迁至平阳。清光绪十二年（1886 年）的《永济县志》记载："尧旧都在蒲。"《水经注》："雷首，俗亦谓之尧山，山上有故城，又曰尧城。"阚骃《十三州志》："蒲坂，尧都。"如今运城永济市（蒲坂）遗存有尧王台，是当年尧舜实行"禅让制"的见证地。舜亦建都于蒲坂。史籍载：舜生于诸冯，耕于历山，陶于河滨，渔于雷泽，都于蒲坂。远古时期，天地茫茫，人民饱受水灾之苦。禹的父亲鲧治水失败。禹吸取教训，从冀州开始，踏遍九州，改"堵"为"疏"，三过家门而不入，历经十三年最终治水成功。《庄子·天下》记载："昔禹之湮洪水，决江河而通四夷九州也。名山三百，支川三千，小者无数。"禹治水有功，舜把天子之位禅让给禹。禹建都安邑，其遗址在山西夏县的禹王城。《括地志》道："安邑故城在绛州夏县东北十五里，本夏之都。"禹王城遗址出土了东周至汉代的许多文物，其中有"海内皆臣，岁丰登熟，道无饥人"十二字篆书。从尧舜禹开始，河东便是帝王的建都之地。

运城盐池是中国古代重要的食盐产地，被田汉先生赞为"千古中条一池雪"。它南倚中条，北靠峨嵋，东邻夏县，西接解州，总面积一百三十二平方公里。盐湖烟波浩渺，硝田纵横交织，它与美国犹他州澳格丁盐湖、俄罗斯西伯利亚库楚克盐湖并称为世界三大硫酸钠型内陆盐湖。据《河东盐法备览》记载，五千多年前，我们的祖先在运城盐池发现并食用盐。《汉书·地理志》："河东，地平水浅，有盐铁之饶，唐尧之所都也。"黄河和汾河两河交汇的地理优势、丰富的植被和盐业资源，为古人类提供了良好的生活条件。当年，舜帝曾在盐湖之畔，抚五弦之琴，吟唱《南风歌》：

南风之薰兮，

可以解吾民之愠兮。

南风之时兮，

可以阜吾民之财兮。

运城在春秋时称"盐邑"，汉代称"司盐城"，宋元时名为"运司城""凤凰城"等。因盐运而设城，中国仅此一处。河东人民在千百年的生产实践中总结出的"五步法"产盐工艺，是全世界最早的产盐工艺，被英国科学家李约瑟称为"中国古代科技史上的活化石"。

万荣县后土祠是中华祠庙之祖。后土祠位于山西万荣县庙前镇，《水经注》道：河东汾阴"有长阜，背汾带河，长四五里，广二里有余，高十余丈，汾水历其阴，西入河"。孔尚任总纂《蒲州府志》记载："二帝八元有司，三王方泽岁举。"尧帝和舜帝时期，确定八个官员专管后土祭祀，夏商周三朝的国君每年在汾阴举行祭祀后土仪式。遥想当年，汉武帝在汾阴建立后土祠，写下了传诵千古的《秋风辞》。从汉、南北朝、隋、唐、宋至元代，先后有八位皇帝亲自到万荣祭祀后土，六位皇帝派大臣祭祀后土。万荣后土祠，堪称轩辕黄帝之坛、社稷江山之源、中华祠庙之祖、礼乐文明之本、黄河文化之魂、北京天坛之端。

河东是中国农耕文明的发祥地之一。河东地处黄河流域、黄土高原腹地，远古时代气候温润，物产丰富，具有发展农业生产的优越的自然地理环境。舜耕历山，禹凿龙门，嫘祖养蚕，后稷稼穑，这些历史传说都发生在河东大地。《晋书·天文志上》："稷，农正也，取乎百谷之长以为号也。"后稷是管理农业的长官、百谷之长。《孟子》："后稷教民稼穑，树艺五谷；五谷熟，而民人育。"意思是，后稷教民从事农业，种植五谷，五谷丰收，人民得到养育。传说后稷在稷王山麓（在今山西稷山县境）教民稼穑，播种五谷，是远古时代最善种稷和粟的人，被称之为"稷王"。人们把横跨万荣、稷山、闻喜、运城东西二十里、南北三十里的山脉，叫作"稷王山"。迄今为止，在河东已发现石器时代遗址四百余处，出土的农耕工具有石斧、石锛、石锄、石铲等；粮食加工工具有石磨盘、石磨棒、石杵等；收割工具有半月形石刀、石镰、骨铲、蚌镰等。万荣县保存有创建于北宋时期的稷王庙，是我国现存唯一一座宋代庑殿顶建筑。

大江东去，浪淘尽，千古风流人物。五千年的中华文明史，孕育了无数杰出人物，史册的每一页都有河东的亮丽身影。

荀子，名况，战国晚期赵国郇邑（故地在山西临猗、安泽和新绛一带）人，在历史上属于河东人。他一生辉煌，兼容儒法思想；贡献杰出，塑形三晋文化。中国古代社会，先秦两汉之际是一个巨大的转折点，开启了新型的大一统时代。荀子继承和发扬了孔孟以来的儒家思想，提出儒、法融合，把道德修身、道德教化、道德约束之政治结合在一起，强调以先王之道、圣人之道和仁义之道治理天下，主张思想统一、制度统一，对秦汉以后的中国古代政治制度建设起了重要作用。从对社会现实和历史进程的影响来看，荀子是中国古代最有贡献的思想家之一。

关羽，东汉末年名将，被后世崇为"武圣"，与"文圣"孔子齐名。《三国志·蜀书》道："关羽，字云长，本字长生，河东解人也。"东汉末年朝廷暗弱，军阀混战，百姓流离失所，在兵燹战火中煎熬挣扎。时天下大乱，各种政治势力分合不定，各个阵营的人物徘徊左右。选择刘备，就是选择了艰难的人生道路；忠于汉室，就意味着奋斗和牺牲。关羽一生堂堂正正，坦坦荡荡，报国以忠，为民以仁，待人以义，交友以诚，处事以信，对敌以勇，俯仰不愧天地，精诚可对苍生。关羽身上体现了中国传统道德的忠义孝悌仁爱诚信。古代以民众对关公的普遍敬仰为基础，以朝廷褒封建庙祭祀为推动，以各种艺术的传播为手段，以历史长度和地域广度为经纬，产生了体现中华传统文化核心价值和民族道德伦理的关公文化。

卢纶，字允言，河中蒲州（今山西永济市）人。唐玄宗天宝末年进士，历官秘书省校书郎、监察御史、检校户部郎中等。唐代杰出诗人。明王士禛《分甘余话》道："卢纶，大历十才子之冠冕。"卢纶存诗三百三十九首，是处于盛唐到中唐社会动乱时代的诗人。他的《送绛州郭参军》，至今读来，仍有慷慨之气：

> 炎天故绛路，
> 千里麦花香。
> 董泽雷声发，
> 汾桥水气凉。
> ……

卢纶无疑是大历时期最具有独特境界的诗人，他的骨子里流淌着盛唐的血液，积极向上，肯定人生；不屈不挠，比较豁达；关心社会民生，不斤斤计较个人得失，一生都在努力创作诗歌。卢纶的诗歌气魄宏伟，境界广阔，善于用概括的意象，描绘盛唐的风韵。他在唐诗长河中的贡献与孟郊、贾岛等相比丝毫不弱。他的诗歌不仅在大历时期，在整个唐代也具有独特的价值。

司马光，字君实，陕州夏县（今山西夏县）涑水乡人。他历仕仁宗、英宗、神宗、哲宗四朝，是北宋伟大的政治家、史学家、文学家。司马光主政期间，提出"兴教化，修政治，养百姓，利万物"的治国理念，加强道德教育，改变社会风气；严格选用人才，严明社会法治；倡导"轻租税，薄赋敛，已逋责"的民本思想，希望实现"致中和，天地位焉，万物育焉"的天下大治的理想社会。他主持编纂的中国最大的一部编年体通史《资治通鉴》，与《史记》并列为中国古代史家之绝笔。全书共二百九十四卷三百万字，上起周威烈王二十三年（前403年），下迄五代后周世宗显德六年（959年），共记载了十六个朝代一千三百六十二年的历史，历经十九年编辑完成。清代学者王鸣盛评价《资治通鉴》说："此天地间必不可无之书，亦学者必不可不读之书。"司马光的著作另有《司马文正公集》《稽古录》《涑水纪闻》《独乐园集》等。

河东历史上的许多大家族，代有人杰，长盛不衰。河东的名门望族主要有裴氏家族、薛氏家族、王氏家族、柳氏家族、司马家族等。闻喜县裴氏家族为世瞩目，被誉为"宰相世家"。裴氏自汉魏，历南北朝，至隋唐、五代是其最兴盛时期。据《裴谱·官爵》载，裴氏家族在正史立传者六百余人，大小官员三千余人；有宰相五十九人，大将军五十九人，尚书五十五人。比较著名的有：西晋地理学家裴秀撰《禹贡地域图序》，提出了编绘地图的"制图六体"，在世界地图史上占有重要地位。西晋思想家裴頠著有《崇有论》，是著名的哲学家。东晋裴启的《语林》，是我国文学史上最早的一部志人小说。南北朝时的裴松之、裴骃（松之子）、裴子野（裴骃孙），被称为"史学三家"。唐代名相裴度，平息藩镇叛乱，功勋卓越，被称为"中兴宰相"。欧阳修《新唐书·宰相世系表》，将裴氏列为天下第一家族，感叹"其才子贤孙不殒其世德，或父子相继居相位，或累数世而屡显，或终唐之世不绝"。

习近平总书记在党的十九大报告中指出："深入挖掘中华优秀传统文化蕴含的思想观念、人文精神、道德规范，结合时代要求继承创新，让中华文化展现出永久魅力和时代风采。"中华优秀传统文化是"中华民族的基因""民族文化血脉"和"中华民族的精神命脉"，堪称中华民族的源头和根基。在具体撰写过程中，各位作者力求基于严谨的学术性、臻于文学的生动性，以史料和考古为基础，以学术界的共识为依据，不作歧义性研究和学术考辨，采用文化散文体裁，用清朗健爽、流畅明丽的语言，梳理河东历史文化的渊源和脉络，挖掘河东文化的深厚内涵，探寻其在华夏文明中的重要地位，弘扬民族文化的自尊和自信。希望通过这套丛书，使人们更加了解和认识河东历史文化，深化对中华文明的认知与感悟，进一步增强文化自信，推动中华民族的伟大复兴。

序　二

李敬泽

运城是山西南部的一个地级市，也是我的老家所在。

说起运城，自然会想起黄河、黄土高原和中条山、吕梁山以及汾河、涑水。黄河经壶口的喷薄，沿着吕梁山与陕北高原间逼仄的晋陕峡谷，汹涌奔腾，越过石门，冲出龙门，然后，脚步骤然放缓，犁开黄土地，绕着运城拐了个温柔的弯，将这片地方钟爱地搂抱在怀中。从青藏高原奔流数千里，黄河头一次遇到如此秀美的地方。

这里古称河东，北有吕梁之苍翠，南有中条之挺秀，两座大山一条大河，似天然屏障，将这片土地护佑起来，如此，两座大山便如运城的城垣，一条大河绕两山奔流，又如运城的城堑。两山一河之间，又有涑水与汾水两条古河自北向南流淌，中间隆起的峨嵋岭将两河分开，形成两个不同的流域——汾河谷地与涑水盆地。一片不大的土地上，各种地貌并存：山地、丘陵、平原、河谷、台地。适合早期先民生存的地理环境应有尽有，农耕民族繁衍发展的条件一应俱全，仿佛专门为中华民族诞生准备的福地吉壤。

我的祖辈、父辈都出生在这片土地上，我也多次在这片土地上行走，我热爱这片土地，即使身在异乡，这片土地上的山山水水，也经常出现在我的想象中。少年时代，我根本不会想到，这片看似寻常的土地，是中华民族最早生活的地方，山水之间，绽放过无数辉煌，生活过无数杰出人物。年龄稍长，我才发现：史书中，一件又一件的大事发生在河东；传说中，一个又一个神一般的华夏先祖出现在河东；史实中，一位又一位的名将能臣从河东走来；诗篇中，一个又一个的优秀诗人从河东奏出华章。他们峨冠博带，清癯高雅，用谋略智慧和超人才华，在中国的历史文化图景中，为河东占得一席之地。如此云蒸霞蔚般的文化气象，让我对河东、对家乡生出深厚兴趣。

这套"典藏古河东丛书"邀我作序。遍览各位学者、作家的大作，我对运城的历史文化有了更深入的了解。

华夏民族的早期历史，实际是由黄河与黄土交融积淀而成的，是一部民间传说、史实记载和考古发掘相互印证的历史。河东是早期民间传说最多的地方，司马迁《史记·五帝本纪》中提到的五帝事迹，多数都能在运城这片土地上找到佐证。尧都平阳（初都蒲坂），舜都蒲坂，禹都安邑，均为史家所公认。黄帝蚩尤之战、嫘祖养蚕、尧天舜日、舜耕历山、大禹治水、后稷教民稼穑，在别的地方也许只是传说，带着浓重的神话色彩，而在河东人看来都是有据可依、有迹可循的。运城大量的史前文化遗址，从另一方面证明了运城人的判断。也许你不能想象，这片仅一万四千平方公里的土地上，全国文物保护单位竟多达一百零三处，比许多省还多，位列全国地级市第一，其中新、旧石器时代遗址埋藏之丰富、排列之密集，被考古学家们视为史前文化考古发掘的宝地。为探寻运城的地下文化宝藏，中国田野考古发掘第一人李济先生来过这里，新中国考古发掘的标志性人物裴文中、苏秉琦、贾兰坡来过这里，参加夏商周断代工程的二百多位专家学者大部分都来过这里。西侯度、匼河、西阴、荆村、西王村、东下冯等文化遗址，都证明这里是中华民族的重要发祥地，这里的历史根须扎得格外深，枝叶散得格外开，结出的果实格外硕壮。

中条山下碧波荡漾的盐湖，同样是运城人的骄傲。白花花的池盐，不仅衍生出带着咸味儿的盐文化，还诞生了盐运之城——运城。

山西地域文化中有两个值得关注的生僻字：一个是醯（音西），一个是盬（音古）。山西人常被称作老醯儿，也自称老醯儿，但没人这样称呼运城人，运城人也从不这样称呼自己。醯即醋，运城人身上少有醋味儿，若把醯字拿来让运城人认，大部分人都弄不清读音。盬是个与醯同样生僻的字，但运城人妇孺皆识，不光能准确地读出音，还能解释字义，甚至能讲出此字的典故，"猗顿用盬盐起"，这句出自司马迁《史记·货殖列传》的话，相当多的运城人都能脱口而出。因为古色古香的盬街，是运城人休闲购物的好去处。盐池神庙里供奉的三位大神，是只有运城人才信奉的神灵。一酸一咸，两种截然不同的味道，不光滋润着不同的味蕾，也养育了两种不同的文化。作为山西的一部分，运城的文化更接近关中和中原，民俗风情、人文地理就不说了，连方言也是中原官话，语言学界称之为中原官话汾河片。

如此丰沛的源头，奔腾出波涛汹涌的历史文化长河，从春秋战国，到唐宋元明清，一路流淌不绝，汹涌澎湃。春秋战国，有白手起家的商业奇才猗顿，有集诸子大成的思想家荀况。汉代，有忠勇神武的武圣关羽。魏晋南北朝，有中国地图学之祖裴秀、才高气傲的大学者郭璞，有书圣王羲之的老师卫夫人。隋代，有杰出的外交家裴矩、诗人薛道衡。至唐代，河东的杰出人才，如繁星般数不胜数，璀璨夺目，小小的一个闻喜裴柏村，出过十七位宰相，连清代大学者顾炎武也千里跋涉，来到闻喜登陇而望；猗氏张氏祖孙三代同为宰辅，后人张彦远为中国画论之祖，世人称猗氏张家"三相盛门，四朝雅望"；唐代的河东还是一个诗的国度，自《诗经·魏风》中的"坎坎伐檀兮"在中条山下唱响，千百年间，河东弦歌不辍，至唐朝蔚为大观。龙门王氏的两位诗人，叔祖王绩诗风"如鸾凤群飞，忽逢野鹿"；侄孙王勃为"初唐四杰"之首，一句"落霞与孤鹜齐飞，秋水共长天一色"，奇思壮阔，语惊四座。王之涣篇篇皆名作，句句皆绝响，"欲穷千里目，更上一层楼"一联，足以让他跻身唐代一流诗人行列。蒲州诗人王维，诗中有画，画中有诗，田园诗的境界让人无限神往。更让人称道的是位列"唐宋八大家"的柳河东柳宗元，有他在，唐代河东文人骚客们可称得上诗文俱佳。此外，大历十才子之一的卢纶，以《二十四诗品》名世的司空图，同样为唐代河东灿烂的诗歌星空增添了光彩。至宋代，涑水先生司马光一部《资治通鉴》，与《史记》双峰并峙。元代，元曲四大家之一的关汉卿，一曲《窦娥冤》凄婉了整个元朝。明代，理学家、河东派代表人物薛瑄用理与气，辨析出天地万物之理。清代，

"戊戌六君子"之一、闻喜人杨深秀则在变法图强中，彰显出中国读书人的气节。

如此一一数来，仍不足以道尽运城历史文化底蕴的深厚，因篇幅原因，就此打住。

本丛书围绕习近平总书记2017年和2020年两次视察山西时提到的运城历史文化内容，遴选十一个主题，旨在传承弘扬河东的优秀文化传统，增强文化自信，为社会发展助力。

参与丛书写作的十一位作者，都是山西省的知名学者、作家，我读罢他们的作品，能感受到他们深厚的学术和文学功力，获益匪浅。

从这套丛书中，我读出了神之奇，人之本，天之伦，地之道，武将之勇猛，文人之风雅，仿佛看到河东先祖先贤神采奕奕，从大河岸畔、田野深处朝我走来。

好多年没回过老家了。不知读者读过这套丛书后感觉如何，反正我读后，又想念运城这片古老的土地了，说不定，因为这套丛书我会再回运城一次。

是为序。

目录

001　　　引子：一个叫蒲的地方

004　　　**第一章　在蒲坂**

004　　　第一节　唤醒千年文字

015　　　第二节　大地上的印证

021　　　第三节　传说的伟大力量

028　　　第四节　千秋功业，起点在此

035　　　第五节　礼乐之光

045　　　第六节　尧王台上说禅让

057　　　第七节　湖光山色之外

071　　　第八节　沿山走，沿河走

083　　　**第二章　在负夏**

083　　　第一节　舜乡，另一种叙述

089　　　第二节　探寻负夏城

102　　　第三节　庙会，民众和神祇的狂欢

111　　　第四节　一条美丽的路线图

120　　　第五节　历山访古

132　　　**第三章　在鸣条**

132　　　第一节　一个人的舜帝陵

139　第二节　为什么是鸣条岗

148　第三节　了却君王身后事

159　第四节　旧邦与维新

167　第五节　游览舜帝陵

179　**第四章　在今朝**

179　第一节　穿越四千年的遗产

190　第二节　今日德孝

200　第三节　好村子雷家坡

208　第四节　民间的治史热情

218　第五节　这里最早叫中国：先声和余响

228　第六节　眺望陶寺

237　**后　记**

240　**参考文献**

引子：一个叫蒲的地方

大约在四千年前，一群先民在黄河岸边迁徙。

这是一个原始部落群，称作有虞氏。他的首领，后人叫作舜。

有虞氏部落原来以捕鸟为生。他们熟悉鸟性，能听懂"鸟语"，捕捉鸟儿时，要模仿各种委婉动听的鸟叫，把鸟儿引诱过来。深山里，经常有野兽出没，他们学会了张开大口发出怒吼，吓唬野兽。或者把野兽驱赶到预设的陷阱里。后人根据他们张开大口呼喊驱赶野兽的样子，造出了一个"虞"字。有虞氏部落，崇奉一种叫驺虞的仁兽为图腾。驺虞只吃死的动物，不吃活物，被称为仁兽。

黄河南下，在这里拐了个弯，向东。像一个胳膊肘子，大小臂勾连。那时的黄河肘弯里，气候湿润，降雨量也大。成片的大森林，河岸是一望无际的水草。森林里，草地上，奔跑着大象、犀牛、黑熊、鹿群，河水宽阔清澈，滩地有水鸟起落。这个部落就在这一片土地上生活繁衍。他们在森林里围猎，在河里捕鱼。这一带，就成为初民最早的居住地。

我们的舜啊，那时已经学会种植采集，要狩猎，要耕种。中原地区适宜农作物生长，他们开始种植牟麦（即大麦）。麦穗带芒，他们把种植这一类作物的最好时日，叫作"芒种"。使用的工具也都还是石器、骨器，还有蚌壳做的。用弓箭，箭镞也多是骨镞。有了火，有了陶器，陶器的花纹也还较为简单。居住呢，全都是原始的茅草屋，有地上的，也有地穴式的，半地穴式的。有个容身之地罢了。

风雨雷电，洪水泛滥，舜带着他的部落，要迁徙。

往哪里去？逐水草而居。

舜和他的一干族人，沿着山，沿着河，行行重行行，有那么一天，终于看到了一块平坦的地面，嘉禾青草，绿茵茵。濒水，水边是一丛一丛茂盛的蒲草。

舜指了指连绵起伏的蒲草，回望他的族群，那意思是，就这里吧。

这里成为他们新的定居点。

这里有蒲草。

蒲草在黄河滩常见。蒲草叶子细长柔韧，丛生，中间会长出蒲薹，薹尖是一尺来长的蒲棒。蒲棒开花，又凝结成为密密实实的果实。火红色，向上劲挺。蒲草叶子柔软，可以编织草绳草墩，蒲薹成熟以后，长蒲絮，飞飞扬扬，十里蒲花。蒲棒像一根火烛，人们认为是祥瑞之物。黄河之滨，田野水岸，连绵的蒲草挺拔的蒲棒，人烟出没，蒲草在日光里挺拔摇曳，舜和他的氏族，逐渐在这里驻扎下来，一个部落，在此定居。

人们把这里叫蒲。

舜在这里立国以后，就以部落名"有虞"作为国号，"蒲"就成了最早的国家都城所在地，具备了早期城市的特征。史书有所谓"一年而所居成聚，二年成邑，三年成都"的说法。无疑地，"蒲"作为华夏民族的早期帝都，可能很原始，很简陋，但在当时，却是先民心目中最神圣庄严、繁花似锦的地域，最令人向往的中心。在人类文明演进的历史上，它是一处原始文明的发端，走向新岸的驿站。舜都蒲坂，成为一个民族的集体记忆。

秦以前，这里一直叫蒲。

秦以后，叫过蒲坂、蒲城、河东、蒲关等。

有虞氏族人，搭蒲为庐，依坂而居，就叫蒲坂了。

我们的舜，在平阳，在蒲坂，在负夏，就此上演了一出威武雄壮的文明演进的活剧。

舜在黄河岸边，种植，制陶，观天象，制定历法，创造发明。舜的部落壮大以后，作为部落联盟的首领，舜协和万邦，开始建立早期的国家管理制度。在这里，形成早期的中华文明。

帝舜时代至今已经四千多年。四千多年，帝舜不死，今天仍然吸引我们时时回眸。

第一章　在蒲坂

第一节　唤醒千年文字

迄今为止，关于舜，我们知道的也许很多，也许并不多。

关于中华民族的远古历史，从小我们得到的教育就是五千年文明史。上下五千年，英雄万万千。我们早已耳熟能详，深入人心。但是这个五千年也是来之不易。前前后后，经历过多少驳论质疑，域外的，国内学者的。比如那个著名的"禹是一条虫"，在你我的青少年时代，就曾经困扰了许多年轻的心灵。

到了 1995 年，国家终于作出决策，启动了夏商周断代工程。这个庞大的课题组，有专家学者两百多人参加，经过五年的努力，取得了一系列重大的研究成果。其中最重要的一条，就是制定了夏商周年表，考古挖掘，电算化处理，碳-14 测定，天文历法推算，终于对于夏商周的历史有了一个比较明确的交代。

他们的结论是，夏代开始估计为公元前 2070 年，夏和商的界限估计在公元前 1600 年，盘庚迁殷估计在公元前 1300 年。

这个当然属于国家的重大科研成果。把我们的文明史扎扎实实落实在四千年左右。

再往前推进一步，就触摸到了尧舜禹鲜活的身躯。但是，这个工程的脚步，到此止住了。

那么，尧舜禹的时代，究竟是真还是假？尧舜，究竟是实实在在的先王，还是子虚乌有的传说？传说时代，就仅仅是传说吗？

在山西的西南角，首先有一伙子学者队伍，显得那么不服气不服输。在这一带，明明打小就听着尧舜禹的故事长大，尧舜禹在幼小的心灵早已种植了生气勃勃的种子，身边到处是尧舜禹的遗迹，怎么可能像一片云一样飘浮在高空可望而不可即？

运城永济一班职业的、业余的学者，于此便开始了艰难的扒梳打捞。他们先从先秦的典籍里寻找有关记述。我到永济市考察，随便找到一个当地的专家，都能如数家珍，读出一连串关于尧舜的典籍铭记——

最早关于舜帝的记载，在《尚书·虞书》中，舜帝的生卒、继位、作为、执政、巡守、任用官员，在此都有大略记载。《尚书》佶屈聱牙，号称天下最难懂的文字，但是在书中，记其大略之时竟然不乏描述性的文字。《舜典》称舜"浚哲文明，温恭允塞，玄德升闻"。孔安国《尚书正义》说得很明白，"虞与妫汭为一地"，"妫水在河东历山西，西流蒲坂县南，入于河，舜居其旁"。

记述尧舜史实，春秋时代就多起来了。《左传》《国语》都有了零星文字。主要记载孔子言行的《论语》一书，在《中庸》第三十章有云，孔子"祖述尧舜，宪章文武，上律天时，下袭水土。辟如天地之无不持载，无不覆帱，辟如四时之错行，如日月之代明。万物并育而不相害，道并行而不相悖。小德川流，大德敦化，此天地之所以为大也"。孔子言效法尧舜，以文王武王为典范，上尊天时变化，下与水土协调，好像天地没有一物不能扶持承载，没有一物不能覆盖笼罩；又好像四时交替运行，日月交替光明，万物一起生长，互相并不妨害，天地同时运行，互相并不违和。小德如水流浸润，大德使万物敦厚淳朴，这就是天地之所以伟大的道理。

《尧曰》一篇，孔子对尧的赞美十分明显。子曰："大哉尧之为君也！巍巍乎！唯天为大，唯尧则之。荡荡乎，民无能名焉。巍巍乎其有成功也，焕乎其有文章！"在孔子的心目中，尧这样的君主，太崇高太伟大，世界上只有天最为高大，而尧以天为准则。他的德行浩大无边，称颂都找不到合适的词儿。他的功业太过伟大，他的礼乐制度光芒四射，辉耀千秋。

《论语》一书有六篇涉及舜。孔子同样赞美舜和大禹说："巍巍乎，舜禹之有天下也，而不与焉！"意思是说，舜和禹多么崇高，贵为天子，拥有四海，却一点也不为自己。

孔子还认为舜是一个大聪大慧的人。他说："舜其大知也与？舜好问而好察迩言，隐恶而扬善，执其两端，用其中于民，其斯以为舜乎？"他告诉人们，舜可以说是最聪明的人了。舜喜欢请教别人，而且喜欢体察常人浅近的表达。他隐讳别人的短处，张扬别人的长处，抓住人们议论的两极，折中决策，施行于民。这就是舜之所以为舜的原因。实际上就是赞美舜善于集思广益，虚心听取各方意见，从而慎重决策的办事风格。

对于舜的孝，孔子更是全方位褒扬，不遗余力。他说："舜其大孝也与？德为圣人，尊为天子，富有四海之内，宗庙飨之，子孙保之。故大德必得其位，必得其禄，必得其名，必得其寿。"还说，"舜其至孝矣，五十而慕"。

作为儒家学说的另一位代表人物孟子，对尧舜的推崇可以说到了无以复加的程度。孟子道性善，言必称尧舜。在《孟子》一书中，对尧舜的论述不仅随处可见，而且都是大段地不吝赞美。他论及尧的仁德，说："尧以不得舜为己忧，舜以不得禹、皋陶为己忧，夫以百亩之不易为己忧者，农夫也。分人以财谓之惠，教人以善谓之忠，为天下得人者谓之仁。是故以天下与人易，为天下得人难。"意思是说，尧因为得不到舜这样的人而发愁，舜因为得不到禹和皋陶这样的人而发愁。为百亩之田没有种好而发愁的人，是农夫。把钱财分给别人叫恩惠，把为善之道教给别人叫忠厚，为天下物色贤人叫仁爱。把天下让给别人容易，为天下选贤才却是很困难的一件事。

孟子说，"规矩，方圆之至也；圣人，人伦之至也。欲为君尽君道，欲为臣尽臣道。二者皆法尧舜而已矣。不以舜之所以事尧事君，不敬其君者也，不以尧之所以治民，贼其民者也"。他认为，方圆有标准，古代圣人也是做人的典范。作为君主，就要尽君主之道；作为臣子，就要尽臣子之道。君主和臣子，都要效法尧舜。以舜侍奉尧的忠诚来侍奉自己的君主，以尧治理百姓的态度和方法来治理百姓，否则，就是残害百姓。

尧舜既然成为圣人，孟子就号召人们学习尧舜。他说，"舜人也，我亦人也，舜为法于天下，可传于后世，我由未免为乡人也，是则可忧也，忧之如何，如舜而已矣"。就人格修养来说，他提出"人皆可为尧舜"。

当时的诸子百家都在自己的著述中论及尧舜。庄子大谈天道，谈帝王的德行应该以天地为本，顺应清静无为、无为而治，心如止水，无波无澜，保持虚静恬淡的状态，那么谁能达到这样的状态？庄子眼里，帝王唯有帝尧，臣子唯有虞舜。《庄子·天道》中说："夫虚静恬淡，寂寞无为者，万物之本也。明此以南向，尧之为君也；明此以北面，舜之为臣也。""受命于天，唯尧舜独也正，在万物之首，幸能正生，以正众生。"《论语》也说："无为而治者，其舜也与？夫何为哉？恭己正南面而已矣。"这意思是，能无为而治的只有舜帝了，他做了什么呢？自己德行端正坐于王位之上罢了。

墨家的目标就是建立一个尊贤用能、兼爱非攻、节用的政治制度，实现"官无常贵，民无终贱""必使饥者得食，寒者得衣，劳者得息，乱者得治"的社会理想，而这些，尧舜都做到了。在墨家眼里，尧舜是一个完美的君王。

《韩非子》篇中的一段文字，也可以看出法家的态度："历山之农者侵畔，舜往耕焉，期年甽亩正。河滨之渔者争坻，舜往渔焉，期年而让长；东夷之陶者器苦窳，舜往陶焉，期年而器牢。仲尼叹曰：'耕，渔与陶，非舜官也，而舜往为之者，所以救败也。舜其信仁乎！乃躬藉处苦而民从之，故曰：圣人之德化乎！'"《五蠹》一篇还说："当舜之时，有苗不服，禹将攻之，舜曰：'不可！上德不厚而行武，非道也。'乃修教三年，执干戚舞，有苗乃服。"

春秋战国时代的诸子百家，语涉尧舜，还是评说为多。虽说也有微词，但还是以高调歌颂为主，尤其是孔子的推崇，无疑给后世的儒家定了调子。他的后学，大致上也沿着这个取向。

到了司马迁的《五帝本纪》就记述得较为详细。

舜，冀州之人也。舜耕历山，渔雷泽，陶河滨，作什器于寿丘，就时于负夏。舜父瞽叟顽，母嚚，弟象傲，常欲杀舜，舜顺适不失子道，兄弟孝慈。欲杀，不可得；即求，尝在侧。

舜年二十以孝闻。三十而帝尧问可用者，四岳咸荐虞舜，曰可。于是尧乃以二女妻舜以观其内，使九男与处以观其外。舜居妫汭，内行弥谨。尧二女不敢以贵骄事舜亲戚，甚有妇道。尧九男皆益笃。舜耕历山，历山之人皆让畔；渔雷泽，雷泽之人皆让居；陶河滨，河滨器皆不苦窳。一年而所居成聚，二年成邑，三年成都。

舜年二十以孝闻，年三十尧举之，年五十摄行天子事，年五十八尧崩，年六十一代尧践帝位。践帝位三十九年，南巡狩，崩于苍梧之野。葬于江南九疑，是为零陵。

舜之践帝位，载天子旗，往朝父瞽叟，夔夔唯谨，如子道。封弟象为诸侯。舜子商均亦不肖，舜乃豫荐禹于天。十七年而崩。三年丧毕，禹亦乃让舜子，如舜让尧子。诸侯归之，然后禹践天子位。尧子丹朱，舜子商均，皆有疆土，以奉先祀。服其服，礼乐如之。以客见天子，天子弗臣，示不敢专也。

《五帝本纪》略述舜的生平，关于舜的摄政也可观其大略，是一部简明的舜的传记。

司马迁的《五帝本纪》至今依然是我们探视远古的一条路径。其中关于舜帝的描述，几乎成为舜的原型书写。两千年过去了，我们对于舜帝的认知依然有赖于此，甚至我们现在口口相传的许多历史细节，大多由太史公的蓝本演绎而来。这个，让我们代代惊讶太史公的史笔。

尧舜禹三代帝王史，《五帝本纪》明显偏重于记载舜，可以证明，在三皇五帝中，舜，是最为后人称颂乐道的中心。

古代史家们曾经指出，我国相传的历史，是层累地造成。即逐步证实叠加累积的过程。上古时代没有文字记载，孔孟时代，人们尚不知有个黄帝炎帝，更不知道有盘古。三皇五帝中，只有尧舜禹才是真正可信的历史人物。上古时代的末期，舜帝承接尧帝创造了又一个辉煌的帝制时代。他们都是中华民族历史文明的开创者。

经历了《尚书·尧典》《尚书·舜典》《山海经》《论语》《孟子》《史记·五帝本纪》《竹书纪年》《帝王世纪》《括地志》《水经注》《论衡》《太平寰宇记》《舆地图》《风土记》等先贤早年追记描述，加上各种正义集注解读，还有各地州府志的代代实地查勘，尧舜作为历史人物，大体形成了一个完整的尧舜形象。依靠文字，了解传说时代的远古史，我们可以获得一个大体清晰的认知。

司马迁在《史记》为舜做了小传，《竹书纪年》为舜做了一个简单的年谱，到了晋人皇甫谧，关于舜的记载进一步细化成型，明确了舜都即蒲坂。

皇甫谧在《帝王世纪·舜》中记载——

舜，姚姓也，其先出自颛顼。颛顼生穷蝉，穷蝉有子曰敬康，生勾芒，勾芒有子曰桥牛，桥牛生瞽叟，妻曰握登，见大虹意感而生舜于姚墟，故姓姚。目重瞳，故名重华，字都君。龙颜大口，黑色，身长六尺一寸，有圣德，始迁于负夏，贩于顿丘，债于传虚。

家本冀州，每徙则百姓归之。其母早死，瞽叟更娶，生象。象傲，而父顽母嚚，咸欲杀舜。舜能和谐，大杖则避小杖则受，年二十始以孝闻。尧以二女娥皇女英妻之。见舜于二宫，设飨礼，叠为宾主。南面而问政。然后赐以缔衣琴瑟，必筑宫室，封之于虞。命以司徒太尉，试以五典，有大功二十，梦眉长于发等。尧乃赐舜以昭华之玉，老而命舜代己摄政。明年正月上日，始受终于文祖，以太尉行事。舜摄政二十八年而尧崩，三年丧毕，舜年八十一，以仲冬甲子，月次于毕，始即真。以土承火，色尚黄。《尚书中侯》所谓"建黄受正改朔"。乃询四岳，辟四门，明四目，达四聪。东巡守，登南山，观河渚，受图书。褒赐群臣，尊任伯禹、稷、契、皋陶皆益地。有苗氏负固不服，禹请征之，舜曰："我德不厚而行武，非道。吾前教由未也。"乃修教。三年，执干戚而舞之，有苗请服。立诽谤之木，申命九官十二牧，及殳斨、朱虎、熊罴等二十五人，三载一考绩，黜陟幽明。禹为司空，功被天下。弃为后稷，播时百谷。契为司徒，靖敷五教。皋繇为士，典刑维明。倕为共工，莫不致力。益为朕虞，庶物繁植。伯夷为秩宗，三礼不阙。夔为乐正，神人以和。龙为纳言，出内惟允，于是俊乂在官，群后德让，百僚师师，以五彩章施于五色为服，以六律、五声、八音协治，烝民乃粒。万邦作乂，庶绩咸熙。乃做《大韶》之乐，《箫韶》九成，凤凰来仪，击石拊石，百兽率舞。故孔子称《韶》尽美矣，又尽善矣。景星耀于房，群瑞毕臻，德被天下。

初，舜既践帝位，而父瞽叟尚存，舜常戴天子车服而朝焉。天下大之，故曰大舜。都平阳，或云蒲坂妫汭。嫔于虞，故因号有虞氏。有二妃，元妃娥皇无子，次妃女英生商均。次妃登比氏，生二女，霄明、烛光。有庶子八人，皆不肖，故以天下禅禹。

舜年八十即真，八十三而荐禹，九十五而使禹摄政，摄五年有苗氏叛，南征，崩于鸣条，年百岁。

秦汉以后，古文已经不再佶屈聱牙。大家看了这一段文字，对于舜的治国理政，家世孝道，应该有一个全面的了解。

传说时代，所有的功业英雄，都是传奇化、神异化的，上古时代的巨人，莫不如此。我们要感谢诸子百家及其更早的一批无名记录者，是他们，穷搜苦检，打捞筛选，尧舜的形象，才得以堂堂正正走进国史。这才有了千年以后，肯定尧舜的观点逐渐占据了上风。

记住这一时刻，尧舜，就此开始浮出中国历史的水面。

关于尧舜，史书记载的文字，林林总总。历代的辨析和补充，车载斗量。一直到唐宋明清，史家们依然言语来去，打不尽的笔墨官司。许多问题，历代学者也是争论不休，莫衷一是。但是，拨开各种芜杂，一条大致的线索还是清晰的。从纷繁杂乱的各种头绪中，我们可以梳理出一个公约数，也就是史学界认识的共同点。围绕这些共同点，我们就可以勾勒出尧舜活动的大致轮廓。史上的古河东地区，即现在的运城、临汾，都是上古时代先民活动的一个中心地区。尧舜禹在这里建都，尧都平阳（临汾），舜都蒲坂（永济），禹都安邑（夏县）。一个族群在这里发展壮大，文明在这里发端，一个无与伦比的起点。

我们且来大体梳理一下史家的权威记载和大体共识。

盘古开天地，三皇五帝出，帝尧帝舜，从神本到人本，是最可亲可信的历史人物。

《史记》说，帝尧"其仁如天，其知如神，就之如日，望之如云"。富有而不骄横，高贵而不傲慢。黄色的帽子，黑色的衣服，红色的车驾白马。"能明驯德，以亲九族。"他命羲氏、和氏测定推求历法，制定四时成岁，为百姓颁授农耕时令，测定出春分、夏至、秋分、冬至。

尧在位时，天下洪荒。尧用鲧治水，无功而返。起用禹，大禹治水，天下九河泄洪得安。尧设置谏言之鼓，立诽谤之木，使天下百姓敢劝谏敢批评。尧治天下五十年，政通人和，天禧安乐。尧微服私访，一群民间野老正在游戏，他们唱着一曲《击壤歌》——

日出而作，
日入而息，
凿井而饮，
耕田而食，
帝力于我何有哉。

这首民歌，成为我们最早的民歌，也成为民间歌谣的源头。至今我们要讲文学史，还要从它开始说起。

尧舜开创了帝王权力禅让的先河。尧在位七十年，他的儿子丹朱难以成器，尧开始寻访继位之人。四方诸侯向尧推荐了舜。尧来到历山一带微服私访，发现舜仁爱聪慧，尧与舜在田间地头对谈，那是一局治理天下的问答。舜的对答明事理，晓大义，绝非一般凡俗之见。尧决定进一步考察。他把两个女儿娥皇、女英嫁给舜，让她们观察舜的德行。把九个男子安排在舜的周围，让他们观其行。他把舜派放到深山老林，虎豹毒蛇都被舜驯服。舜在密林中不迷失，很快出了险境。尧带舜回朝，试用三年，舜开始代行天子执政。尧立朝七十年得舜，二十年后，舜代尧摄政。尧让位二十八年以后驾崩。

舜为有虞氏后人。有虞氏部落占据的地方，称为虞地，就在晋南的古蒲州一带。史学界把舜的居所称为妫墟，妫汭就是妫墟。今永济虞乡一带，为其地望。

舜的父亲瞽叟，姓妫，名槫，居妫水旁，也就是现在的山西永济。

瞽叟娶妻叫握登，生下舜。握登很早就去世了，瞽叟另娶壬女为继妻，生了一个儿子，名叫象；一个女儿，名叫敤。瞽叟再娶之后，听信谗言，和妻子一起，纵容儿子象为所欲为，对舜百般虐待。这个继母是个施虐狂，多次和丈夫儿子一起密谋加害舜。瞽叟是个外号，人们看他不分是非，像一个睁眼瞎子。在这个家里，舜实在待不下去了，只好上历山，躬耕谋生。

舜登帝位以后，不计前嫌，依然孝敬父母，是为大孝。对弟象，妹敤，一家人兄友弟恭，不改熙熙之乐，后世以舜为德孝典范。

舜生姚墟，所以姓姚，名重华。舜是他的谥号，舜的前半生，历尽磨难。虽受父母虐待，仍不失人子之道。疼爱弟妹，不分亲疏。舜耕历山时，常常思念家中父母，向天号泣，祈祷父母安康。

舜二十岁的时候，就以孝道闻名天下，以仁义而行，教导百姓和睦相处。舜耕历山，他劝导农人各种其地不要争地界，互相谦让。历山的先民没有争地纠纷。舜在雷泽打鱼，教导人们打鱼不要占位置不礼让，大家都能打鱼有饭吃，于是雷泽之地大家谦让亲善。舜在河滨带领百姓做陶器，讲究手工，做出的陶器结实耐用，没有残次品。因为如此，舜走到哪里，人们就跟到哪里，部落越来越壮大，司马迁所谓"一年而所居成聚，二年成邑，三年成都"，就是这个意思。

舜在三十岁时被举荐给尧帝。尧把两个女儿娥皇、女英嫁给舜。舜在民间推行"五典"，也就是建设父义母慈兄友弟恭子孝的五种人伦道德关系，很有成效，尧于是让他总领百官。在此期间，舜举贤任能，惩处"四凶"，百姓拍手称快。同时，舜也将公共事务打理得井井有条。四方诸侯纷纷朝拜。尧帝经过三年考察，在祖庙举办了祭祀大典，禅让帝位，让舜代理摄政，统领天下。

舜五十岁时，尧帝退位，舜开始摄行天子之政。五十八岁时，尧崩，服丧三年，谁来继承大位？这时尧的儿子丹朱也在觊觎大位。舜为了避嫌，躲到了黄河南岸。可是，天下百姓不归丹朱，尽归于舜。民心所向，舜于是回到故里，正月初一在祖庙举行祭祀大典，改国号为有虞，建都于蒲坂。

舜六十一岁登帝位，史称舜帝。舜帝仁德有为，和尧帝一样，在远古年代都是早期的开明君主。他继承尧的治国理政方略，完善律法，确立爵位，修正义理，体察民情，开诚议政，明布政教，团结诸族，惩治顽凶，治理洪水，安定国民，发展生产，开拓疆域，统一度量，统一时序，统一音律，制乐作典。舜帝时代，君臣和谐、贤能得任、集思广益、福泽百姓，形成一个政治清明、社会安定、五谷丰登、国泰民安，政治经济文化都迅速发展的时代。至今，我们依然会骄傲地回忆起远古三代的治理，称之为尧天舜日。

舜六十一岁称帝，八十三岁时，没有传位给儿子商均。他推荐禹为天子，这是中国古史上又一次禅让帝位。又过了十七年，舜巡狩四方，病死在中途，按照纪年，他应该活了一百二十岁。古时纪年与今不同，一百二十岁没有现在的一百二十年。

娥皇、女英，是尧的两个女儿，尧将她们许配给舜，舜登帝位之后，成为舜的嫔妃。关于娥皇、女英如何孝道贤德，史书的记载很多。在舜这样一个矛盾险恶的家庭里，她们尽孝道守妇道，又要能和舜一起自保。史书的记载，传奇而富于想象。

舜耕历山，舜陶河滨，舜渔雷泽，虽然记载驳杂，大体的脉络还是清楚的。有虞氏部落活动在蒲坂一带，可以看到遥远的影子。

远古的蒲地，黄河出山，到此铺展开来，河床开阔，河滩宽广，适宜耕作。这里的滩地喜欢生长一种蒲草，当地人叫蒲苇，蒲苇是古人生活绝好的日用品。如公孙尼所记，舜带领百姓"编蒲苇，结罟网，建草房"，百姓才得以安居。黄河滩一带优越的自然条件，使舜得以在这里耕稼渔陶，春种秋收，发展生产。有虞氏部落日渐强盛，周围一些部落也寻求归顺，他们共同组成一个部落联盟，舜自然成为联盟的首领。舜的声望在中原大地传扬开来，成为中原地区一个最强大的部落联盟。

蒲坂此地，历史上曾经有过多次辉煌。帝尧就曾经在此建都。而蒲坂最辉煌的历史，就是舜帝建都的时代。舜都蒲坂——那一时，蒲坂是中华大地的政治经济文化中心。

蒲坂这座我们民族源头的历史名城，它之所以伟大，就在于舜帝在这里推行了一系列治邦安民的方略，形成了中华民族早期的国家范式。建立集权的国家制度。他选贤任能，完善国家高层的领导集体。朝廷分设司空、农业、文教、司法、工业、林业、礼乐、监察，各个权力机构完备齐全。然后，分封爵位，实行官员分级别管理。规定了各个级别的官员服饰。舜的各种政治主张、治国方略，通过他建立的国家机器有序运转，中国社会开始由原始部落的社会形式，向中央集权的国家形式过渡，中华文明史开始向前迈进。

舜的国家政权，推行开诚议政的民主制度，号召官员执政为民。在思想文化方面，他号召百姓群落尊崇道德修养，在民间推崇父义母慈兄友弟恭子孝的伦理道德观念。以德教民，促进境内的民族团结。他还重视运用文艺礼乐匡正教化，亲自演奏了若干首风行一时的雅乐。他治理洪水，颁布法规，统一律刑，统一历法，指导农时。总体看来，在舜时代，有虞国虽然草创，却也迈进了文明国家的门槛，成为古朴原始却又雏形初具的早期国家。

在尧舜的王国崛起之时，国人还处在蒙昧与开蒙的过渡期。比如说到舜的诞生，就是母亲被一道彩虹射中，从而身感怀孕。舜号重华，是因为他眼睛里有两只瞳仁。舜遭继母陷害，烧仓廪以除掉舜，这时舜忽然生出两只翅膀，火起，从烈焰中飞出。这些英雄人物在史家的笔下都是半人半神的怪物。这个和中国小说史从魏晋志怪，发展到唐宋传奇，再发展到明清小说记述市井，方向是一致的。由神本到人本，这是史书记载的走向。如果说，早期的史书还有这残余的神化痕迹，越到后来，史家的叙述就越强调史笔，写实记录，笔下的英雄帝王，越来越接近生活中的真人。史书完成了神化到人化的转变，也使我们有理由相信史书所记的真实性，那些荒诞无稽，那些违理背情，逐渐淡出了历史叙述，从而也使我们相信，我们的尧舜叙述，是可靠的，可信的。他们是真实的，某些地方甚至是栩栩如生的人物。

第二节　大地上的印证

当世人都在为尧舜是真是假争辩不休时，有那么一个地方没有这个疑问。你要说起这个话题，他们会惊讶地张大了嘴：尧舜，怎么能是假的？

这里是山西西南角的永济。

永济，就是历史上的蒲坂。

走进永济，你就会发现，这里有那么多关于舜帝的话题。永济市的中心广场叫作舜帝广场，广场中心高耸着舜帝的塑像。依山的公园，叫作舜帝森林公园。不仅如此，走在拥挤的大街上，随时可以看到舜帝的痕迹。舜都大街、舜都市场、舜都会堂，以舜帝命名的商店工厂就更是数说不尽。这一切，都源于这里曾经是舜的都城。"舜都蒲坂"，成为这座小城的骄傲。永济市是全国优秀旅游城市，舜都，无疑是它的金字招牌。

永济人的骄傲，当然其来有自。令他们理直气壮的，是这里至今还存在着许多数千年的舜帝遗迹，以证明舜都蒲坂绝非虚言。舜的一生，生于姚墟，迁于负夏，耕历山，渔雷泽，陶河滨，娥皇女英嫁于妫汭，都可以在永济找到相应的遗址。

司马迁《史记》里说，"舜，冀州之人也。舜耕历山，渔雷泽，陶河滨，作什器于寿丘，就时于负夏"。又说，"舜居妫汭"。这是司马迁对于舜一生作为的简单叙述。这一小段话，历来为各种研究舜的学者反复咀嚼，成为一个学说的源头。

在古蒲州大地，印证舜及二妃传说的遗迹，比比皆是。

蒲坂北二十里有舜的出生地，南历山有"厘降（下嫁）二女"的妫汭泉、祭祀帝舜之妃的二妃坛。

舜帝村

在永济张营乡舜帝村（原名诸冯里），康熙皇帝御立一块"大孝有虞舜帝故里"碑。古代帝王立碑以正舜帝故里，正是对于汉唐以来口口相传的舜帝故里的确认。

《蒲州府志》关于历代帝王祭祀舜帝的记载很多。原蒲州城东门外的明教坊，古已有之，始建年代不详。北魏开始，蒲州城开始筑造土城墙。北魏孝文帝时期，"孝文帝太和二十一年（497年），行幸蒲坂，遣使祭虞舜，修尧、舜、夏禹庙"。这是孝文帝迁都洛阳之后首次北巡。驻跸大同以后南下，到平阳祭唐尧。至龙门祭夏禹。再来到蒲坂，祭虞舜。在蒲坂，孝文帝做了一个重大决定，诏令修葺尧舜禹三代帝王庙宇。这应该是孝文帝此次北巡最有意义的一件大事。到宋代，宋真宗曾下诏，改州城大舜庙内的舜泉坊为广孝泉。康熙皇帝的"舜帝故里"碑绝不是没有来由的。孟子说，"舜生诸冯"。诸冯，就是今天的张营乡舜帝村。乾隆年间的《蒲州府志》也说道："舜原，永济县北二十里，传为舜生处。"

这样一个神圣的地方，当然不断有人探访。1940年，曾经有两个日本人水野清一和日比野丈夫来到舜帝村，考察舜帝遗迹。1956年他们出版了《山西古迹志》，书中写道："（舜帝）庙在村东头的丘陵脚下，四周围有土墙，门上挂一块小匾额，上书'舜帝庙'三字。院内只有一座正殿，里面安放着舜帝的塑像，殿前立有嘉庆十二年（1807年）八月重修碑，碑文说：东有陶窑坡，西有饮马泉，南有帝祖茔，发祥志区，班班可考，且陶瓮犹存。"日本人记载的只是舜帝村的情况，其实，永济的舜庙、舜祠有好几处，年代最早的当数蒲坂古城的大舜庙。

无论是孔子还是司马迁，都记述过舜在妫汭的生活历史。孔子在《尚书·尧典》尧舜传说中有"厘降二女于妫汭，嫔于虞。"四百年后，司马迁在《史记》正文庄重落笔："舜居妫汭"。这个妫汭在哪里？就在永济蒲州南山。

妫汭二水，出自中条，一条南流，一条北流，合流以后向西注入黄河。孔颖达在《地记》中有注疏："妫水在河东虞乡县历山西，西流至蒲坂县南入于河。舜居其旁。"

舜生诸冯，迁居妫汭，都在今永济一带。

尧舜和娥皇女英的故事，也是这一带非常优美的传说。

舜登大位之后，娥皇女英自然成了舜的嫔妃。

在永济韩阳镇山底村苍陵之上，人们为了纪念娥皇女英二妃娘娘，修建了二妃坛，年年祭祀。春秋时代以前，帝王不修陵墓，这可能与母系社会的传统有关。而祭祀女性，则属于约定俗成的正统法规。秦汉以后，开始出现大批的皇陵祭祀庙宇，但要论年代，都在二妃坛之后。二妃坛，是中国最早的皇家陵寝。

二妃坛又称娥皇女英陵，是永济有名的古墓葬。两个坟冢，扁圆形，东西长二十五米，南北宽十一米，高约五米。唐代的《括地志》记载过，"河东县南二里故蒲坂城，舜所都也。城中有舜庙，城外有舜井及二妃坛。"1992年，二妃坛成为永济县级文物保护单位。

刘向《列女传》中，有一篇《有虞二妃》，略述大概：

有虞二妃者，帝尧之二女也。长娥皇，次女英。舜父顽母嚚，父号瞽叟，弟曰象。敕游于嫚，舜能谐柔之，承事瞽叟以孝。母憎舜而爱象，舜犹内治，靡有奸意。四岳荐之于尧，尧乃妻以二女以观厥内。二女承事舜于畎亩之中，不以天子之女故而骄盈怠嫚，犹谦谦恭俭，思尽妇道。

瞽叟与象谋杀舜。使涂廪，舜归告二女曰："父母使我涂廪，我其往。"二女曰："往哉！"舜既治廪，乃捐阶，瞽叟焚廪，舜往飞出。象复与父母谋，使舜浚井。舜乃告二女，二女曰："俞，往哉！"舜往浚井，格其出入，从掩，舜潜出。时既不能杀舜，瞽叟又速舜饮酒，醉将杀之，舜告二女，二女乃与舜药浴汪，遂往，舜终日饮酒不醉。舜之女弟系怜之，与二嫂谐。父母欲杀舜，舜犹不怨，怒之不已。舜往于田号泣，日呼旻天，呼父母。惟害若兹，思慕不已。不怨其弟，笃厚不怠。

既纳于百揆，宾于四门，选于林木，入于大麓，尧试之百方，每事常谋于二女。舜既嗣位，升为天子，娥皇为后，女英为妃。封象于有庳，事瞽叟犹若初焉。天下称二妃聪明贞仁。

2010 年 5 月，北京大学一个考察组曾经来二妃坛考察，在遗址发现大量战国及夏代的陶片和瓦片。这些瓦片散落在墓冢的泥土里，年代分段十分清晰，应该是废毁的坛庙遗物。经过北京大学考古组有关专家鉴定，有一些是战国瓦片，有一张陶片具有东下冯文化特征。古老的二妃坛，后世竟然没有任何粉饰，任何掺假，是一座纯粹的具有母系社会文化色彩的文化遗址。古远的娥皇女英，这一对伟大的姐妹，越数千年不改其真相，也是天地之间的一处奇观。

舜耕历山的故事，也是人尽皆知。那么历山在哪里？有学者统计，全国各地的历山共有二十六处，分属二十六地。大舜的足迹，简直星罗棋布，踏遍了山河大地。但早期经书《山海经》提到的，只有中条山的"历儿之山"。

中条山横亘在山西最南端。山西境内的历山，主要指东段垣曲一带山区，西段就在永济的蒲州镇韩阳镇一带。唐代的《括地志》认为，"蒲州河东县雷首山，一名中条山，亦名历山，亦名首阳山——凡十一名，随州县分之。历山南有舜井。"

在汉代，历山称作历观，为祭祀舜耕历山的地方。西汉扬雄的《河东赋》描绘蒲州，描写的就是舜耕历山图——

登历观而遥望兮，
聊浮游以经营。
乐往昔之遗风兮，
喜虞氏之所耕。

就在永济张营镇的古诸冯里，还有一处鼎鼎大名的所在，叫作陶城。陶城由制陶而来。舜制作陶器，曾经是三代史上的美谈。《史记·五帝本纪》中说，"陶河滨，河滨器不苦窳（制作的陶器没有粗糙破损的）。一年而所居成聚（成了村庄），二年成邑，三年成都。于是尧乃试舜五典，百官，皆治"。清雍正三年（1725 年），当地一个村民耕田，曾在这里挖出过一尊一米多高的上古陶器。蒲州刺史龚廷飏题词道："犁滨出瓮，陶器犹新；不奇不窳，想见圣人。"赞颂的就是舜陶河滨的故事。《水经注》云，"河水又南经陶城西。舜陶河滨"。《括地志》说，"陶城在蒲州河东县北三十里，城即舜所都也。南去历山不远，或耕或陶，所在则可，何必定陶方得为陶也？舜之陶也，斯或一焉"。文中肯定了蒲坂陶城，批驳了汉唐附会的"定陶说"。按照专家的考证，陶城村位置、历史都与史书记载相符合。《蒲州府志》中

陶城出土古陶器

说，"陶邑之名，因城乃有。千载无改，迹昭远古。永复传之。今郡城北陶邑乡即其处。"

在永济市博物馆的展厅里，至今完好地保存着这口陶瓮，它高160厘米，口径40厘米。尽管残破了一个大洞，却被单独放在一个精品柜里展览。

当地人说，清雍正三年（1725年），时任山西蒲州刺史龚廷飏正在州府办公，有人来报，辖区张营镇诸冯里老百姓在黄河边耕地时，挖出一件大陶瓮，由于陶瓮体型巨大，造型精美，他们觉得奇怪，就赶紧报告了官府。龚廷飏听后，立刻带着随从赶到地里，他围着这件陶瓮转了几圈，审视了一会儿，突然赞叹道：这，这不是先圣舜帝做的陶瓮吗？围观的老百姓一听，顿时纷纷下跪，齐呼：圣人先祖，圣人先祖。于是，这件陶瓮被请进了舜庙，三天后，刺史龚廷飏熏沐更衣，命人在陶瓮上刻下几行敬仰心语："犁滨出瓮，陶器犹新；不奇不窳，想见圣人。"经历了三百年，这一组隶书，至今刻写在陶瓮外壁，一口瓮，成为当年的历史见证。

商代的蒲坂，曾被称作缶邦，缶，就是用陶制作的精美乐器。现在的民族乐团大型演出，偶尔还可以看到击缶演奏，古风悠悠，朴拙可爱。

来到永济访古的人们，一般都要到蒲州古城去看看。遗憾的是，在这里，已经很难查询到大舜的踪迹，他的踪影像从空中飘过，你要拼力分辨，才能听出远古的轰鸣一声一声远去，杳不可闻。

现存的蒲州古城遗址，是唐代的古城。黄河古道，黄沙一步一步进逼掩埋，曾经车水马龙、店铺林立的古城，终于成为一座废墟，在历史的时光里，只有不朽的骸骨示人。

登上城墙四望，映入眼帘的，是一片荒芜已久的残垣断壁。蒲州古城始建于北魏，在唐代它是大唐的中都，大唐的东门锁钥。它见证了大唐的辉煌。如今，高大的城墙已经被历代的黄沙掩埋了大半，沙上矮墙，它丑陋卑微，早已不见了当年威仪。那些州府衙门，那些客栈商铺，大唐的雄浑阔大枯干在这里，一望无际的烟柳繁华，早已在历史的烽烟里袅袅散尽。

汉代的蒲坂城，唐代的蒲坂城，舜在这里曾经都有遗迹存留。《史记·五帝本纪》里说，舜帝"宾于四门，四门穆穆"，那高大威严的四座城门呢？

舜庙舜祠呢？州城舜帝庙呢？舜宅舜井呢？薰风楼薰风台呢？舜帝的足迹完全被埋在了黄沙之下。更为惨烈的是，它作为一座废墟，被掩埋在另一座废墟之下。天地悠悠，唐代的繁荣也成为废墟，大唐蒲东遗址又掩埋了舜都蒲坂遗址。几千年前，那么耀眼的光芒，难道就深埋在地层之下，难见天日了吗？

其实在威震四海的大唐，怎能忘记当年大舜的筚路蓝缕？古人在建蒲州城时，并没有忘记舜都。在古城中央的鼓楼，我们很快找到了舜帝的影响。古老的鼓楼，是现在蒲州古城留下的唯一的建筑物。它太过衰老了，一边的墙体青砖脱落，露出内里填充的沙土。一边墙体砖块风化，脱落出深沟浅壕来。风檐上，黄土飘上去又长出衰草，像一个披头散发的老妇。仰望鼓楼，不由让人生出凄然苦楚感伤。

这时，钟楼南面拱门上，几个阴刻的大字突兀跃入眼帘，那是一块石匾额，上刻四个大字——迎薰解愠。

迎薰解愠，这不是舜歌《南风》所唱吗？

南风之薰兮，可以解吾民之愠兮。
南风之时兮，可以阜吾民之财兮。

这是当年河东盐池晒盐之时，舜帝献给盐工们的歌。

我们有理由相信，当年这首南风歌，就是从蒲坂，一路随着南风，飘到河东盐池，飘到鹾盐的源头。

第三节　传说的伟大力量

舜的本事，记载在史书中，白纸黑字，流传千年，在舜的时代，在舜以前的时代并没有文字，尧舜的事迹怎样流传下来呢？人们往往忘记了，人类的历史传承，还有另一条浩浩荡荡的渠道，那就是口口相传，你我之间相传，一家一家之间相传，一个群体里相传，一代一代，这些史诗就这样流传下来，这简直是一个无比伟大的记忆传承工程。

舜降生在一个普通的农家。青少年时代苦难失亲，受尽了折磨。关于舜苦难的童年，在永济一带流传很广。黄河岸边有个诸冯村，村里有个通音乐、懂得天道气象的长老，人称瞽叟，他娶了个贤良的妻子握登氏。有一天，握登氏到河滩上为牲畜割草，突然看到天空一道七彩长虹，耀眼夺目，握登氏只觉得浑身一震，身不由己倒在地上，从此身怀有孕。这孩子生下以后，方头方脑，龙颜大口，眼睛里有两个瞳仁。因为生在姚墟，双瞳仁，便取名叫姚重华。

这个瞽叟，是非不分，不明事理，总觉得舜不像他的孩子，对待握登氏母子冷言冷语，不管不顾。不久，握登氏就忧郁成疾，在舜三岁的时候离世。舜的母亲去世以后，乡亲们都很照顾这个没娘的孩子，然而好景不长，很快瞽叟再婚，继母进家，小小的舜就面临着厄运了。

舜的继母叫壬女，心地狭小，泼蛮凶悍。在姚墟，同辈的称她姚嫂，晚辈称她姚婆。不久继母生了个儿子，瞽叟满心欢喜，越看越像自己，便取名象。后来又生了个女儿，因为不长头发，人们都叫她敤首。敤就是裸，秃子的意思。

自从有了象和敤首，后母眼里就容不下舜了。人宠爱自己的孩子也是天性，这个继母却是心肠歹毒。她担心舜继承家产，便和瞽叟、儿子象串通一气，无端生事，加害于舜。史书所说舜"大杖避之，小杖受之"就是指的这个。

这个继母对于舜的残害，残酷狠毒，说来难以置信。有一天，他们打发舜去后院修粮仓，舜刚一登顶，象就撤掉梯子，放火烧仓。舜登上谷仓时，带了两顶斗笠，一见火光冲起，一手抓住一只斗笠，双手张开，像大鸟展翅，从空中飞了下去。下一回，继母的毒害更加狠毒。她谎称头上的簪子掉到了井里，命舜下井去打捞。舜刚一下到井底，井上的继母、瞽叟和象，就动手割断绳子，向井里填土，一直到填埋了井，再盖上一块大石头，自以为舜必死无疑。

谁知道呢，这口井下有一道裂缝，舜沿着这条裂缝一直往前钻，也不知过了多久，竟然钻出了地面。出来的地洞口子，后世有人聚居，就叫龙行村。舜料定难逃继母毒手，便由此上了历山。而龙行村的故事便越传越神。有人说，看到一条龙从地下钻出来，摇身一变成了舜。从此，舜是"真龙天子"的传闻就不胫而走。

这个神话传说，神鬼相助，天地给力，简直就如天地鸿蒙的神怪故事，但是要在永济，你要是斥之为怪力乱神，当地人是不答应的。舜就是神，你不能亵渎神圣。况且，他们有他们的根据。那个传说中舜帝出生的诸冯村还在。明代属平阳府张仙都，清代属蒲州府永济县陶邑乡。为纪念舜帝，将村名改为舜帝村。民国时代，属于永济五区。现在属永济市张营镇。居民315户，1330人，村中姚姓即是舜帝后裔。龙行村和诸冯村相距不远，现在是一个自然村，居民187户，705人。

这个登顶烧仓、下井填埋的故事，在运城一地流传很广。这其中当然蕴含着民众对于舜帝的神化和崇拜。至于加害舜的继母，后世对其非常鄙视。为了宣传孝行，鞭挞虐待前房子女的继母，人们把这种不良继母，一律称为"姚婆子"。这个习俗，在当地，一直到现在还这样。

说继母，一律不无鄙视地命名"姚婆子妈"。

相传舜之仁善，莫过于尧王访贤历山遇舜。尧治天下七十年，欲求贤自代。无奈巢父、许由都不愿为官。尧王辗转来到历山脚下，看到这里一派祥和，百姓各安其事。耕地的谦谦让畔，尧王问起缘由，历山的人都夸舜的德行。他给大家做出了样子，历山再没有征占侵畔的事情。尧王心下暗喜，找到了舜的地界。他看到，舜驾着两头牛正在耕地，犁过的地面泥土翻滚，发出诱人的芳香。尧王纳闷的是，舜紧握的犁拐上吊着一只簸箕，要加力了，舜喝一声："打！"随即狠敲一下簸箕，发出啪啪的声响。要是那只牛想偷懒了，舜也是这样，击打簸箕。尧王一连看了几次，不得其解。在舜停下来歇息的时候，便上前问话：耕地使唤牛，别人都是用鞭子抽打牛，你却打簸箕，这是为什么？舜回答说：我不忍心抽打它。只要在簸箕上一敲，黄牛以为我抽打黑牛，黑牛以为我抽打黄牛，它们都使劲拉犁，这就挺好。尧王听后，感叹万分。你对牲口都如此仁爱，对天下人，你肯定是大慈大悲呀！

在历山地头，这里还有一段尧和舜坐而论道探讨治理天下的提问和答对。但是这个"敲簸箕"的激励手段，无疑传播得更多更热烈。远古时代，治理天下，人们大概关注更多的是仁爱之心。即便到了今天，舜作为仁爱之君的形象，依然受到广泛的推崇和敬仰。仁爱这个道德品质的源头，可以追溯到历山赶牛。

尧王选中了舜，还有点不放心，接着把自己的两个女儿娥皇女英嫁给了舜，他还要看一看舜的治家之道，以观察舜的治国能力。

这就有了关于娥皇女英的传说。

尧王的两个女儿，大女儿叫娥皇，小女儿叫女英。许给舜以后，二人奉命向历山而去。娥皇骑马，女英骑骡，相携而行，不一日来到了中条山北麓。姐姐娥皇稳重，要走大路。妹妹性急，要抄近路。最后约定，各行其道，先到为正，后到为偏。娥皇打马绕着走正道，妹妹骑骡子翻山。谁知翻过山以后，妹妹的骡子临产要下小骡驹。气得女英跳下骡背，狠狠地责骂："骡子下什么驹！"女英甩下骡子自己奔走，走到现在的胡营村，慌不择路，一丛枣刺钩住了衣裙，半晌不能脱身。女英又气又恼，又责骂了一通："枣刺以后不准带钩！"枣刺受此责骂，一根一根弯钩立刻变成了直刺。女英终于狼狈地从山里逃奔出来。

据说骡子受到责骂，从此天下的骡子不再下驹。在今天的芮城胡营村一带，所有的枣刺都是直刺，无钩。

女英来晚了，让姐姐抢了先，很不乐意，提出不能以先来后到分大小，要以才艺比高低。舜接着出题，让姐妹俩再比，首先比试做饭。一样的锅灶一样的柴，一样的清水一样的面，看谁先做好饭。娥皇先动手和面，揉成面团，醒在案上，然后点火烧水，水快开了，动手擀面切面，面条切成，刚好水开，下锅煮好，柴火正好烧完。面条适口，省时省事。女英急于胜过姐姐，点火烧水，同时动手和面，水开了面没有和好，急忙擀面，面没有醒好，切不好，煮不好，柴火倒烧完了，煮成一锅黏面糊。再比赛针黹手工。

一样的麻线一样的皮，看谁先做好履。只见娥皇把两块兽皮一正一反放在舜的一只脚下一比画，一剪就剪出了两只对称的鞋底。那女英把兽皮摊开，让舜踩上两只脚，结果做成鞋以后，两只鞋大小肥瘦不同。一食一履，两番比试女英都处于下风，很是懊恼。

这时舜安慰她们说："脚分左右无大小，人无大小长者尊，姐妹二人如手足，我待你们一样亲。"娥皇也婉言劝说："舜协助父王治理天下，我们为他承担家务，分解忧愁，还是姐妹，何必分大小。"女英很是羞愧，从此心悦诚服地侍奉舜及家人。舜与二妃同拜夫妻之礼，在历山做了恩爱夫妻。

后人将舜与二妃见面的地方，称为见帝村，就是现在的芮城县杜庄乡见帝村。舜与二妃共同生活的地方叫历山村，分东历山、西历山两村。

舜和娥皇女英的故事，可以看出人类早期的男耕女织的生活理想，还有一夫多妻制度下的那样一种琴瑟和谐。我们甚至可以看出早年中国古典戏曲的"大团圆"式的结局。一切的一切，千年以前，都有原型，都有源头。

对于舜，瞽叟和姚婆一味加害，一味凶残，而到后来，舜是做了天下盟主的，这一对老父继母如何下场呢？这里也有一个传说。

却说舜被赶出家门，躬耕历山，他在历山，受到当地人的敬仰与帮助，日子越过越好。而瞽叟夫妇还有小儿子象，好吃懒做，坐享其成，不长时间就败光了家产，加上黄河发大水，冲毁田地房屋，一家人无处落脚，最后沦为乞丐，四处流浪，讨饭度日。

舜听到了这个消息，暗地里落下了心酸的泪水，决意寻找父母家人。他将家居之物卖掉，返回虞乡，在这里开了一个粟米店，一边赈济灾民，一边打听家人的下落。

恰逢有那么一天，继母姚婆讨饭来到店前。舜认出了继母，二话不说，立即给装了一篮子白馍。姚婆不知就里，高高兴兴回到了家里，一见瞽叟就说，今天遇上好人了，一下子给了一篮子白馍。马上取出一个给瞽叟吃。瞽叟一掰，馍里掉出一个钱币。再掰一个，又掉出一个钱币。他把所有的馍都掰开，每一个里面都有一枚钱币。第二天再去，还是一样。馍里面总是夹着钱币。

这以后，姚婆不再提要饭篮子了。她收齐了钱币，带着象，一同到粟米店去买米。谁知道，背回米袋子，往米缸里一倒，呼啦哗啦还有钱币。这下子一家人更吃惊了。

知子莫若父，瞽叟想起舜的为人，如此行事，确确实实像我那儿子。

一家人正在议论，不想舜已经跟随来到门外。一接话，瞽叟就听出是舜。舜上前扶住父亲，下跪大哭，连声道父母饶恕孩儿不孝之罪。瞽叟听到这里，也连忙扶起儿子，紧紧抱住舜的头，老泪纵横痛哭起来。父子俩别后重逢悲喜交集，象和妹妹敤首也陪着掉泪。

从此，舜一家人和睦相处，乡邻称颂。舜的贤名远播四乡。大舜认亲的故事传为美谈。当地村民把这个村子叫作"瞽叟村"。《上古神话演义》中所说的"虞乡县有瞽叟村"就是指这里。

由于舜的大孝大德，虞乡远近的人们都来投奔，舜住的地方很快就成为一个都邑。集市交换也有了。舜为了让人们经营买卖，各取所需，又定下了"日中而市"的规矩。这一带很快发展成为繁华的集市贸易场所，人们又将"瞽叟村"更名为古市村或者古市镇，后来，"古市"又演变成了"故市"。

虞乡，相传为舜帝远祖虞幕封地。春秋称解梁，北魏置县。唐代属蒲州。1961年并入永济县。现为永济市虞乡镇。下辖37个行政村，"故市"原名"古清华市"，后人简称故市或古市，2001年并入虞乡镇。居民669户，2300人。

远古的传说，人物形象多为扁平型的，瞽叟一味的恶，大舜一味的善。善恶分明，人物形象简单，大约也符合那时人们的认知水平。随着社会发展，人性变得复杂起来，善恶糅杂起来，那应该是后来的事。舜的贤良亲善，瞽叟的报应悔过，也符合历代人们对于善恶有报的朴素认知。

关于舜渔雷泽、舜陶河滨，民间也有相应的传说，这里且看舜陶河滨。

河滨制陶，起初还好，后来有人作伪，外形做得很好，陶壁做得很薄，一用就坏，大家只好再去购买，制陶人于是大获其利。同业人争相模仿，弄得无器不窳，是陶皆劣。乡民苦不堪言。舜于是到了河滨，仔细考察当地泥质，很适宜制陶，而当地的陶器，却是很坏。舜于是选择了一块场所，要制作坚实的陶器，矫正这个恶俗。当地的制陶人知道了，以为舜来夺他们的生意，纷纷与他为难。可是舜制作的陶器，大家纷纷购买，弄得其他人生意清淡，众人气愤不过，又来上门闹事——

舜：诸位以为我夺生意吗？但制货之权在我，买货之权不在我。人家不买，我不能强卖。试想一想，同一件陶器，何以诸位所做的，人家不喜买；我所做的，人家都喜买，这是什么缘故呢？

众人：你做的坚牢，价又便宜；我们做的松脆，价钱又贵，所以人们买你的，不要我们的。你这岂不是有意和我们作对，夺我们的生意吗？

舜：既如此，试问诸位，对于人生日用之物，都要它松脆，不要它坚牢吗？

众人回答不出。

舜：诸位所穿的衣裳是布的，假设诸位去买布，卖布的给你松脆的，不给你坚牢的，你要它吗？既然别人所做松脆的，我们不要，我们怎能做了松脆的物品去卖给别人，这岂不是不恕吗？

众人：向来我们所做的，人家都来买。现在你来做了，人家才不买。可见是你之故，不是货色松脆之故。

舜：不然。以前人家买，是因为无处去买，不得已而买，并非喜买。比如，凶荒之年，吃糠吃草，是不得已而吃，并非喜欢吃。现在诸位拿了松脆之物，强卖给人，与拿了草根、糠屑强迫人去吃无异，岂不是不仁吗？

众人：我辈做手艺赚钱，只知道求富，管什么仁与不仁。

舜：不是如此。有仁才有富。除去仁，哪里还有富可言？

众人忙问其故。

舜：人与禽兽不同的地方，就是能够互助。互助就是仁。我不欺人，人亦不欺我。我若欺人，人必欺我。欲富者，人同此心。百工之事，假如和诸位一样，无物不劣，无品不劣，诸位所做无非陶器，向他人所买的，不可胜数。在陶器上得利，而消耗在其他不知多少，试问诸位还能富吗？真所谓杀人如杀己。不仁而不富，岂不是不智？

众人听了，似有感悟。是呀，这几年来，各项物件都有些不耐用，就是这个缘故吗？

舜：诸位既然感觉到了，何不先将陶器改良起来，做个榜样呢？

此后，河滨人虚心学习制陶技术，所做陶器美观大方又坚固耐用，河滨成为有名的陶邑之乡。史载舜陶河滨，"河滨器皆不苦窳"，说的就是这个。

河滨，史上称陶邑乡。即现在的张营镇陶城村。分为南陶城、北陶城，南陶城耕地 1100 亩，居民 133 户，580 人；北陶城 178 户，787 口人。两村西邻黄河，南北相对，静静地守护着千年春秋。

黄河之滨，一个生长传说的地方。

大家可能注意到了，这些传说，都是和史书上的记载相对应的。史书有什么记载，田野上的村落就会有什么样的传说。史载是传说的源头，传说是史载的补充和丰富。有的史载其实只有干巴巴的几行文字，到了民间传说，那可就是一个生动丰富的故事传奇。上面的传说，一个个人物栩栩如生，它赋予史书的记载鲜活的生命，飞扬的眉目神采。史书和传说，互相依存，互相滋养，历史方才这样血气充盈。

远古时代没有文字，民间传说也仅仅依靠口口相传。一代一代，依靠听讲，将千年的先人功业这样留在人心，这是一个多么伟大的工程。不能不说，我们太过重视文字的传承，把口头的传承不当回事。令人扼腕叹息。

传说有描述，有刻画，任性地在田野逶巡游荡，没有文字没有建筑造型固定，有人往往觉得口头的东西不可靠。其实，从另一个方面说，文字的筛选过滤功能太强，经历了千代百代的口对口的传承才叫可靠。不信，一个外地人要是到永济去，指责这些民间传说不可靠，永济人立马会毫不留情，一句话噎死你：不可靠，为啥你那里就不传？

第四节　千秋功业，起点在此

帝尧选择了舜，舜得以代行天子事。安邦治国千头万绪，舜的第一件大事，是要确定自己的都城所在。

舜选择了蒲坂。

蒲坂这块土地，舜是太熟悉了。抬起头来，望着南边高耸入云的华山，那里山林耸立，云雾缭绕，瑞气飘飘，屏障在河西；身后，是连绵不断的中条山脉，钢青色的山石一路蜿蜒过来，山脚下树木葱茏，百草丰茂。眼前是滚滚黄河，蜿蜒铺展在大地上，阳光下明灭闪烁，像一条长长的彩带；黄河故道上沉积出来的成片成片的滩涂，坦荡如砥，一望无际，捏一把黄土在手里，湿润芳香。这样的土地，有什么东西不能生长，有多少子民不能养活？依山傍水，沃野百里，这样的风水宝地到哪里去找？于是，舜帝踩了踩脚下的土地，这里，就是我们新的都城。我们就要在这里生根发芽。

舜帝做出这个选择，该是何等的气魄。蓝天白云下，一代帝王指点江山，他的臣民们围着他，听着他描绘宏图，那是一幅多么激动人心的巨幅油画。那样的情景，让人为之神往。我们仿佛看到了舜帝凝重而自信的神态，万山静默黄河奔流，荡胸生层云。这种激情燃烧了千年，脚下，依然还是滚烫的感觉。

当然，这只是一个人的神思遐想，至于舜帝究竟为什么要在蒲坂建都，经济学家、历史学家、军事学家各有各的解释。

首先，蒲坂为秦晋的交通咽喉要道，军事地位重要，这是每一个有眼光的政治家首先着眼的。即便今天来看，蒲坂之南是风陵渡，是黄河中游连接秦晋两地的主要渡口；而风陵渡对面的潼关，更是两山夹一河的重要关隘。进潼关，得中原；出潼关，平天下。以后几千年的历史表明，历朝历代多少君王企图扼住潼关这个咽喉，逐鹿失鹿，全在一念。在蒲坂建都，往西可以进入八百里秦川，进而掌控雍、梁二州；往南可达荆、豫二州，遥控中原和汉江平原；往北直抵冀州和兖州。《蒲州府志·序》写道："蒲于古为帝都，风教之所由始，文物之所由昭。襟山带河，界连关陕，握控雍豫，盖全晋之形胜屏障西南者也。"这样的地理位置，是兵家必争的战略要地。

再说，蒲坂这里也是舜帝成就过的地方，有很深的人脉。当年帝尧考察舜的时候，他就在这一带从事农牧渔陶。后来被帝尧选为接班人，才追随他到平阳。此后，按照帝尧的意思，舜所在部落有虞氏，一步一步从原来的黄河下游一带迁徙到了蒲坂、垣曲、洪洞一带，而蒲坂一带依然是有虞氏主要的聚集地，舜的父母以及两个媳妇娥皇、女英都在这里居住。多年以来，这里的老百姓安居乐业，既有黄河滩涂稼穑，又有黄河水流可以捕鱼，生活富足平安，崇仰自己的首领，舜当然愿意回来在这里继续成就一番大业。

这里还有一个不便说明的原因，就是舜帝力求摆脱平阳这个老旧的都城。帝尧在那里苦心经营了近百年，各种势力盘根错节，关系微妙。皇亲国戚，各种利益集团在掣肘，历年来积累的各种矛盾随时都可能带来不必要的麻烦。蒲坂这个地方却是舜帝的发家之地，依靠无可替代的号召力、凝聚力，足以摆脱前朝的羁绊。舜帝放弃平阳，自是明智之举。

建都蒲坂这个决策，我们的目光穿过千年，今天看来也是一言九鼎，挽定乾坤。一个领导集团安放过来，九州大地微微颤动了一下，随之安然欣然。

当代一些学者也早就看出了建都蒲坂的合理性。学者王社教认为，晋西南所在的山西地区属于黄土高原的一部分，黄土堆积深厚，非常肥沃，栽培作物可以多年不施肥，黄土保墒能力很强，干旱少雨也有收成。黄土组织结构细而均匀，矿物成分丰富，质地疏松，容易粉碎。团粒多大孔隙，有良好的保水保墒性能，有利于作物栽培，非常适宜早期人类开发和居住。黄土高原以外的地区农业生产条件就要差一些。《尚书·禹贡》对当时各地的土壤条件和田赋等级有一个比较。如包括晋西南地区在内主要以今山西地区为主的冀州，"厥土惟白壤，厥赋惟上上错，厥田惟中中"，田地条件虽在九州中属第五等，但赋却在九州中位居第一。而包括今河北南部山东西北部的兖州，"其土黑坟，草繇木条，田中下，赋负，作十有三年，乃同"，田地条件在九州中属第六等，而赋则属于九州中的最后一位。以今山东半岛为主的青州，"其土白坟，海滨广泻，厥田斥卤，田上下，赋中上"，田地条件在九州中属第二等，赋则为第四等。包括今安徽、江苏北部和山东西南部地区在内的徐州，"其土赤埴坟，草木渐包，其田上中，赋中中"，田地条件在九州中属第二等，赋则列为第五等。淮河以南地区的扬州，"其土涂泥，田下下，赋下上上错"，田地条件在九州中属第九等，赋为第七等，杂出第六等。包括今河南、湖北和江西地区在内的荆州，"其土涂泥，田下中，赋上下"，田地条件在九州中属第八等，赋则列为第三等。以今河南地区为主的豫州，"其土壤，下土坟垆，田中上，赋杂上中"，田地条件在九州中属第四等，赋则属第二等。以今四川盆地为主的梁州，"其土青骊，田下上，赋下中三错"，田地条件在九州中属第七等，赋则列为第八，杂出第七、第九三等。包括今陕西、甘肃在内的雍州，"其土黄壤，田上上，赋中下"，田地条件在九州中属第一等，赋则第六。就农业生产条件和田赋等级之间的关系来看，原始社会末期，生产技术条件还相当低下，农耕部族要生存和发展，晋南地区无疑具有决定性的意义。

冀州的田赋之所以能在九州中位列第一等，不仅得益于土壤条件，气候温暖湿润也很重要。当时的晋西南并不像现在这样干燥缺水。当时这里的河流水量丰富，湖泊众多，根据历史气候学家的研究，公元前 6000 年至公元前 1000 年，我国的气候属于仰韶温暖期，当时中国的东部气候要较现在温暖，冬季气温要高出现在 3—5 摄氏度，亚热带北界位置与现在相比北移 5—6 个纬度，晋西南地区正处在亚热带北界的边缘地带。这样良好的气候条件，再配上当地优越的土壤资源，农业生产有保障，在连绵不断的部落争斗中才能立于不败之地。

晋西南地区还具有非常有利的地理区位。晋西南地区位于古代华夏各族活动的中心地带，大河由北向南又折东而去，成为沟通内外联系的桥梁和纽带。与周围各部族建立联系非常方便。同时，北有黄土高原沟壑纵横，南有中条砥柱，滨河错峙，东有太行屏障，西有大河为之限隔，易守难攻，既可以在此安心经营家园，又可以很方便地外出经略，是一处非常理想的立都之地。

时光流过，黄河向海不复回。如今要在蒲坂这块地方找出哪里是当年舜帝的宫殿，哪里是他耕耘过的地方，已经杳无踪影，但是，天地之间依然到处闪烁着舜帝的影子。蒲坂，俨然是一座没有宫殿的帝王都城。

一个设置完备的国家机器在这里开始运转。

回望蒲坂，最为震撼人心的是，中国最早的真正的政府机构的建立，是从舜帝手里开始的。也就是说，舜帝把都城迁到蒲坂之后，随之就开始筹备一个新的政权机构的建设。蒲坂，也就理所当然地成为最早的国家机构所在地。蒲坂，一个辉煌的起点。

从《史记》来看，帝尧的时代，国家的雏形已经形成，已经有了初步的职能部门和各自的职能机构，也出现了禹、皋陶、契、后稷、伯夷、夔等一些著名的大臣，但他们的分工并不十分明确，各个机构的作用并没有发挥完善。

在舜帝登上帝位之前，他已经是帝尧的一名重臣，先后负责过外交、林业、渔业等几个重要职能部门，熟悉了各个部门的运作程序，并对它们的弊端了然于心。在他担任国家首领以后，当然要建立健全政府机构，进一步完善各部门职能，以便互相协调，臻于至善。

经过多次会商，一个新的设想形成了，原来的机构经过撤销与合并，重新组合与调整，最后，确定了九个部门，这九个部门分别由九个大臣担任负责人。这九个部门是：司空、稷、工、司徒、士、虞、秩宗、典乐、纳言。

司空，应该说是汉代以前人们最熟悉的职务。在帝舜时期，就是内阁总理大臣，协助国君全面管理国家政务。《尚书》所说的"百揆"，即百官之首，是管理百官的官员，是仅次于帝王的实权人物。

正因为如此，舜帝在挑选第一个司空人选的时候，就格外慎重。第一个，也就意味着要为后世立个榜样，以后的同类官员就要照着这个样子去做。因为这个职位太重要了，他的权力太大了，担任这个职位的人，不仅要有很强的工作能力，关键还要有很好的人品，很好的政治素质。这个人员选得准不准，直接关系到国家的命运和前途。还有，在某种程度上说，挑选司空实际上就是挑选未来的接班人。这不能不让舜帝思虑再三，慎重再慎重。

《史记·五帝本纪》记载：

　　舜谓四岳曰："有能奋庸美尧之事者，是居官相事？"皆曰："伯禹为司空，可美帝功。"舜曰："嗟，然！禹，汝平水土，维是勉哉。"禹拜稽首，让于稷、契与皋陶。舜曰："然，往矣。"

舜帝说，哪个人能够光大帝尧的事业，可以让他管理百官帮我做事。大家都推荐禹。舜帝同意了，让大禹继续治理洪水，并勉励他再接再厉，继续努力。大禹很谦虚地推让一番，但舜帝不答应。

第一任大司空就是大禹，这就使大司空的门槛从一起步就很高，以大禹这样的德高望重的人担任大司空，后来的大司空们自然就倍感自豪，自然也感觉到自己肩上责任的重大。

稷，也是一个官职。主要是管理农业。

这个职位之重要，当代人也许难以想象。但是遥想当年我们的祖先，为什么逐水而居，为什么要在每年都要发洪水桃花汛的黄河岸边居住，还不就是为了种植农作物，为了吃饱肚子活下去？所以，粮食生产是一个部落、一个民族的第一件大事。只有丰衣足食，国家才能安定，部落才能兴旺，人种才能延续，你说，还有什么比农业生产更重要？

农业就是当时社会的国之根本。所以舜帝对稷的人选也同样很重视。最后他选定了一个人，这个人就是弃。

舜曰："弃，黎民始饥，汝后稷播时百谷。"（《史记·五帝本纪》）

弃在帝尧时候就是管理农业的官员，对农业生产非常熟悉。不仅如此，他对农业的热爱，是其他人所不能相比的。这个人对中国农业的贡献是值得大书特书的。稷，在某种程度上，就是中国几千年来对农业有重大贡献的科技人员的代名词，是一个把毕生精力投入到农业技术方面的专家，他是种植五谷的始祖，是我们中华民族崇拜和敬仰的农神。舜帝时代的经济稳定与发展与这位五谷之神的全力支持是分不开的。

司徒，是一个管理民政与教育事务的官。民间事务，民众教化提上议事日程，这说明，在社会生产力还不发达的时代，管理与教化也已成为国家职能。

士，是一个实施法律、执行刑罚的部门。皋陶，就被舜帝任命为第一任士。但那个时期几乎没有什么法律条文，也没有什么完备的法律规范，所有法律建设都要从头做起。外围有蛮夷入侵，又有内寇的滋事捣乱，稍有不慎，就可能引起祸乱，士肩上的担子之重可想而知。

还有其他五个部门我们只能做个简单的介绍。工，是一个管理治水、建筑、纺织和冶炼的部门，倕是第一任；虞，是一个管理山林的部门，益是第一任；秩宗，掌管祭祀和礼仪，伯夷是第一任；典乐是一个掌管音乐的部门，舜帝任命夔为第一任。初民时代礼乐制度是人们重要的行为规范，失礼即僭越，和乐即和合礼。大型的祭祀和朝拜，严格的礼乐和制度秩序相协调。看孔子对于礼乐的崇尚，对于失礼的愤慨，就可以体会。什么叫礼崩乐坏？往往是社会溃败的产物。礼乐教化培育出素质优化的民众，一个王朝崩溃以后，礼失求诸野。深厚的文化积淀竟然要到民间去搜求打捞。民风的化育成长，乃礼乐之功。纳言，喉舌之官，掌传达王命。

这应该是中国土地上诞生的第一届国家政府，这是值得后人永远记忆的一件大事。特别让我们值得骄傲的是，早期的国家政府的建立，虽然古朴原始，倒也肃然端正，一个国家的资治功能完备健全，由此开始，创造了继帝尧以来的又一个辉煌时代，史称"尧天舜日"。

《史记·五帝本纪》用特别的篇幅，赞美的口吻记述了当时情景：

> 皋陶为大理，平，民各伏得其实；伯夷主礼，上下咸让；倕主工师，百工致功；益主虞，山泽辟；弃主稷，百谷时茂；契主司徒，百姓亲和；龙主宾客，远人至。十二牧行而九州莫敢辟违。唯禹之功为大，披九山，通九泽，决九河，定九州，各以其职来贡，不失厥宜。方五千里，至于荒服。南抚交阯，北发，西戎，析枝……四海之内咸戴帝舜之功。于是禹乃兴九招之乐，致异物，凤皇来翔。天下明德皆自虞帝始。

国运昌盛，八方来朝。《尚书》中有《禹贡》一篇，说的是国家贡赋的划分，贡献的路线。从中可以看出，蒲坂的漕运码头，当时是九州贡献的终点。以晋南为中心，疏导九州运向京都的九条水路，确定九州贡献的物产。这九条贡赋水路，指向一个终点——蒲坂漕运码头。全国各地的贡献，全部由这里上岸，缴纳到帝王的国库里。

《禹贡》以晋南的国都为中心，五百里为一级，划定从国都甸服、侯服、绥服、要服、荒服五个级别的服级管理。规定什么样的服级担负什么样的职责，贡赋什么样的谷物，推行怎样的政教，维持什么样的隶属关系。离京都遥远，那就是放逐和蛮荒的地方了。

一幅国家贡献的宏伟场景，一幅天子居中，恩施威仪，万邦来朝的宏阔画面。

现在有学者说，国人的地域国家观念，最晚在战国就形成了。那么最早呢？他没说。我看，最早在尧舜时期，已经出现了国家观念的萌芽。

这真是一个人类向往的太平盛世啊！它是那么俨然有序，又那么祥和熙然，人们都在称颂舜帝的功劳。史书，对尧舜都是极尽赞颂。这样的社会后世尚可比拟的，大概就是唐朝的贞观之治和开元盛世。那是又一个强盛和美政。国家如此强大，文化如此发达，政治如此清明，人民安居乐业，路不拾遗，夜不闭户。大批的外国人纷纷拥来，从这里学习最先进的文化和技术，首都长安成为一个世界文化交流中心，这里人如潮涌，熙熙攘攘，黑人白人，大胡子小胡子，穿梭于街市，人流如潮，百货琳琅，那是一个多么让人怀念的时代啊！

而这一切千秋功业，那个遥远的帝舜时代就是起点。

第五节　礼乐之光

舜的父亲瞽叟，有人说他是盲人。有人说他并不是盲人，而是朝中乐师。《国语》说，"瞽献曲，史献书"。"瞽，乐太师；史，太史也。"由此来看，瞽，是朝中的作曲家，精通音律。过去我们经常能看到盲人说书演唱。难道这个瞽，自古以来就和职业音乐家靠近？当然也有另一说，说瞽是古代主管气象观测的职官。

《吕氏春秋》记载，"帝尧立，乃命质为乐。质乃效山林溪谷之音以歌，乃以麋𩑶置缶而瞽之，乃拊击石以象上帝玉磬之音，以至舞百兽。瞽叟乃拌五弦之瑟，作以为十五弦之瑟，命之曰大章，以祭上帝"。这里说的就是，尧帝命瞽叟制作乐器，瞽叟创造了十五弦琴，演奏《大章》祭祀上帝，说明瞽叟曾经做过帝尧的乐师。瞽叟通音律，在上古社会，应该是不可多得的专业人才。

受父辈的影响，舜也有很好的音乐天赋。他通诗能歌，这是让我们惊讶的。他从父亲那里学来了制乐的本领，他会制作五弦琴，还有形似凤尾的箫。他根据一年四季十二个月的季节变化，修正了六律，定宫、商、角、徵、羽五声，谐以金、石、丝、竹、匏、土、革、木八声。就是八种材料制作的乐器。他曾经与乐官夔合作创作了《大韶》和《箫韶》等大型交响乐曲。后来，他将父亲的十五弦增加八弦，改进成为二十三弦瑟，这样，演奏出的乐曲音律更广，更加丰富动听。乐官夔在舜的指导下，模仿百兽的动作，创作了许多舞蹈在宫廷和民间表演。

关于舜制作笛箫的传说，那还是在历山时期。可能是五弦琴弹多了吧，舜觉得有些单调。前任能制作五弦琴，自己怎么不能制作新的乐器呢？如果有一种乐器能和古琴合奏，乐音岂不更加美妙动听？

也是有那么一天，天低云暗，大风呼啸，舜照常去田野耕作，路过一片竹林，蓦地看见一节竹管被人折断，竹管中通，悬空着，风吹过竹管，竟然发出呜呜的哨音。舜受到了启发，折下竹节，把孔对着风，顿时竹节呜呜响起来。舜还发现哨声因为方位不同发音也不同，人仿佛一下子开了窍，这竹管不就能制成口吹的乐器吗？

舜看了许多竹子，截成许多竹管，每根竹管长短不齐，大致在一尺多长，不超过二尺。竹管前端切开一个细口，细口内安放一个薄竹片，遮挡孔眼的大小位置不同，舜一根一根试着吹，每根竹管都发出高低不同的悦耳的声音。将做好的十多根竹管按照长短及音高大小排列，用绳子捆扎，这一排竹管宽约二尺，参差不齐就像蜂鸟展翅。

舜按照十二音律，试来吹奏，反复试演，调整竹管的音高音准，最终选定了十管。由于竹管中通无底，舜给它起名叫洞箫。封了底的，起名叫底箫，竹管连在一起，就叫它排箫。

人们聚齐的时候，舜时常为大伙演奏。箫声悦耳动听，可以高亢嘹亮，可以婉转悠长，也可以悲切缠绵，像人的呜咽。大伙儿看到吹箫声音美好动情，都跟着学吹。从此排箫就流传开来，以后有了十六管的，又有了二十三管的，乐调更加丰富，表现力更强。

关于洞箫的起源，我们竟然有如此美好的传说。我们民族的乐器起源很早，但洞箫起自何时？我们宁愿把它和舜的名字连接在一起。远古的长箫，悠悠响起。其实这也不完全是臆测，就在前些年发掘的陶寺遗址，出土的乐器就有石磬、陶埙等。人们是多么喜欢一个手挥五弦、目送飞鸿的舜帝形象。在许多古籍的记载里，都有舜和乐官的对话，可以看出，这位君王对于国乐，那是相当内行的。

《尚书·尧典》里，有舜帝和夔关于音乐的一段对话：

> 帝曰：夔！命女典乐，教胄子。直而温，宽而栗，刚而无虐，简而无傲。诗言志，歌永言，声依永，律和声。八音克谐，无相夺伦，神人以和。夔曰：于！予击石拊石，百兽率舞。

这段话要现在来说是这样，帝舜说，夔啊，我命你主管音乐，教育青年，教导他们正直而温和，宽宏而庄严，刚正而不暴虐，平易而不傲慢。诗表达志意，歌把语言咏唱出来，声调随着咏唱而抑扬顿挫，韵律使声调和谐统一。八类乐器的声音协调，不能互相扰乱伦次，神和人听了都感到了快乐和谐。夔说，好啊！我们敲击石磬奏起乐来，让百兽随着音乐跳起舞来吧！

我们万万不可小视这一段话，它是我们先祖最早的关于音乐艺术的论述。九十年代我读了一个文艺理论研究生课程班，我惊讶地看到，不论哪一种版本的中国文学理论史，开篇都是这一段话。没有别的原因，它是我国的文学艺术理论的源头，也是音乐学、艺术论的源头。他提出的"诗言志"，诗人朱自清认为是我国诗论的"开山的纲领"，对后世的文艺理论起到了长远而广泛的影响。

在《尚书·皋陶谟》中，舜还这样说过：

予欲闻六律五声八音，在治忽，以出纳五言，汝听。予违，汝弼，汝无面从，退有后言。

这话的意思是：我想听到六律五声八音，从各种音乐中考察政治上的疏忽。宣布采纳各方面的意见，你要注意听取。我如果不接受你的帮助，你不要当面顺从，下去背后说闲话。

关于文艺的社会作用，如果说舜开了一个好头，到后来的《毛诗大序》的赋比兴风雅颂，孔夫子的兴观群怨，关于乐府采风制度，关于中庸之道，关于温柔敦厚，是否都有一脉相承的感觉呢？

让我兴味盎然的是，早在四千多年以前，我们的舜，对于诗文，对于音乐，就有了这样清醒的觉悟。不但在诗文，就在音乐，他的话，也是一语传千年。八音，一直到现在，我们不还是这些类型的乐器吗？打击、吹奏、弦乐。那个匏，多么神奇啊，"我有嘉宾，鼓瑟吹笙"，诗经时代，笙，已经是寻常人家都用的乐器。陶制的埙，这几年又有人复制了演出，咿咿呜呜，古风悠悠。对于民族管弦乐，我们还习惯叫它丝竹。五声六律，我们的宫商角徵羽五声音阶，延续了多少年，一直到近代才有所改变。我甚至觉得，我们民族声乐的一些短处，也来自远古的遗传，来自原始的一些鲁莽的规定。怪谁呢，胎里带的，我们都是尧舜的子孙。

舜帝的一生，时有兴会，抚琴高歌。要说大型的音乐歌舞庆典，有这么两次。

头一次兴之所至抚琴高歌，在蒲坂之东的盐池。

蒲坂之东有一座天然盐池。远古时代，盐对一个民族，有多么重要。所以，舜帝一直想来巡查一下盐池。

古老的盐池位于中条山脚下，现今运城市所在的南畔。东西长约三十五公里，南北宽约五公里。它是镶嵌在河东大地上一颗璀璨的明珠，是上天赐给河东人民永不枯竭的宝藏。

一方平湖，不是淡水，是盐湖。如玉似雪，盐花终年盛开。采之又生，生之又采，日日取之，生生不绝，天赐地设，宝藏无穷无竭。

几千年之前的盐池，人类刚刚开发利用，采盐取盐，简单原始。舜来到盐池的时候，正是盐湖最美的季节。一望无际的银色世界，近处水鸟翻飞，远处人影点点。红日高照，清风徐徐，一片祥和景象。盐湖里出出进进的采盐人，像蚂蚁搬家一样辛勤。看得舜帝喜上眉梢，心头舒展开来。

忽然间，平地一阵大风，山呼海啸般翻卷而来，咆哮着向盐池奔涌而去。这风刮得如此激情澎湃，如此肆无忌惮。舜帝的心头不禁一惊，朗朗乾坤，红日高照，何处来此一风？

舜帝不知道，这风就是盐池最著名的一道风景。当地人把它称为南风。老百姓称此风为南风一点不错。它就来源于近在咫尺的中条山。中条山有一个风口，叫盐风洞，一年四季呼呼生风。此风专为盐池而生。夏天的时候，盐湖雾气升腾，遮住阳光，影响了盐的生成。而南风一刮，瞬间水汽消散，盐卤随风而生，"南风起，盐始生"。南风刮走水汽，阳光蒸发湖水，留下来的就是白花花的盐。如果没有南风，随便刮什么东北风、西北风，则"盐花不浮，满畦如沸粥状，谓之粥发，味苦色恶，须刮弃畦外"。所以当地人称此风为盐南风。关于盐南风的最早记载出自元至治元年（1321年）的"大元敕赐重修盐池神庙碑记"，文曰："条山之下有风谷焉，每仲夏月，应候而至，至则吹沙石，摧木隆隆，俗谓之盐南风。"

沈括《梦溪笔谈》中说："解州盐泽之南，秋夏间多大风，谓之盐南风。其势发屋拔木，几欲动地。然东与南皆不过中条，西不过席张铺，北不过鸣条，纵广止于数十里之间。解盐不得此风不生，盖大卤之气相感，莫知其然也。"

南风原来有如此之妙用，那就使劲地刮吧！想当年，不知哪个专家向舜帝做过如此通透的解释，舜帝一下子就明白了。作为一代帝王，他浮想联翩，心潮激荡，这哪里是普通的风啊，它就是滚滚的财富，它就是国家强大和富足的希望啊。于是舜帝站在如今池神庙所在地的池畔上，目送神光，俯视盐池，远眺中条，高歌长吟。

"拿琴来！"

一张五弦琴摆在舜帝面前。

舜帝兀然端坐，凝神静气，然后双手抚琴，横拨竖弹，发而浩歌：

> 陟彼三山兮，商岳嵯峨，
>
> 天降五老兮，迎我来歌。
>
> 有黄龙兮，自出于河，
>
> 负书图兮，委蛇罗沙。
>
> 案图观谶兮，闵天嗟嗟，
>
> 击石拊韶兮，沧幽洞微，
>
> 鸟兽跄跄兮，凤凰来仪，
>
> 凯风自南兮，喟其增叹。
>
> 南风之薰兮，可以解吾民之愠兮。
>
> 南风之时兮，可以阜吾民之财兮。

这首《南风歌》，前半，舜回忆了天降五老相助，黄龙自大河游出，背负河图之书奉献。五老对谈，群臣庆典。那时的南风，就是祥瑞。今日的南风，竟然又合了实利。如此，祥和的南风你使劲地吹拂吧，把百姓心中的怨愤都化解了吧；应时而来的南风你使劲地吹拂吧，把滚滚的财富给我们的百姓送来吧。

充满深情的歌声在空旷的盐池回旋，缭绕的琴声在湖面上荡漾。历史记住了这一刻，盐湖记住了这一页。几千年后的今天，在如今的运城市建了一座巨大的南风广场，树立在广场中央的一座巨大的凤凰雕塑底座上就刻着舜帝的这首诗。而在五公里之外的舜帝陵的广场上塑造的舜帝坐像，就是他手抚五弦琴吟唱的情景。

《南风歌》，在河东大地传扬，有多少人读懂了那一颗博大的心，读懂了那里边浓烈的爱意，读懂了舜帝为万民谋幸福的一往情深。浅吟低唱，我的心灵被一遍遍地震撼。

因为舜帝这首名垂千古的歌诗，明万历十九年（1591年），一座古格高雅的"歌薰楼"拔地而起。新落成的歌薰楼，"条山揖于前，神祠抱于后，淡泉呈于左，甘泉耸于右"，"登斯楼也，眺视上下琼瑶万顷，浮云飞雾叠相往来，令人有凭虚之想，忽而清风徐来入我襟袖，噫嘻，此南风也"。

修此楼者何人？巡盐御史姜春芳也，一个很有作为的封疆大吏。他在巡视河东盐务的任上，修订了盐池管理的规章制度，编辑史书，维修池神庙，创建了歌薰楼。

后来，歌薰楼还修建了"舜弹琴处"的木牌坊，"舜王的琴"一旁有一块响石，游客击石而歌，对景叹赏。

清康熙四十二年（1703年）农历十一月初八，圣祖玄烨千里来巡河东，专程登临此楼。他焚香沐浴，毕恭毕敬，一路吟诵着《南风歌》，拾级而上，站在楼上，送目远眺，但见万顷银波，山色如画，人影如蚁，往来繁复。康熙禁不住喝彩道，壮哉斯楼，美哉斯景！伟哉圣人！

从明代开始，清代、民国以降，人们在祭祀盐神的时候，必歌南风，并成了池神庙祭祀仪式上必不可少的重要仪程。

舜帝的另一次歌舞庆典，在若干年以后，他选中大禹，起了禅让之心。

大禹治水成功，普天之下风调雨顺，丰衣足食，各地的诸侯国纷纷前来朝贡。他们沿着九州开启的水道，来蒲坂朝拜舜帝。舜帝为了隆重推出自己选出的继任，召来各路诸侯，在蒲坂帝都举办大型音乐歌舞活动庆祝盛世。

当是时，南风微微吹动，微醺的人们陶醉在舜所作的乐曲声中。夔敲击着玉磬，弹拨着琴瑟，伴奏歌咏。诸侯各国的君主们互相谦让座次，宾客们各就各位。堂下吹打各种乐器，如笙、小摇鼓、柷梧、各种琴瑟等。琴笙和钟吕轮动演奏，祖考神灵都降临了，鸟兽在优美的歌曲中舞动起来。《箫韶》

这样的乐曲演奏了九节，引来了凤凰，和着乐声翩翩起舞。也是上天感应，忽然一阵细雨，接着雨住了，天开了，漫天美丽的云朵，升腾缭绕，祥光普照，百官欢庆。舜帝越发觉得，这一个时刻，新旧交接，美轮美奂。于是即席作歌——

卿云烂兮，纠缦缦兮。

日月光华，旦复旦兮。

明明上天，烂然星陈。

日月光华，弘于一人。

日月有常，星辰有行。

四时从经，万姓允诚。

于予论乐，配天之灵。

迁于圣贤，莫不咸听。

鼚乎鼓之，轩乎舞之。

菁华已竭，褰裳去之。

译作今文，意思是——

卿云灿烂如霞，瑞气缭绕呈祥。

日月光华照耀，辉煌而又辉煌。

上天至明至尊，灿烂遍布星辰。

日月光华照耀，嘉祥降于圣人。

日月依序交替，星辰循轨运行。

四季变化有常，万民恭敬诚信。

鼓乐铿锵和谐，祝祷上苍神灵。

帝位禅于贤圣，普天莫不欢欣。

鼓声鼚鼚动听，舞姿翩翩轻盈。

精力才华已竭，便当撩衣退隐。

舜帝的这一场音乐歌舞盛会，百鸟朝鸣，有凤来仪。乐曲传到民间，传诵一时。两千年后，圣人孔夫子听到，还在感叹，我听了韶乐，那是醉了，三个月都吃不出肉的味道。

为了纪念舜帝的这一次史诗性的聚会，后人在蒲坂南城门鼓楼，建了一座"薰风楼"，薰风薰风，南来的风，你轻轻地吹，给百姓带来舒适的四月天。南风，在当时，就是一种祥瑞。

这里的百鸟和鸣凤来仪、百兽率舞历来有各种各样的解读。有学者说，那是远古时代，部落的一种图腾舞蹈，人们戴着各种各样的野兽面具，学着野兽的跳腾起舞。这样说，这是我们民族最早的假面舞会。无论怎样解读，祥瑞自天而降，神人共舞，那都是一个民族的狂欢时节。

天行有常，日月依序交替。人事何不如此。舜的功业，足以永垂千秋。但毕竟年事已高，禅位于圣贤，大得民心。君臣济济一堂，大家心领神会。于是歌舞升平，一片笙歌声中王朝后继有人。

舜帝也是一个凡人。业已竟，鬓已秋。事了拂衣去，深藏身与名，君子高风。大舜有没有一些风雨苍黄、人生须臾的感喟？也是有的。一个老人，再去背负万里江山，我们心下不忍。鼓声咚咚，舞姿翩翩，我悄悄地退席吧。

关于舜帝的诗文，翻阅史籍，我又找到两则。也许是后人的附会，但人们都愿意相信这是真的。

清代编修的《蒲州府志·事记》载有：

其一，《祠田辞》。

　　荷此长耜，

　　耕彼南亩。

　　四海俱有。

这一首，注曰"舜耕田之诗"。据说是舜耕历山时所写。舜肩扛农具，祈愿风调雨顺，天下丰年。

其二，《古风歌》。

> 陟彼历山兮崔嵬，
> 有鸟翔兮高飞。
> 瞻彼鸠兮徘徊，
> 河水泱泱兮清冷。
> 深谷鸟鸣兮嘤嘤，
> 设骨张骨兮思我父母。
> 力耕日与月兮往如，
> 驰父母远兮我将安归。

这一首诗是在舜被父母赶出家门后，前往历山路上耕稼时所写。怀念父母、思念家园的感情贯穿于字里行间。

这里的两首，还有《南风歌》《卿云歌》，足以让我们看到一个血肉丰满的舜帝形象，他是一个帝王，骨子里，他也是一个激情洋溢的诗人，有了心事，激情来袭，他乐于付之于琴瑟，付之于歌赋。黄钟大吕，浅吟低唱，挽星河，披四海，南亩耕心有所寄，思亲人怅然哀泣，他是一个情感丰富的巨人。

手挥五弦，目送飞鸿，舜帝弹琴，丰神俊仪已经为人尽知。

秦皇汉武，唐宗宋祖，总的来说，回首历史，风雅的帝王不多。一个喜好琴棋书画、舞弄风月的皇帝，一般是亡国之君。李后主的"一江春水向东流""自是人生长恨水长东"，堪称千古丽句。宋徽宗的瘦金体一代首创，他们都是在靡靡之音里葬送了江山。"最是仓皇辞庙日，教坊犹奏别离歌，垂泪对宫娥"。倒是"刘项原来不读书"一类草莽英雄，雄才大略天下归心。久而久之，我们倒淡忘了在心为志、发言为诗的先王，忘记了这些名句，治世之音安以乐，其政和；乱世之音怨以怒，其政乖；亡国之音哀以思，其民困。故正得失，动天地，感鬼神，莫近于诗，淡忘了这个悠久的传统。我们的先王舜帝，也堪称一个儒雅的诗人。

舜帝创作的《卿云歌》，传诵了千年，在浩如烟海的诗词歌赋之中，人们大概以为也就是一篇平平之作吧。不是的，一旦遭遇机会，它立刻闪射出耀眼的光芒。1911年辛亥革命爆发，千年帝制被推翻，走向共和，中国势必要和世界各国一样，有自己的国歌。那么如何创作新的国歌？如何让国民认可一首国歌？众声喧嚷，1912年年底，国会众议员汪荣宝把《卿云歌》稍加改作，由比利时音乐家约翰·哈士东配上乐谱，于是有了中华民国国歌。歌词为："卿云烂兮，纠缦缦兮，日月光华，旦复旦兮。时哉夫，天下非一人之天下。"1913年4月8日，第一届正式国会开会典礼，使用了《卿云歌》作为临时国歌。北洋政府当政时期，1919年再次将《卿云歌》定为国歌。不过这次歌词和配曲均有变化。歌词变为："卿云烂兮，纠缦缦兮，日月光华，旦复旦兮，日月光华，旦复旦兮。"而新的曲调则出自作曲家肖友梅之手。

九万里，五千年，反复海选，《卿云歌》再次成为国歌。让亿万国民认同的，还是先王。国人终于有了族群表达的统一声口，不过我还是感到悲哀。无能的后人，几千年了，国有疑难，还是只有向先人求救。你吃先祖吃了四千多年，也太狠了吧。

舜帝舜帝，文采风流，还是一个大音乐家，他的文治武功，都有开历史先河之功。面对这样一个伟大的先祖，只有高山仰止，无复一言。

第六节　尧王台上说禅让

永济当地的朋友拉我去看尧王台。

尧王台？"舜都蒲坂"是我们脑子里凝固了的定见。"尧都平阳，舜都蒲坂，禹都安邑"，这里莫非还有尧王的行迹吗？当然有。不但有，在史书的记载中，还多次出现帝尧"迁都平阳"的字样。意思是说，平阳是帝尧迁都以后才确定的都城。那么，平阳之前，帝尧的都城在哪里呢？

唐代杜佑《通典》和《蒲州府志》记载，尧"初都蒲坂，后迁都平阳"。晋代皇甫谧《帝王世纪》载："尧旧都在蒲。"《十三州志》载："蒲坂尧都，盖尧常亦都此，后迁平阳。"这些都说明，尧在迁都平阳前，都城是蒲坂。

就是在这里，尧禅让帝位于舜。今天我们要去的尧王台，相传就是尧舜禅让的地方。

尧王台距离永济县城不远，中条山延伸到平川的，有那么些低缓的小山头。尧王台，修建在三个山头顶上。三座建筑，占据三个山尖，三座庙宇，俯视着山下的川上千里平畴、袅袅人烟。

前几年，上尧王台全靠攀登，脚下乱石，身边杂树灌木，披荆斩棘才能登上山顶。这几年尧舜禹老祖逐渐成为永济的大名头，当地人开始开发这一名胜。我们再上去，已经开通了盘山公路。公路陡峭，急转弯多，林

尧王台

尧王台遗迹

子里是老树，道旁是景观树，山路淹没在一片葱茏的绿色里。忽而急上，接着盘旋，平地起山，如鼓如笋。尧王台就安放在如许高处，俯视人间芸芸众生。

上得山来才看到，尧王台实际上是一处山路牵手的三座建筑。山头和山头之间，有山梁顶上一条小路相连。上下攀登，方能从一处至另一处。三个山头，三座庙宇，背靠中条，成一个"品"字形的布局。利用三座山峰组成一个完整的庙宇群，形胜自有势，取舍在匠心。古老的庙宇错落地摆放在山麓，让人无由地自在亲近。

尧王台三庙，创建年代不详，现存为明代所建。从南到北依次为玉皇庙、祖师庙、三皇庙。原来是二层建筑，现在都只剩下底层了。留存下来好一些的，要数三皇庙，并排三孔无梁殿，大件都是砖券窑洞式结构，八卦藻井，上雕兽头、花卉图案，分别供奉道教玉皇、祖师及尧舜禹三皇。仰看藻井，精细的雕刻层层叠叠，一束阳光艰难地泻进来，更显得斑斑驳驳。地表收集了一些明代的琉璃瓦残片，以证明建筑确乎那时就耸立在这里。

尧王台正殿，顶层都已经塌毁。高大的圆形立柱，拱券门，显得气势仍在，架子不倒。头顶支撑的却是一层散砖乱瓦。雕刻已经剥落，一蓬枯草在风中凌乱地摇摆。倒塌的砖瓦风吹雨淋，涂上一层黑霉。它已经倒卧在这里多少年了。

我曾经去过中东几个国家旅行，那里这种塌毁的神庙很多。残缺的塑像，矗立的石拱，尤其是那些墙壁倒塌、依然在风雨中孤零零独立支撑的石柱，让你觉得就在历史的废墟里穿行。那些零碎的肢体，还在顽强地证明着自己，不甘匍匐化作尘土。在这里，尧舜大帝，我也看到了你们的顽强支撑。

大殿都有文字说明：

祖师庙：亦称文祖庙，文祖者，尧帝之始祖。《舜典》，正月上日，舜受终于文祖。相传尧王于正月初一，在此设坛祭天举行仪式，让舜拜了自己先祖，正式接替自己登上天子之位。文祖庙在三座庙中规模最大，入口门楼仅保留部分主体。据考证，还应该有过廊、穹顶、前殿等建筑。庙内供奉真武大帝，是道教北极四圣之一。民间传说他是盘古之子，生有炎黄二帝。降世为龙身，是中华之祖龙。帝尧祭祖大典便是在此处举行。

三元庙—禅让台：三元，即天官唐尧、地官虞舜、水官夏禹，属于道教尊奉的三位天神，是历史悠久的中国民间宗教信仰之一。道经称：天官赐福，地官赦罪，水官解厄。中国上古就有祭天、祭地、祭水的礼仪。祭祀天地水是皇帝的权力，庶民百姓只能祭祖祭灶。尧舜禹三大古帝同时供奉，四海之内庙宇仅此一座。先尧让舜、舜禅之禹都在蒲坂作为尧旧都的这里举行的。作为远古中国最高权力交接的地方，又被称为"禅让台"。

这里是尧舜禹禅让帝位的地方。

在漫长的历史上，历代帝王的传承都是世袭制，父死子替。帝尧的哥哥主动下台，把帝位传给有能力的弟弟，这在历史上是开了一个先河。这也为后来帝尧把天子之位禅让给舜树立了一个很好的榜样。

尧十六岁从唐侯登上天子位，在位七十年，把帝位禅让给舜后八年而终，据说享年一百一十八岁。在他做天子的七十年间，凭着自己的勤劳智慧和以天下臣民为念的无私，做出了许多具有开创性的、造福后世的伟大事业。

更让我们后人称颂不已的是，后来的帝舜，也用同样的方式把帝位禅让给了另一个年轻人。

我们能想象到，这是一件很隆重的大事件。

《尚书·舜典》给我们披露了一些细节：帝尧对舜说，来吧，舜，我同你谋划政事，又考察你的言论。你提的建议，用了可以成功，已经三年了，你登上帝位吧。于是在正月的一个吉日，舜在尧的太庙接受了禅让的册命。在此之前，舜观察了北斗七星，列出了七项政事，向天地报告了继承帝位的事，又祭祀了天地四时，祭祀了山川和群神，又聚敛了诸侯的五种玉圭，挑选了吉月吉日，而且，据说还建了一个很大的高台作为登基的场所。

屈原在他的著名诗作《天问》里，有这样的诗句："舜闵在家，父何以鳏？尧不姚告，二女何亲？厥萌在初，何所亿焉？璜台十成，谁所极焉？登立为帝，孰道尚之？"

这是一段专门谈虞舜事迹的诗句，《天问》实际上是问天，是屈原在受到打击之后对以前历史上所发生的一切事件都产生的怀疑，对过去所发生的一切事情都想刨根问底，弄出个究竟。对于虞舜这样的一个千古传颂的帝王，他同样给予质疑。对于他的疑问，我们在这里不予评论。只是我第一次听说，尧舜登上帝位的时候，却不像后人所传的那样俭朴，那样平和，而是同样的极尽奢华，同样的规模浩大，同样的隆重。这个十层的高台，据说非常的高大华美，宏伟壮观，以至于后来的所谓禅让登基的帝王都要仿照这一形式。

舜帝登基的仪式在文祖庙举行。

那是一个很盛大的场面。蓝天白云下，人山人海，彩旗招展，成千上万的群众聚会在一起，他们高呼着帝尧和舜的名字，他们感念着帝尧的恩泽，他们怀念帝尧太阳一样的光辉，他们怀念帝尧在位几十年宁静的生活，但同时又盼望下一个年轻人的到来，能把这一切的一切延续下去，让他们的后代也能生活在这样的太平盛世。

这一天，很多祥瑞的景象频频出现。

《竹书纪年·帝舜有虞氏》记载："即帝位，蓂荚生于阶，凤凰巢于庭，击石拊石，以歌九韶，百兽率舞，景星出于房，地出乘黄之马。"

蓂荚是一种瑞草，凤凰更是瑞鸟，也是有虞氏的图腾。天上的瑞星，地上的神马，都纷纷来到人间显瑞。用现代语言来表述，就是阶梯上长出了蓂荚，凤凰到庭院里筑巢，大臣们拍打着石头，齐声歌唱九韶乐章，山中的各种野兽也随着韶乐的节拍翩翩起舞，天上的瑞星出现在东方苍龙房宿一带，神马也从地下跑出来。据说还同时出现"河出图，洛出书"的记载。

所有这些都似乎在向后人说明，舜帝登上天子位，不仅顺应民心，而且上合天象，绝对是天意。这是一幅千古未有的喜庆图、吉祥图。

人们盼望的时刻终于来临了。年老的帝尧和年轻的舜登上了专门建造的十层高台，面对着众人挥手致意，底下的呼喊声一浪高过一浪，人们也向帝尧和舜致意。喊声在旷野中盘桓，久久不散。在人们的注视中，帝尧用激动的语调向大家介绍舜的基本情况，他智慧、文明、诚实、孝顺、温恭、有能力，把国家交给这样一个德才兼备的人，他觉得放心，国家将会更有前途。帝尧热情洋溢的讲话使舜激动不已，在群众的欢呼声中，他从帝尧手中接过了禅让的表册，然后发表了登基感言和施政演说，把自己对未来的设想和打算公之于众。台下再次欢呼。舜帝觉得自己肩上担子沉重，责任重大，对自己能否承担这样一个重担不无担心。

就这样，舜以受禅的方式登上了帝位，开启了一个新的时代。

人们往往容易把尧舜禅让这个过程想象得过于简单。顺水推舟，水到渠成，一切都似乎那么自然而然。其实说起来，舜走上帝王宝座的过程是艰难的，其中充满了许多曲折和变数。

据说，在选择舜之前，帝尧已经开始了继承人的考察工作，而且已经有了好几个后备人选。这几个人选，无论是名气还是威望，当时都远远高于舜。

尧曾到汾水北岸的姑射山拜访四位有道的名士，这四位名士是：方回、善卷、披衣、许由。这些人重义轻利，不贪富贵，是有名的贤人。尧希望把天下让给善卷，善卷却说：我生于宇宙之间，冬穿皮衣夏穿葛布，春种秋收，有劳有逸，日出而作，日入而息，逍遥于天地之间，心满意足，我要天下干什么啊！可悲啊，你太不了解我了。

尧还曾经把目光集中在许由的身上，想把天子之位让给他，没想到许由同样地拒绝了。许由说：你治理天下，已经升平日久，既然天下已经治理好了，还要让我代替你去做一个现成天子，我为了名吗？名，我对那个虚名不感兴趣。鹪鹩即使在山林里筑巢，也不过占上一枝就够了；鼹鼠就是跑到黄河里喝水，也不过喝满肚子就足了。天子对我是没有什么用处的。

这些话很可能是庄子演绎的故事，不仅如此，随后还有更令人惊讶的后续，传说许由听到帝尧要把天子的位置传给他，以为这是一件很耻辱的事情，于是竟然跑到河里去洗耳朵。一个饮牛的人听完许由的话后，竟说，你洗了耳朵把这里的水也弄脏了，我不想让我的牛喝这里的水。于是牵着牛到上游喝水去了。

在物欲横流、贪财揽权的社会，哪个不贪权势，谁不钦羡九五之尊？但是在帝尧时代，竟然有这样一批潇洒旷达的贤士名流，实在让人感慨不已。在人类的童年时代，人们的心地如水晶一样透明，如婴儿一样天真。为什么我们时常赞颂，三代以上，如何如何，又时常鄙弃，三代以下，如何下作，尧舜禹三代，是我们的社会理想。那一个时期的整体社会认知朴素而纯粹。也是这样的社会气氛，才能诞生尧舜这样的圣人贤人，从而把他们推上政治舞台的核心。如同现在人们时常羡慕童心一般，人类的幼年时期，还是蕴藏着无尽的美好。我们非常需要时时回头看一看。

关于禅让过程的曲折复杂，史书的不同记载，让我们看到了不愿看到的另一面。

《韩非子》说，帝尧准备推荐舜做自己的接班人，没想到鲧和共工坚决反对。尧不听，举兵而诛杀鲧于羽山之郊。共工也不同意，认为，天下岂能让与一个匹夫？尧不听，又举兵而诛共工于幽州之都。于是天下再不敢有人说什么反对意见。

《吕氏春秋》的说法更尖锐。尧要把天下让给舜，鲧为诸侯，发怒了：得道者为帝为三公，我为三公，尧怎么不考虑我？一怒之下，欲以为乱。召之不来，仿佯于野以患帝。舜于是把他打发到羽山，付之以吴刀。禹不敢怨，反过来服从了舜，所以当了司空。

有一本古书叫作《述异志》，它记载了这样一些事：晚年的尧，要推荐舜做自己的继承人，担心长子丹朱不服，就干脆把丹朱放逐到南方的丹水，以便为舜登基创造一个良好的环境。丹朱不服气，他纠集了南方的三苗部落，联合起来反叛。帝尧亲自带兵前去征讨，生擒了丹朱。丹朱向帝尧求饶，尧不答应，说我不能用老百姓的痛苦换取你一个人，于是毅然决然地处决了丹朱，将职位传给了舜。《述异志》带有几分荒诞和怪异，但我们还是能从中窥见古人对于舜帝继位的另一种说法。

《山海经》说的是，帝尧晚年把帝位传给了儿子丹朱，舜不服，奋起反对，夺取了王位。

古本《竹书纪年》也说，舜囚禁了尧，并阻挡了丹朱与尧的联系。更有书籍记载，舜帝"放尧于平阳"，夺取了王位。

大体上可以说，到晚周时期，尧舜禅让就作为一段佳话在社会上广为流传，成为高大上和正能量的形象。所以有学者指出，"尧舜的禅让制度，是晚周一致的传说，必有部分事实根据，而不完全出于向壁虚构"。

攻之者也好，辩之者也好，大家都不能忽视一个基本常识。禅让制的实施正是"天下为公"的大同社会时期，也就是原始公社时期，那个时候，由于生产力的低下，社会成员的生活资料来源，依靠群体去采集，通过渔猎去获得，获取的生活物资为社会成员所共有，平均分配享受。没有剩余和剥削，没有阶级，没有特权，所谓的领袖人物，还是由大家共选出来的。虽然有一定的权势，但登上"帝位"的人，他们所承担的责任要远远大于手中的权力，为社会服务的义务远多于后来帝王奢华的享受，因此，对一般人来讲，这是一份极苦的差使，并没有多少人愿意去做。所以，帝尧几次要把帝位让出去，但那么多的贤人没有一个人愿意接受。他们说：天下对他们没有什么用处。当了天子远不如当老百姓自由。如此说来，把天子位让出去，对他们来说未必不是一种解脱。尧舜禹的行为，有一种实现自己的政治理想的伟大意义，值得大书特书，万古传颂。孔子和孟子就不遗余力地赞美、夸大，"言必称尧舜"，诸子百家的齐声附和，使禅让的事情脱离了原来的社会环境，蒙上了一层神话色彩。

现在看来，尧舜禹的禅让既不像孔子、孟子所说的那样温馨，和风细雨，也不是韩非子说的那样武装起义，刀光剑影。但其中应该有紧张对峙的成分，甚至飘弥了血腥气。帝尧因为舜的继承权问题杀死了鲧与共工，说明当时在这个问题上，尖锐对立，势不两立，必须采取极端的措施才能保证禅让的顺利进行。

禅让说和篡夺说，几千年来同时并存，哪一个更符合实际，哪一个更接近历史的真实，现在要给一个结论，似乎非常困难。但两种说法中，都吸收了对方的合理成分。如禅让说中，也承认舜和禹曾被迫主动回避丹朱和商均，而且丹朱和商均也都被治以"不肖"的罪名，表明舜和禹都曾与"传子"的势力有过较量；而在篡夺说中，也承认尧有主动以舜为君的意图举措。这表明，两说虽对立，但并非水火完全不相容，只是前者更强调交出权力者的主动。而换一个角度说，"两种对立的传说，可能都有几分事实根据"。它们同时并存的事实，正是部落酋长由传贤制转变为传子制过渡阶段的反映。

有学者认为，尧舜禹时期，正值中国古代社会由公有到私有、由原始社会到阶级社会的剧烈转型时期。而转型社会的一个突出特点便是新旧交替、新旧并存，新旧错综复杂地交织在一起。作为氏族部落民主选举领导人制度残余的禅让制，虽然已经变了味，但还残存着。而另一方面，对权力的暴力攫取也已经出现，并日趋强烈地表现出来，只不过尚未完全冲破藩篱，半遮半掩地保留着禅让的外衣。尧舜禹，是一个时代的终结，和另一个时代的开启，是国家机器即将到来的前夜。在这种时候，再像旧儒那样把尧舜禹时期粉饰得那样谦让、善良、高尚、祥和，显然是有违于基本历史事实的。

禅让说和篡夺说在尧舜禹的权力传承、转移中，长期以来并行存在，共同发挥作用，但一直是各执一词，势同水火。只是近代以来才有人尝试着去处理两种说法间的歧义和联结点。大史学家范文澜先生曾认为，"所谓'禅让'制度，实际就是氏族社会的会议选举制度"，"其为远古遗留下来的史实，大致可信"。郭沫若先生则认为，禅让制实乃"氏族评议制度"，"是一种民主的组织"，"这种部落首领继位的办法实际上是在激烈争夺中进行的。传说中的尧舜禹就是这样产生的部落联盟首领"。按照郭沫若先生的观点，尧舜禹的禅让制度实际上就是在"民主（禅让）"的形式下，掩盖着"不民主的"、亦即所谓"激烈争夺"的强力攫取的、篡夺的权力转移过程。

这样，几千年来一直争论不休的禅让问题，基本上交代清楚了。

禅让制到尧舜禹以后就结束了。但禅让制产生的影响却远没有停止。在以后几千年的中国历史上，类似的演出活动还照样热闹，而且屡见不鲜，花样百出。这里面，有正剧，有悲剧，也有闹剧。但不论让位，不论逼宫，不论篡位，他们的嘴里喊的都是尧舜的禅让。

宋宣公为君王，有太子予夷。在位十九年，患了大病，临终前他把弟弟和叫到跟前，说："父死子继，兄死弟及，天下通义也。我死之后，你就继承王位。"和屡次辞让之后还是接受了。这就是宋穆公。后来穆公身患重病，把大司马孔父叫到跟前安排后事，说："先君舍弃自己的儿子而把君位传给我，这件事我不敢忘记。如果先君问我他儿子予夷，我将拿什么话来回答呢？请你帮助他主持社稷，我死之后，便不再后悔。"孔父说："我和大臣们愿意推举你儿子做君王。"穆公说不可，"先君认为我是个贤人，才把江山交给我。如果我丢弃了先君的德行，不把君位让出来，怎么能说贤呢？我们应该光大先君的德政啊。千万不能因为我的儿子而废弃先君之功"。于是他让儿子远远地回避到郑，把君位交给了予夷。

这是《史记·宋世家》所记载的事情。宋宣公、宋穆公都以大义为重，抛弃私利，让我们看到了尧舜禅让所产生的巨大魅力，堪称孔子、孟子儒家宣传的道德风范。

历史上也有许多的阴谋家利用尧舜说事，自导自演的禅让闹剧一次又一次地发生，就像是演员在舞台上的表演，有些很专业，有些却是相当地蹩脚滑稽，简直就是跳梁小丑。

公元前9年，汉朝，一个五岁的小皇帝用非常深奥的古文发了一道诏书，宣布把帝位禅让给"德高望重"的王莽，以效尧舜禅让故事。这个事情在当时的人看来的确是值得夸耀的盛事，因为以当时王莽之名声、德望、威信、功劳，获此禅让完全是有资格的。然而，当翻开历史深藏的一页，你就会知道其中是多么虚伪，多么阴险，令人毛骨悚然。

慕古成痴的王莽，凭着绝佳的表演天赋，把自己塑造成谦恭、敦厚、节俭、品德高尚的圣人形象，步步高升，由一介平民而升为太傅、太尉直至丞相，进而为王。但暗地里，却把前朝的皇帝一个个害死，又立一个个傀儡皇帝作为过渡。他还人为地制造种种祥瑞，表明自己应受天命，他手下的心腹不断在皇帝跟前明确暗示，效法尧舜，把帝位禅让给王莽。等到皇帝下诏书准备禅让了，王莽却一而再，再而三地辞让，直到最后才假惺惺地表示众意难却，天命不可违。当他按照自己精心设计的套路完成了全部程序登上天子之位，禁不住对身边几位心腹大臣会心一笑，说："尧舜的禅让，我现在知道是怎么一回事了。"其用心之幽深非常人可测。

同样的事情发生在三国。大家所熟悉的曹操的儿子曹丕当上魏王之后，就加紧向皇帝施加压力，逼汉献帝效唐虞旧例，禅让帝位。但皇帝真正下诏书禅让的时候，他也是再三推辞。按照旧例，一般是推让三次，这次他却连续让了四次，闹得汉献帝都不知道该怎么办了。由于有了曹丕的先例，紧随其后的司马氏干脆照抄照搬，公元265年，司马炎效曹丕故事，逼迫十五岁的曹奂下诏书禅位于他，夺汉天下的曹魏在四十五年之后也被迫"禅让"了。

到了民国，袁世凯想当皇帝，还不是活动大臣一而再，再而三地上表劝进，终于坐上了龙椅，还要假惺惺来一句："你们这是要陷我于不义啊！"丑恶表演令人作呕。

禅让，有真的，有假的，为什么我们的国民，总相信是真的，总希望是真的？

它寄托了我们对于和平更迭政权的向往。如果政权和平更迭，对老百姓无疑是福音。如果政权更迭总要来一场血雨腥风，一个国家周期性的阵痛就不可避免。

禅让精神，就这样成为一种宝贵遗产，被继承，千古一帝，万代颂扬。

尧王台，就这样千年坐落在这里。国人世世代代赶来朝拜。许一个愿吧，祈祷国泰民安，国运昌隆。乘风破浪，绕过阻碍。

也就是在下山的时候，我们终于听说，这个尧王台，就是个纪念尧舜的庙宇，尧舜真正的禅让，发生在平阳，也就是今天的临汾。那么禅让的地点，也应该在临汾。那么，我们今天的祈望，无非还是弘扬一种禅让精神。在尧舜故地，祈望尧舜精神。

我们在山头伫立。远处似有鹳鸟高飞，脚下是阡陌纵横林地静默的千古河东。中国历史上的政权更迭，一直有刀枪杀戮的一面，少有宁静和平的一面。禅让，让我们看到了历史温和的一面。也许由于如此，我们对它就格外珍惜。

一位历史学家说过，如果政治斗争总是在腥风血雨中度过，那就证明中国古代的政治系统存在问题。他又说："多数历史人物是从旧的政治体制中成长起来的。完全打破原来的政治系统重新塑造新的政治系统的代价太大。因此历史人物更喜欢在原来的政治系统中施展拳脚，选择禅让——受禅来完成最高权力的交接。"魏晋南北朝时期，萧道成受禅时，就有几个见证过几代受禅的老人大哭："何期今日复见此事！"禅让啊禅让，一个多么美好的话题。

我们下山，走下坪顶，看到一个新开发的小镇，砖墙，木牌坊，小巷里大多是两层的木楼，单扇双扇的木门酒楼茶肆，入口的地方，石砌砖雕，一座高大的三拱门楼，斗拱飞檐极尽华美。看来这里要建设一个休闲小镇。将来会有更多的游人来这里游览吧。和平宁静，就是老祖宗为我们创造的福地胜景，让更多的游人来享受温馨和美好吧。

第七节　湖光山色之外

在永济城北，有一处远近闻名的水面，叫作伍姓湖。伍姓湖是运城这个小盆地的一个淡水湖泊。东西长约七公里，南北宽约六公里，总面积四千多公顷，也是一处罕见的大型湿地。山西这种半干旱地区，尤其缺水，地面上有一处淡水湖泊，简直是天大的宝贝。伍姓湖在中条山脚下，西濒黄河，东有涑水河、姚暹渠注入，向西流入黄河，江山胜景，是河东大地一颗璀璨的明珠。

伍姓湖的得名，在于远古年代，沿湖就住下了五姓人家，虞、姚、陈、胡、田。这五大姓，都是虞舜家族的后人。舜的帝业在此，后人又围湖聚居，在山水间生生不息。伍姓湖，于山光水色之外，无疑氤氲了浓郁的历史蕴含。

伍姓湖初名张泽。传说黄帝子孙所封之国，城名张城，湖就叫了张泽。《竹书纪年》便有记载，涑水注入，也称张扬池。元代开始叫伍姓湖，近代也都称伍姓湖，周边的村子叫伍姓村。

舜的早年在这里居住，史书记载"舜渔雷泽"，可以明白，伍姓湖，就是当初的雷泽。舜帝在这里钓鱼，让出好的位置给别人，故《史记》载，"舜渔雷泽，雷泽之人皆让居"。伍姓湖，就这样有了一个好名声，从历史深处一路走来。

伍姓湖有一片辽阔的水面，又有涑水河流入，在前朝各代，很多治世能臣都打过它的主意，意图兴水利，开漕运。早在南北朝时期就开发蒲州，引水兴农。当时的邵国公宇文会为蒲州总管，任命元青为都水校尉，另辟盐道，增加国库收入。元青主持在运城至伍姓湖之间开挖一条近百里的人工河，俗称"运粮河"。自此，多了一条运粮路线。一船一船的潞盐从运城启程，浩浩荡荡到站伍姓湖，穿湖进入涑水河下游，入黄河，再入渭河，运行至灞桥码头，使到国都长安及陕西各地大大缩短了里程，节约了脚力。一水畅通到长安，那时的伍姓湖，是多么得意的一个中转站。

到了隋朝，运粮河阻塞以后，都水监姚暹修垲浚渠，泄洪引水，从此运粮河叫作姚暹渠。

郦道元《水经注·涑水》说，"涑水南过解县东，又西南注入张扬池"，"西陂即张扬泽也，西北去蒲坂一十五里，冬夏积水，时有赢耗也"。清代《永济县志》记载："湖旁昔多楼台，居人环绕，每夏荷花尽发，灿若霞锦，杂以绿萍红蓼，渔人罟师，水凫沙鹭疑乃间作，飞浴相翔，致为胜观。"可知伍姓湖早在前朝古代，就是游赏的好去处。前人游湖，徜徉于自然风光，同时也不废吟咏，留下了许多眼前景致，心头情思。美文美景，诗文旷代流传。

伍姓湖的秀丽风光，先是引起了当地在朝为官的显宦的注意。

大家都看过戏曲《二进宫》吧，那里面的太傅杨博，就是蒲州人。杨博历任兵部尚书、吏部尚书、太子少保，赠太傅，是明代名臣。他生前的诗文很多，永济人最欣赏的莫过于这首《五老歌》：

> 晓披五老峰上云，晚钓伍姓湖中鲤。
> 忽逢渔父三五人，问是五姓谁家子？
> 自云无姓亦无名，接辈相传常钓此。
> 月落天昏驾小舟，从来未见风波起。
> 得鱼心自安，无鱼心亦喜。
> 公昔提兵在蓟门，单于系颈呼韩死。
> 颇闻飞语转流传，彤弓几付东流水。
> 东流水，真可笑，何如相将日垂钓。
> 白云冉冉升，玄鹤双双叫。
> 极地与穷天，居然不知其中妙。

杨博在这里慨叹当年功业如流水，艳羡渔樵垂钓之乐，这个应该是他晚年失意之作。士大夫高官得意之时，往往胸怀天下，有燕然勒石之志。一旦饱尝官场险恶，又会萌生退隐之意，向往江湖山水，烟波垂钓。不管怎么说，故乡的天地河湖，给了杨博心灵的抚慰。可以想见，即使官高一品，位极人臣，一旦遭受谗言诋毁，山水烟波也是一处心灵的庇护所。伍姓湖，此时有一种乡里亲情般的热切。

同时代的明代高官王崇古，也是蒲州人。王崇古，嘉靖进士，历任兵部主事、按察使、布政使、兵部尚书。他卓有战功，"身历七镇，勋功边陲"。对于家乡的伍姓湖，却是情有独钟。明万历六年（1578年）中秋节，王崇古和一干朋友泛舟伍姓湖，湖上赏月，情之所至，留下了脍炙人口的诗句：

> 芳湖尚忆昔年游，水色山光接素秋。
>
> 归去幸逢金石友，重来同泛木兰舟。
>
> 白莲一望能超悟，绿酒小酌顿解忧。
>
> 禅榻高悬消永夜，清风明月共悠悠。

王崇古在少年时代曾经就在家乡游过伍姓湖，此次重游，山水风光金石之友，清风明月，一洗忧烦，面对大自然物我两忘。这是一首典型的山水情怀诗。为了纪念王崇古，近年整修伍姓湖景观时，当地特意在湖边建造了一所"楼台望月"造型，造型取自王崇古的诗意，白莲、圆月门，透过圆月门可以看到伍姓湖的水面。镜花水月，伍姓湖的月亮倒影，早先就是游湖一景。每当月中，清风徐来，湖水静若处子，月影在水面，冰轮转腾，如影随形，人世几回往事，烟柳又笼十里堤。兴致心潮，王崇古写出了情景禅意。

从杨博、王崇古的游湖诗可以看出，明代以前，伍姓湖依然水光潋滟，十里洪波。到了清代，伍姓湖却是另有一番沧海桑田。涑水河，姚暹渠，开流于灵山秀谷，挟带泥沙，冲荡阻绝，气势磅礴。一旦污积久远，夏季山洪破岸，淹没田地房舍，沿岸村庄不堪其苦。乾隆年间，河东兵备道乔光烈、蒲州知府周景柱，组织沿河农户民众，锄头簸箕齐上阵，四县联合挖河疏浚。乾隆十九年（1754年）春天正式动工，从解州安邑到蒲州永济沿途三百多里，全是奋力修渠的民工。猗氏和虞乡交界的邸家营一带，河流拐弯多，水流湍急，每到雨季，险情汹涌，河床不断升高，高出地面五六丈，成为头顶上的悬河。周知府拿出自己的俸禄，买下两岸田地，加宽河床，夯土为堤，把这一段地上悬河彻底驯服了。四个月以后，大功告成，竣工之日，乔光烈和周知府备席设酒，犒赏全部参与服差役的乡民。

从此以后，涑水、姚暹渠两岸三百多里，清波如带，蜿蜒绵长，河畔杨柳依依，静水深流。这两岸本来就是沃野良田，清水自流，灌溉便利。伍姓湖也恢复了往日盛景，不再暴涨暴跌，二水缓缓地注入，秋水长天，湖面上水平如镜，只有二水合流处，泛起微微的波浪，那河水很快就融化入了湖蓝色，水天一色，一直到遥远的地平线。

那个河东兵备道乔光烈，他本来是个上海人，祖籍江南水乡，在家乡的河流湖泊环绕中长大，对于伍姓湖，却是依然饶有兴趣。治理水患以后，他留下了一首七律：

> 湖光千顷渺烟波，图画想看竟若何。
> 远岸堤长春树暗，晴天沙暖浴凫多。
> 诗情处处临风好，渔笛声声向晚过。
> 一曲沧浪清兴足，不知谁和扣舷歌。

二百多年以前的伍姓湖景观如何？我们大家难道没有看出当年的烟波浩荡，渔舟唱和？

那位和乔光烈联手修复涑水的蒲州知府周景柱，也是一位诗文俱佳的官员，在疏浚治理河渠以后，他先后写了古风《五姓湖歌》[①]，散文《五姓湖记》，对于伍姓湖的风光，知府和道台，二人沉迷陶醉，犹如回到了江南水乡。也许是移情于治下，看他们对于伍姓湖的记述歌咏，那叫心醉神迷，流连忘返，乐不思乡了。

---

① 古人谓之五姓湖，今称为伍姓湖。

这位蒲州知府，少读《汉书》《水经》，知道有伍姓湖，到蒲州以后又实地考察，了解到原湖昔日佳景，无限向往。那时湖水已经干涸。道台、知府引领四方百姓，疏浚涑水姚暹二水入湖，伍姓湖

清代周景柱《五姓湖记》

又恢复了昔日盛景。农耕渔猎，两岸人家围湖而生，耕牛走，渔舟往还，这不仅是湖光山色，这也是一幅北方乡村农耕又亲水的风情画。

　　君不见，昔日张扬池，更名五姓知何时？湖波漾森不知远，澄作汪汪千顷波。平开镜面天上下，靴纹屈织铺琉璃。长虹偃卧亘南北，小桥如画相参差。春来锦树暗围合，湖岸四望烟霞披。当年楼阁惜无有，不见酒舍摇风旗。晴光倒景生涟漪，潆洄沙渚相迷离。渔舟几点乍出没，棹歌一片遥东西。有时鸥鹭争上下，浮波倒影狎且怡。菇蒲深处堪把钓，藕花香里宜衔卮。惜哉同窗不得拓，绿蓑青箬无由随。我家家山绕青溪，屐齿长踏西湖湄。佳时每忆弄湖节，胜处最爱苏公堤。荷花桂子香十里，一叶泛艇凉吹衣。钱塘门外不归去，湖光恋客斜阳低。一行作吏向天末，符竹坐绾身相羁。塞门秋猎看射虎，郡阁睡被惊鸣鸡。水仙祠下梦难到，六桥辜负游骢嘶。今朝对此风景好，江乡回首情依依。空濛滟潋晴雨里，买船载酒何时归。（清代周景柱《五姓湖歌》）

大家看一看，湖波浩渺，千顷如镜面，小桥屈伸，绿树围合，雾岚烟霞氤氲，微风里，水村山郭酒旗风。水面偶起涟漪，拍打着水中沙洲。点点渔舟，来来去去，渔翁舞桨唱起水上船歌。鸥鸟白鹭翻飞，安然地嬉戏。在蒲草深处，有闲人静坐把握钓竿，期待鱼儿咬钩。莲花池里，有三两知己朋友，约了一起小酌。这般风光，这般世界，美景如世外桃源，水边人家，亲水之乐乐无穷。无怪乎，这个周知府本来是钱塘人氏，把此地与西湖比了又比，竟然想起了梦中的江南水乡。

乾隆二十三年（1758年），伍姓湖又迎来了异常盛大的诗文会。这一年，蒲州府迎来了几位尊贵的客人。他们是雍正进士牛运震，此人曾一度兼摄三县知县，主持过皋兰、晋阳、河东书院。还有胡天游，浙江绍兴人，也是雍正进士，修成过《大清一统志》，授直隶同知，客游山西，主修《蒲州府志》十二卷。周知府隆重接待两位大文人畅游伍姓湖，同时作陪的，还有永济县令张淑渠、万泉县令毕宿焘。

五位官员文人同游伍姓湖，一定是要有诗文酬答的。他们留恋湖上风光，吟诗作文，一时兴会无前。这牛运震先生无愧文坛宿老，一篇《游五姓湖记》当下就名动一时，此后一百多年，这场湖上诗文会一直是文坛士子津津乐道的话题。而《游五姓湖记》也就成为士子们趋奉的范本。

永济的曹中义先生，抄录了这篇文字，字斟句酌，把它翻成了白话文，让我们有机会在这里欣赏到这篇游记美文。

蒲州郡太守周大人疏浚伍姓湖三年时，我和浙江山阴的胡稚威以及周大人、永济县令张大人、万泉县令毕大人一起泛舟湖上游玩。

该湖地处永济、临晋、虞乡三县交汇处，南浸中条山之麓，北接桑泉古县，东有姚暹渠、鸭子池等山谷中的水注入，向西一直抵达赵伊镇，最后直接注入涑水河。环湖一周六七十里，五老峰等山峰倒映在水中，远望孤山、峨眉岗满目翠绿，也连带着映入湖中。

（乾隆二十三年）十月二日这天，我和张县令、毕县令二位大人先后来到湖边，接着周大人也抽空从虞乡赶来，用轿子把胡君迎到了湖上。当时渔民、船工以及湖边百姓百余人，停船靠岸以等待。

第二天，我们从南岸出发，乘船一直到了中游。岸边林木丛生，倒映水中，绿色已渐朦胧，红色还未褪尽，一派深秋景致。湖上风平浪静，水波荡漾，天边飘着缕缕白云，堤边的桥影随着水波摆动。一会儿，人们拍着船舷唱起歌来，互相举着酒杯敬酒劝酒。丰盛的宴会极为清雅。热烈的宴饮逐渐平静下来，放眼望去，湖面宽阔浩渺，心情很是愉快。有的渔民、农夫也在船上唱着歌，差役们打着拍子、吹着笛子应和着，打鱼人顺流撒开渔网，他们的歌声此起彼伏，互相应和。这时，周太守让渔民和农夫一起分享酒菜，推杯换盏，劝说他们吃饱。俯视碧水，仰望蓝天，四面遥望水中的沙洲和湖面的土岗，而听着老百姓争相说着乡土、山川风景的美好，晴天、雨天的故事，伏天、腊月的祭祀，酬神、聚饮的乐趣。月亮从天边升起，船工飞快地撑着竹篙。虽然喝得酒酣耳热，大家还是举起酒杯，高声索要水果和食物，如同不知道有州太守在此。湖面上的各种水鸟喳喳鸣叫，树木在微风中摇曳，傍晚时分，景色变换，人们依然恋恋不舍，游兴未尽。

治理地方的官吏不能以游览为事。吏部要求，一日之玩乐则撤销其职务。况且打着红色的旗幡，持着黑色的车盖，带着仪仗队和骑士，与山水之趣又有什么关系呢？南朝的谢灵运纵情山水，游于麻源，西晋的山简每出游戏，醉游高阳池。我的意思是属官小吏都很苦，老百姓也理解，愿意让他们得其所安。如果使他们旅途劳顿，开凿山谷，提供帐具，则于民不利，有文化的官吏都知道。至于隐逸的高人贤士，往往戴副头巾，手拿竹杖，自己喜欢纵情山头水边，一遇到显贵的游船和乐队，他们就会高唱一声划行至烟笼迷蒙的港湾、长满水草的河岸而去。谁又能怎么样呢？然而周太守今日之游，并非为其自乐。

想当年伍姓湖兴盛之时，环湖全是楼阁、亭馆，桃李像美丽的霞光，酒旗高挑，管弦悦耳，掩映在湖边的林木中。后来湖淤且干涸一百余年，几乎成为干池。周太守疏通了涑水河，又对伍姓湖进行了疏浚治理。

在霞光的照射之下，美丽无比，现在离最近的湖水淤积以至于干涸之时，也有百余年了。那时的伍姓湖几乎就是一个干涸的湖，庆幸的是太守在疏浚涑水河时，一并疏浚了伍姓湖。

今日的伍姓湖碧波荡漾，放眼望去，湖水无边无际。此乃周太守之功劳也。湖水浅的地方长满了水草，深的地方有芦苇。鱼和虾的产量每年都有千万担之多。湖边的百姓依靠此湖而获利，数倍于庄稼收入。人们扶老携幼前来观光游览，熙熙攘攘，络绎不绝。于湖光山色之中游玩者，无论早晚，遍地都是。如今周太守得空一游，游览之时农夫渔人喜气洋洋。湖水自周太守始，游湖也是从周太守开始，湖边百姓就此得利于湖，得利于周太守。虽然说周太守治理蒲州如此，游湖何尝不可。假如舍去周太守爱民治湖的成就感，而仅仅泛舟于杭州西湖之上，或者试探陕西户县漾陂那弯曲的堤径，其快乐怎么能像游伍姓湖这样上下和悦呢？于是，我和胡君才肯陪太守一起游湖。张县令、毕县令二位大人说："不要辜负了周太守的一番好意。"所以，我把这次游赏经过记下来，留作纪念。

数百年以后，阅读牛运震的这篇游记，依然感慨良多。实在说，这篇游记，并不能算是什么经典美文。但是透过文字，作为一个当地人，我依然读出了许多历史的新鲜感。原来我的故乡，早年并不见得就是三尺黄土讨生活的，这里曾经渔舟穿梭，它是名副其实的鱼米之乡。原来这一块热土，千百年来一直镶嵌着这样一块美丽富饶的水面。原来湖面也曾有过沧海桑田，几经淤积，又几经通水蓄水。一湾涑水在这里汇集，蓄满一方平湖，又通过河道下游注入黄河。原来我的故乡，也曾诞生过这样亲民治水的地方官员。他心忧天下，以贡献一方为己任，他的政绩就这样刻写在大地上，百年传颂，万古流芳。

其实就在解放后这些年，涑水河、伍姓湖的治理，也曾困扰过运城的整个沿河八县。涑水河一旦冲进平川，它是一条地上河，堆起高大的河堰，在平地上如走龙蛇，管束水道排水灌溉。一遇洪水，冲破堤堰，沿河两岸就难免洪涝。1958年治河，出动民工开挖沟渠，把一条地上河变成了地下河，从此绝了水患。但是，伍姓湖下游深挖河道，排水失控，又造成湖区缺水，湖面萎缩，沿湖两岸湿地干涸，好端端的一方平湖变成了一个臭水塘。那些年，干旱少雨，地下水过度开采，伍姓湖的湖面也是渐渐失却了往日的丰腴，像一个干巴瘦弱的老者，期待着漫灌，期待着滋润。运城大地在呼唤，呼唤一场改天换地的甘霖普降，呼唤重新回到风调雨顺、游湖打鱼的日子。

哦，那乾隆年间的一场游湖饮宴，湖光山色和人物动态栩栩如生。知府文人，泛舟湖上，寄情山水，渔民农家，小舟往还，湖上笑语欢歌，此乐何如。那时的伍姓湖，早已风光无限。伍姓湖早在历史上就是这一带著名的景观区。它留下了多少文人雅士的咏湖华章。也有历代的州府官员邀集泛湖游赏，在当地史志中留下了史迹。那一场游湖盛典，桨声渔歌，迄今依然在耳边回响。

也许你已然觉得山水游记多了，于众多的篇什中，一帮蒲州文人的唱和不足以引人注目。那你就错了。及至一百五十多年以后，1913年，这篇游记竟然能够引发千里之外湖南第一师范一位青年学子的注意，足见好文远播，可以穿越山水。

湖南的这位青年才俊，在拜读了《游五姓湖记》之后，有所感触，写下了不同凡响的批注："读《游五姓湖记》，则见篇中人物，皆一时之豪；吾人读其文，恍惚与之交矣。游者岂独观览山水而已哉，当识得名人巨子贤士大夫，所谓友天下之善士也。""闭门求学，其学无用，欲从天下国家万事万物而学之，则汗漫九垓，遍游四宇尚已。""游之为盖大矣哉！登祝融之峰，一览众山小；返黄渤之海，启瞬江湖失；马迁揽潇湘，泛西湖，历昆仑，周览名山大川，而襟怀乃益广。"

这位湖南青年你千万莫要不在意。他就是以后名震天下的毛泽东。

从青年毛泽东的批注可以看出，寄情山水之时，他更看重的是结交。看江山万里，受益在胸襟怀抱。漫游名山大川，同心同道，一吐块垒，指点江山，臧否古今，这才是一代青年的生活方式。《游五姓湖记》，对于青年毛泽东，无疑有过启迪心性的功能。联络天下义士，推翻旧世界，锋芒脱颖而出。侠义之风，名士之风，吞吐天地的胸襟，批注都看得清清楚楚。比较一下毛泽东青年时代的诗词，那种"携来百侣曾游"的欣然，"指点江山激扬文字"的情怀，心怀天下建功立业的抱负，竟然都能在《游五姓湖记》一篇找到声气相投的源流。眼中一片江山，伍姓湖，橘子洲头，便是同一块大陆！山水相通，有何阻隔。

伍姓湖胜景皇皇千年。当我们去游湖，当地正好改建了景区，整修了道路，现在已经是永济一处著名的风景名胜，称作伍姓湖湿地公园。

伍姓湖景区大门，石柱支撑，木栅围栏，中间有一座小亭，仿佛河上的桥廊。向左向右像展开双翼的飞鸟，让人们联想到这里是水鸟栖息的小岛。入景区大门，一边是关于景区的历史介绍，壁画刻有郦道元《水经注》有关描述、清代《永济县志》关于伍姓湖的记载。另一边是青年毛泽东的巨幅石雕头像，石像两边，竖起两块石牌，一块雕刻牛运震的《游五姓湖记》节选，一块雕刻毛氏在原文的批注，青年时代的毛体，尤可见锋芒毕露。背后的背景是钢青色的中条山，连绵起伏，山川形胜，一湾好水。

有公路绕湖，穿越水面，寻访胜地美景，就十分方便。沿路红叶李正在抽芽，岸边绿草如茵。湖面上水波荡漾，间或有小船悠悠荡荡，远望碧空尽头，秋水长天一色。岸边长满芦苇蒲草，湖面上不时有小小的滩涂露出来，蒲草包围了滩涂，朋友说，到了秋天，一人高的蒲草，尺把长的蒲棒挺起，如同列队的北方汉子。芦花飘飘洒洒，十里长堤微风鼓起绒絮。游人们或者驾上小船，或者沿岸盘桓徜徉，身边一个水面，立刻增色，十分风光。

穿行在荇水荷风，想起舜和他的后人，往事越千年，望先祖，思来者，人事千秋，伍姓湖断水水更流。凭吊怀古，心事浩茫。

自然风光，千古江山。湖区公园近年来的修建，主要是突出了人文景观。沿湖大道游走，有两幅高耸的诗文碑记引起了我们的注意，一处就是《游五姓湖记》全文，五页石刻文字，如同线装古书，又复制了清代《永济县志》的图案文字，如此优美的湖景，其来有自。另一处是近人撰写的《伍姓湖赋》，两边为嵌刻文字，中间是飞鸟造型，两只湖鸟，展翅翩翩。周围绿树环合，新枝正在抽芽，绿色伍姓湖，未来可期。

我们在前面说过，陪同周知府游湖的，有永济县令张淑渠。这位张淑渠，乾隆进士，调任永济以后，兴修水利，创立书院，捐俸办学，后迁潞安知府。永济市民曾经十里相送，不忍离去。当地为张县令立生祠以纪念。这次重修伍姓湖景区，当地创建了一处"书院怀古"纪念亭，纪念他创办学校、编修《蒲州府志》的功德福泽。

书院怀古造型简洁。一座圆圆的月亮门，门顶托起一条黛黑色的屋瓦屋脊，门两边，一边又有一片屋瓦屋脊，好似当年的书院，青黛色的屋顶，重檐楼阁。古风悠悠，书声琅琅。月亮门的中间，刻上了张淑渠陪同知府游湖的和诗。书院诗文、水榭别有景观。

伍姓湖游湖的记述很多，于是在浅水处，我们看到一处乘兴行船的雕塑。一叶小舟离岸，浅水处蒲草露出顶尖，水面波光闪烁，半江瑟瑟半江红，一个书生模样的人站立船头，悠闲地仰望水天，身后船夫摇动双桨，欸乃一声山水绿，渔歌互答，时光悠悠，在这里，能让你身心化了呢。据记载，在伍姓湖滨，曾经有襄阳王子芦花散人自建别墅，隐居于此。芦花散人是朱元璋十三子的五世孙，有诗集传世。其实每一个骚客诗人，都可以在这里找到灵感。景区建有诗词墙，历代歌咏伍姓湖的名作，一一刻壁陈列，前人的吟咏，都在这里了。

伍姓湖的核心装饰，就是它的五姓之源雕塑墙。在湖畔一处小广场，矗立起一道艺术雕塑。五大方块好似城墙的堞楼，参差不齐独立高耸。五个造型，一边大书虞、姚、陈、胡、田五个字，大篆体，笔力沉潜，直抵远古。五大姓氏，各有浮雕匹配。虞姓为农耕，手持古耜叫作耒。姚姓人家，手拿镰刀，身旁嘉禾，表示农业生产开始育种。陈姓人家，手持铁锤，表示有了冶炼业，学会了打制铁制农具。胡姓人家，手里捧着陶器，说明形成了良好的制陶工艺。实际上，舜帝"陶于河滨"，就在今天的永济张营镇陶城村。相邻的北阳村，至今以胡姓为主。田姓人家手捧大鲤鱼，表示古老捕鱼打猎即由此始。伍姓湖盛产大鲤鱼。而渔猎原本就是人类最初始的职业。雕塑中间的实体像一座敞开的城门，上书"五姓之源"，下面有文字做介绍。伍姓湖，五大姓，这里，一个民族多么自豪的起点。

伍姓湖，最愁缺水。连年苦旱，加上环境破坏，这些年伍姓湖一直苦于枯水。像一个营养不良的老人，悲苦地仰望苍天。湖水拍打着堤岸，好似它一翕一合吃力的呼吸。

也是天公作美，2021年秋季，连日大雨。北方少见的连阴雨，终日呼呼啦啦，淅淅沥沥，大雨下得风云变色，山川易容，往常干渴的黄土地，湿漉漉的好像淘洗了。田野里，塬上人家，一个一个惊奇地望着高天，多少年，没有见过下得这么痛快淋漓的豪雨了。

我们高头村挨着涑水河，三四年了，那条河，就是一条干沟。眼前，大水汹涌地从上游奔腾而下，波翻浪叠，奔腾舒卷，向着伍姓湖汇集过去。高头村的村民，冒着大雨，贴着湿淋淋的衣裳，抹一把脸上的雨水，兴奋地看着流不尽的天水，多少年了，涑水河，又通水了！

大水漫过一个星期，就听得下游在呼吁上头水库关了闸门。伍姓湖注满了，再放水，湖面就溢出来了！

永济的朋友在电话里嚷嚷，颠倒了，颠倒了，往年都是引黄扬水浇庄稼地里，今年架起水泵，从庄稼地里往引黄渠里排水，还了黄河的水啊！

伍姓湖干渴多年，今年终于吃饱了，喝好了。湖面更加辽阔，滩头呢，沙洲渚，先是兴奋地努力探头探脑，接着都沉浸在一场豪饮里。一个湖饮水解了渴，好似人焕发出滋润的水色，它呼出一口雾岚，脸上的笑纹漾开去，漾开去。

有气象学家预言，中国的降水线将缓慢地向北移动。如此，伍姓湖的水源，将会一天一天更加充盈，那个诱人的湖光山色，就在这里驻足下来了。

我们还不至于毫无自知之明，敢拿伍姓湖去比洞庭湖、鄱阳湖，甚至西湖。以洞庭的辽阔，鄱阳的深水，西湖的秀美，在万里江山串串水上明珠，伍姓湖不过是个小兄弟，那么，它凭什么吸引了人们的目光，凭什么，在人们心头压上了沉甸甸的分量？

伍姓湖啊，舜乡的湖。

五姓，虞、姚、陈、胡、田，是舜帝的近支，这里是舜裔的祖居地、世居地。舜的五姓后裔傍湖而居，这里也可谓华夏祖根，炎黄血脉。中华民族最早的繁育基地，代代传衍，生生不息。

虞，是舜的部落，后人便以此为姓。永济市至今还有虞乡镇、虞乡村和虞城屯。虞姓人家手里握的耒，这是最早的农耕工具。

姚，舜帝的出生地在古蒲州的诸冯里姚墟，后人有以里望为姓的。现在的永济市张营镇舜帝村，姚姓依然居多。

陈，舜的后裔曾被周武王封于陈，子孙以国名为姓。今永济有陈村、东陈村。

胡，起源和陈地相似。

田，舜的后裔曾在齐国食邑，封于田，因以地名为姓。现在的伍姓湖边的东五姓村，田姓依然为村中大姓。

经历了数千年的传衍，原有的五大姓氏不断嬗变，据今天的统计，全国舜帝后裔的姓氏多达八十一家，总人口超过三亿。据八十年代《人民日报》的公布，按照人口数量统计，陈姓为当代中国第五大姓，胡姓排名第十三位，田姓排名第五十七位，姚姓排名第六十四位。至今，世界各地都有舜裔宗亲联谊会，永济市也有蒲坂舜裔五姓总会。

虞舜，实在是百姓之源。

如今，这个五大姓氏的原点，就静静地躺在一湾湖水边。隔着秋水长天，能看到对岸野旷天低树，依依墟里烟。远村的影子似隐似现，大树参天，也不过地平线上一个点。

五姓村的人家是多会儿搬迁聚集成村落的？千年了吗？当年先祖从这里走出，这里也是一片乐土圣地。一个村庄站立在这里千年不倒，也是一桩神奇的历史。他们有多少令人怀恋的往事？遥望去，岁月迷茫。

数千年前的圣王从这里走出，关于他的故事，他的文字都已经深藏。如今还有族人聚居，这不能不说是一个奇迹。我忽然觉得先人既年代久远，又清晰可见。当年一个遽然而起的日子，舜从这里走出，日后他走遍全国，他一身的寸金片玉流光溢彩，其中一些如吉光片羽，散落在这里的伍姓湖五姓村。

我没有听说伍姓湖五姓村有什么英雄事迹，实在说，它就是晋西南一个普普通通的农村或者渔村。毕竟一个三亿多人的群体，要求人人都是英雄豪杰，是不是不近人情？也许，春花秋月，耕读渔樵，才是这个村子的日常。多少年了，这个小村子，已经习惯把自己的脚步徘徊在大历史之外。农夫享受的是耕种，渔夫享受的是江湖。他们按照自己的心愿过日子，春暖花开，秋风白露，十来亩地，几间房屋，几点灯火，三五声犬吠，话桑麻，说渔樵，日子就这样庸常而有趣地度过。当然，也许在夜深人静，他们或许会翻出那一本发黄的家谱，抚摸着老脆的册页，发一阵愣，很快又平复如常。

血脉这个东西就是这样，它会使人热血偾张，奋发踔厉，也会使人喟然长叹，或者恨恨而终。不知道伍姓湖是什么样子。先祖的辉煌已经成为过去，踩着黄土，围着湖，过起农家的日子，陶然悠哉，谁说这不是一种幸福呢。

历史的传说依然在天空飘荡，眼前，却是一个看不到什么历史背负的安闲的村落。

舜的传说，在我们来说，简直就是一部遥远的《荷马史诗》。在演绎了古老英雄传说的地方，如今更多看到的是鱼米之乡的寻常生活，何尝不是天遂人意。这，没有什么不好。

现在的基因技术已经非常发达，有好事的朋友建议，在伍姓湖采集血样，依靠基因测序，上推几十代甚至百代，完全可以检测出一个家族血脉的起点。那么，我们是否可以召集一下虞、姚、陈、胡、田五姓也查一查，上推多少代，说不定哪一代就是大舜的侄子、侄孙、外孙什么的。

有这个必要吗？几千年的时过境迁，大历史的风云际会，还能在一方百姓的心头唤起翻腾震荡吗？现在伴随他们的，是和平的日子。身边的伍姓湖，丰富的人物史迹，动人的故事传说，明媚的自然风光，依然教人美不胜收。这就足够了。

第八节　沿山走，沿河走

永济大地，到处可见舜帝留下的踪迹。

舜的山，舜的河，我们不妨去看看。

永济的朋友带着我们，商量到一些历史遗迹去看一看。

大舜故里的舜帝村，距离县城不远，一会儿就到了。村子是一个很普通的村子，如果不是村中那一通"大孝有虞舜帝故里"石碑，不会有人把目光投向这里。

这一通石碑高约八米，康熙年间蒲州知州建造。石碑镶砌在一座砖垒的碑楼中间。碑楼古旧，楼身涂满了岁月风尘。底部多年遭受雨水侵蚀，砖块开始脱落，黄土涂上的浅黄和盐碱浸蚀的黑青，碑楼的上半身下半身成了两个颜色。四周焊起了一圈铁条小围栏。围着碑楼走一圈，能感觉出它的简朴和珍贵。

永济张营乡舜帝村，一个不能再普通的村子。可是你要在村里走一走，立刻会感到它的不凡。村委会的大门，水泥柱子顶起一块水泥板，再平常不过。再看它的铭牌，黄铜上面红字：舜帝村村民委员会。一间平房，白墙，墙底仿青石的贴面瓷砖，牌子上挂着"舜帝村卫生室"，甚至一间小饭馆，小门面，卖点刀削面、浆水面，招牌焊接在屋顶，红底子，白色的粗隶美术字："舜帝面馆"。从这条小街走过去，我能感到心头腾腾地震颤。天底下哪一个村子敢这么起名？把一件寻常物事冠以帝王名称？作为舜帝的乡亲，他们就是这么霸气。

那个舜陶河滨，离这里其实也不远。都靠着黄河，我们能看的就是北陶城。

北陶城比舜帝村要大一些。离村子还有一截路，就搭起了一座大彩门，上书"舜陶故里"。我们往村里走，到了文化广场，入口处，悬挂横匾"舜陶河滨"，看来这里的乡亲们，对于先祖在这里创业的开山之功一清二楚。他们也以扎根在先祖的足迹为喜好。文化广场的院墙上，黑底反白字，雕刻了舜陶河滨的历史记载。就在广场南端，村民们集资修建了一座"舜王殿"，大殿刚刚落成，灿黄色的琉璃瓦屋顶，屋梁屋檐五颜六色的彩绘，看来都还是鲜亮的。檐下两个柱子，挂起两条金黄色的金属板制作的对联，"为帝为子为民为人圣恩铭记十二方，大德大孝大勤贤爱传承五千年"，实在说，建筑很简朴，对联也说不上多么工美，但你看看一旁的捐资红榜就明白了，那

舜陶河滨

些粗大的手，依靠在外辛苦打工挣来的钱，就这样一百元、五十元、二十元、十元地捐献了出来，为了纪念他们崇拜的老祖，这些粗手大脚的庄稼汉，捧出来的也是满满的心愿。

我们从来路过来时，就看到了大彩门顶插起了一排彩旗，一路走来，也看到路两边都插满了三角形的黄龙旗，到了文化广场，也是看到了搭彩棚，请剧团，羊肉饭锅子，炸油糕，各种小摊都摆起来，像是有什么热闹。问一下，知道了，马上就是三月三，这里的每年这个日子，都要举办庙会。据说，三月三，是当地媳妇回娘家的日子。舜帝的两个媳妇娥皇女英也要回娘家，民间村落村连村给她们送行，好似接闺女一般。也许这不过只是一个大地回春，众人出门踏青放飞心情的好时光，春光明媚，也让当地人想到了他们最久远的亲人。当年的娥皇女英，长途迁徙，远离爹娘，在当地人看来，惜别总是难舍，也是一份对于远嫁的同情，

帝王平民的女儿都
一样，都有一份牵
挂和不舍呢。

三月三过节这
个民俗，在河滨一
带流传了不知多少
年。陶城村的纪念
墙上，嵌刻着郦道
元《水经注》关于
陶城的记载，还刻
上了清代名士关于

三月三庙会

三月三庙会的几首"陶城竹枝词"：

其一：永和三日会河滨，锣鼓喧天多少人。一带新装齐逗处，
好同桃李艳阳春。

其二：百尺楼前物色新，香车宝马踏红尘。朋侪觌面频相问，
谁是绮罗第一人。

其三：社北社南分后先，百般故事巧周旋。娇娃笑对阿娘坐，
争说今年胜去年。

其四：藉是诸冯社下来，喊声不住震山隈。无端扶得木居士，
故向人丛过几回。

其五：迎神看罢听歌弦，争奈佳人行路难。正转红楼无气力，
含羞依住小阑干。

其六：夕阳云散各东西，好趁春风送马蹄。更约明年来更早，
莫教人满杏花堤。

这几首竹枝词明白如话，大体上可以看到当年的盛况。在清代，三月三
这个农历习俗，迎神赛社已经很是热闹。众人新装坐车，看社火，看戏班，

出嫁的闺女回娘家，和母亲面对面拉家常，叙说光景。一百年前的胜景如在眼前，三月三，春色如画。南北陶城齐聚了歌舞敬神，追忆先人。

在古陶久久流连，我们听到了更多的关于这个村子的许多往事，由于舜帝的行迹，它绝不是一个普通的村落。古陶的庙会是方圆几十里有名的盛会，每逢春三月，山南的平陆芮城，黄河对岸的陕西，西面的运城，多有远道而来的游客，来这里逛庙会，看大戏。这个村子的舜帝庙、古戏台，更是至今让村人津津乐道，念念不忘。

据《水经注》载："陶城，在蒲坂城北，即舜所都。"春秋时就有人为舜帝建庙，唐初初具规模。宋太祖赵匡胤拜谒舜庙时，诏令再次改建。所谓"舜都蒲坂"，当时的都城并不一定在蒲州古城，与现在的陶城村距离并不远。根据《永济旧县志》记载，陶城舜庙经历代大兴土木，规模宏大，所辖18里，共107个村。舜庙有一座大型舞台，清嘉庆六年（1801年）陶邑进士姬杏农曾给陶城舞台上撰写两副对联，第一副是："合两部梨园子弟弹唱左右风流尚说唐天宝，叙三春兰会丝弦对舞东西韵事如何晋永和。"第二副为："奇不为画栋雕梁神工巧合公输子，高可以冲霄凌汉逸响遥通兜率天。"对联一既写了戏剧发展的源头，又写了当下的发展，包含了唐明皇和王羲之两大典故。对联二既写了戏台之精湛，又写了它的高大，堪称永济建筑的奇迹。两对联均属长联，对仗工整，意境高远，实属精品。此舞台东西长9.5丈，台前入深2.9丈，比解州关帝庙的舞台还大一倍多。解放后许多剧团到此演出，都说他们跑了许多省地，没见过这么大的舞台。

令人痛惜的是，1958年7月13日，这个大舞台被拆毁了。当时，陶城村附近的群众闻讯赶来，看着拆台子的情景号啕痛哭……

永济农村有好多"赤脚学者"——这是当地人对于喜好当地文史的乡村文人的谑称。据他们的调查，当年陶城拆戏台的木材，用于建造张营中学。大潮流，大趋势，当时就认为拆是必要的。那个时候，物资缺乏，百废待兴，还要"大跃进"，所以必然做了许多类似砸锅炼钢的蠢事。新社会破除迷信，大家都无神论，拆庙砸碑，除旧布新，有何不可。还没有等到"文革"的"破四旧"，很多老建筑就被拆掉了。同样在那时，任阳一带，拆掉本村的庙宇，将上等木料一车一车地运到七社村的三皇庙，赠建永济中学。后来国家感到这样不行，1960年发令保护文物，在普救寺和万固寺都有那年"运城县人民委员会"所立的文物保护碑，不过很多古建1960年得到保护，却没有躲过"文革"的破坏。

1958年戏台拆除前，永济虹光蒲剧团曾在这里唱过戏，当时张营街照相馆的一个老先生，拍摄了一张陶城老戏台照片。后来几次翻拍后，流传在世。也就是凭借这几张照片，我们还可以看到当年陶城戏台的巍峨豪华。别致的藻井，魁梧的殿顶，雄大的斗拱，深远的出檐，整个轮廓从静态来看像一个大"合"字，敦实古朴，从动态来看又像一只展翅欲飞的雄鹰，真让人拍案叫绝，服膺再四。原戏台面阔五间，三檐，前檐设檐柱四根，两檐柱向两侧移动，使明间较为宽敞。飞梁斗拱，角檐上翘，有一种凌空欲飞的感觉。那是正在演出时的照片。台下影影绰绰坐满了人，仿佛传来高亢激越的蒲腔，遏云绕梁，声震山陕。"为发扬蒲剧传统艺术而

陶城老戏台

努力"的台口横幅，字体浑厚，清晰可辨。每年三月三，陶城庙会演出时，善男信女都从四面八方涌来。

现在那几张照片也成为文物。在照片下附有一段话，同样珍贵。它说戏台"传说鲁班所筑，琉璃瓦，空悬梁，龙凤彩绘，金碧辉煌。梁记有文：'胜我者，添木一根；吾下者，胜木无数。'可见建筑之绝妙。据史料载，建于元代杂剧兴盛时期，是我国舞台杰作。原建筑面积八百平方米，高约三十米，直到解放前后，仍是山陕游人观光胜地。不幸1958年拆毁，遗恨万年。为抢救历史文物，这张照片是民间保存二十六年后，于国庆三十五周年前翻拍

的，准备献给山西省博物馆"。

文物的毁弃，将是永久的缺失。五十多年来，陶邑人不能忘记被拆的戏台，一直在自愿筹集资金，企望舜陶河滨再兴名胜。正如舜帝村对被拆舜庙的牵挂一样，和永济人对被毁鹳雀楼的怀恋一样。筹建者是何南京、程群妹、何晋杰、魏翠女、张秀娟、寻冬芳、胡苟叶、程建云、程彩霞、尉黑女十位乡贤，看名字就知道女人占多。他们发起重建戏台，集腋成裘，筹集资金。凭借着对祖先文化遗产的朴素情怀，凭着舜乡人的一份责任，凭着对保护德孝遗产的满腔热情，一方面奔走呼号寻求支援，另一方面更靠自己的绵薄之力，矢志不移，久久为功，经过几年的努力，新戏台竟然在2013年9月竣工落成。

2021年，我来到古陶城时，十位乡贤中程群妹、何晋杰、魏翠女三位老人已经离世，可以说他们为复建戏台奋斗到最后一刻。为了缅怀舜帝先贤，传承乡村文脉，重建文化地标，几个女人带头，用近乎佛教圣徒一般的毅力，如达摩面壁般的执着，完成了一件厥功至伟的大事。

又是一年三月三，我站在古陶城舞台前。这个舞台规模超常，气势恢宏的威风不减当年，特别是台口的两大红色盘龙立柱，显示出一种唯我独尊的帝王气魄。舞台落成，了却了方圆几千口人的夙愿。陶城新舞台对联"民兴蒲坂德孝风，舜陶河滨御封城"，准确地概括了村子的历史定位和崇高地位。你知道这里就是舜都，这里就是蒲坂。骄傲从脚下升起，唤醒了村民的文化自豪感。这是舜乡人民的精神家园和心灵皈依，这是舜帝故事流传后世的物质载体。经历五十五年后，庙会终于又盛况再现。俯首低回，长相忆，在故都。

出陶城，站立在一片麦田边上远望，大片的葱绿里，有一条土冢隆起，长有十来丈，杂草覆盖不严，青草丛有黄土裸露着。土冢一旁，长起几棵高大的臭椿树。同行的朋友指着那几棵树的方向，给我介绍，那就是瞽叟坟，舜帝的祖茔。

土冢周围总有一两百米，朋友说，原来还大，种麦子，一年一年往里逼，非保护不行了。

瞽叟坟

这里躺着的，就是那个生了舜，又虐待儿子，与继配一起残害儿子的瞽叟。四周的麦苗都一拃高了，青翠无垠，你是一个什么样的父亲呢？不管你是一个什么样的父亲，隔着麦田望着你，我们还是能感到舜的亲近。在土地上，在空气里，好像到处都是大舜的微粒。瞽叟坟，真假都不重要了，重要的是，这里的土地上，到处生长着舜的故事。

一堆荒冢，三棵老臭椿，田野上的纪念。平原上土层很厚，一棵孤零零的老树，好似历史长卷里的一个逗号。

永济当地有那么几个热爱研究舜的朋友，有一位邓解放，原来是个劳教警察，退休这些年，竟然迷上了舜。他把我们拉到一个看点，那是他今年的发现，在虞乡的张家窑，老邓发现了两棵古橡树。

古树长在一侧的山坡上，半边树身子已经掏空，只留下厚厚的皴皮。那个树洞，七八个人钻进钻出没问题。老枝已经枯干了，黑黢黢地奄拉下来。右手这边有新枝，也已经有成年树木的粗细。树冠还是枝叶葱茏，笼盖了坡

古橡树

地一片小丘。高擎在崖边如伞如盖。一副老树着花、蓬勃茂盛的样子。

这两棵橡树，是老邓下乡时发现的宝贝。据老邓苦搜资料查阅，清乾隆十三年（1748年），虞乡文庙崇圣祠堂修碑记载，"弟象受兄事所憾，于古井植之一树，护之于舜，称为橡树也"。据此推断，这两棵由象所植，虞舜起名的象（橡）树，已有四千多年的历史。

这两棵橡树，老邓2010年发现研究，2012年开始发表文章向外界推荐宣传，2017年，全国绿化委员会和中国林学会一致推荐，遴选出全国八十五棵古树为"中国最美古树"，山西只有五株，虞乡这棵古树光荣上榜。在运城，人称它为"十大树王"。

橡树也就是麻栎，这两棵橡树能受到如此崇敬，完全因为它的历史负载。生长年代久远，舜弟象栽下的，舜帝护佑的，历代有人称颂，经典有传记，古中国由此发端，它是悠久历史的见证。哪一棵树，能承受得了这么隆重的荣耀！

我们去参观的时候，此地已经辟了一个小园子，一旁的河流蓄水，筑起一处小湖泊。古老的橡树，已经成为一处引人注目的景观。来看一看，舜帝兄弟留下来的啊！

热心的朋友曹中义，是政协做文史资料的，这些年也是着迷下乡考察，去寻找乡村最原始的遗迹。好多别人从来没有关注到的地方，老曹都在仔细寻访。有车，老曹拉我，说咱们随便看，走到哪里算哪里。

伯夷叔齐墓

我们上路不久，老曹就说，前边有个伯夷叔齐的墓，要不要下去看看？

伯夷叔齐不食周粟，也是当地大贤，当然要看。

在庄稼地里寻找半天，终于找到了两个大冢。土地承包了，这一带农家都栽种一种红杏，遍地的杏树，已经结果长成了，青酸的。光照的一边，染上了红晕一般的色气，也有紫红的点儿，麦黄了，才能成熟。

伯夷叔齐的墓，就隐没在一片杏林里。有农家在锄土，管理。土地的主家拄着锄头告诉我们，这两个冢，过去大得多。村里谁不知道这两个大冢？不时地有上面人来考察。不过这里的田野上，这种古迹多了去了，村民也就不怎么看重。"大跃进"的时节，村里兴修水利，还曾经在大冢上面跨过渡槽，现在好了，政府前些年设立了保护标志。先人，还是要敬畏。

我们再看那个土冢，一边已经让裁切得齐刷刷的，露出壁立的黄土层。那是和大冢争耕地，靠着高高的土层，就是碧绿的杏林。

曹中义说他前几年来过，在这里捡过一些断砖瓦片，回去鉴定，是早期的。对照史书记载，证明这个地方，原来是有建筑的。即便我们眼下去看，也还是能看到砖瓦的残片在草丛里散落着，好似那些不死的往事，一旦有人看望，总想向亲人诉说。

我们上车，接着飞驰，向黄河飞驰。突然路边一个招牌一闪，曹先生招呼停车。

那是一个村子的指示路标，蓝底白字：舜南村。

曹中义说，咱们看看吧。他也只是知道有这么个村子，没来过。

舜南村？为什么叫舜南村？这里朝着风陵渡的方向，按方位，应该是蒲坂之南了。但曹中义说，不仅仅如此。

舜南村

这里当地发音，"南"和"难"一个音。舜南，是舜在这里落难的意思。

这就是那个兄弟种麻的传说。

大家都知道了，舜有个兄弟叫象。舜在很小的时候死了母亲，象是继母所生。这个继母一心要谋害舜。一天继母给了他们一人一袋麻籽，让兄弟二人去地里种麻。继母嘱咐他们，给你们一人一袋麻籽，你们到地里去种。种下照看着，出了苗再回来。谁的出不了苗，就别回来！兄弟二人挑上种子上了路。谁能知道呢，继母给舜的麻籽，是炒熟的，根本出不来苗。一路上兄弟二人又饥又渴，弟象解开口袋，要吃麻籽，抓一把一嚼，突然闻到舜的麻籽有一股香味，比自己的好吃得多。于是弟象说，你的麻籽真好吃，咱俩换了吧！舜一直是让着弟弟，说换就换。到了山野，兄弟各找一块地，种上麻籽。七天以后，舜种下的地，齐刷刷长出了小苗，象的那块地，寸草不生，不见芽芽。舜知道是继母害他，又不能独自回家。就困在了野地里，进退不是。少年的舜，在这里遭难。

民间传说，当然有附会夸饰的成分，可是这个舜南村，显然和舜有关。

我们翻着沟梁进了舜南村，一个小村子，几十户人家。一道沟分南北，沟南、沟北都有人家，农家的小院子。同一面坡，也是高低错落，沿山有好几个层级。院子连着院子，弯弯曲曲，摆放在山坡。站在一家的门前村路上，往下看就是另一家的屋顶。遥望对面山坡，一层一层的梯田已经开始染上新绿。院子里，泡桐的花束招摇着开放，山洼里这样安放着一个村子。

村民大多姓薛。我们看到了村子集资新建的舞台，也看到了村里留下的老房子。土墙砌一个砖门楼子，门匾刻上"红日永照"一类的字样。和这里好多村子一样，强壮年都出去打工了，村里留下的多是老少女人，悠闲而静谧。

舜南村，舜难村，漫山满河，点点滴滴，就像这遍野的禾苗，到处都生长着舜的故事。舜就在我们身边，你抬手动脚都能碰到他。

在这里我们要看一看黄河。

黄河就在我们

舜南村老房子

身边，可那是多大的一条河呀，你不能近看，你越走近它，只能看到它的一个角角边边。

我们下土崖，到沟底，又攀上另一座高崖，崖顶是一块平地，黄土高原上的土丘时常就这样。

风吹动，大河的水汽漫了过来，混合着黄土味，是这块土地的气息。

我还是第一次这样眺望黄河。河出龙门，到了平川，顿时铺展开来，显示出它的宽阔浩大。主河道水流湍急，有滩地凸出来，铺开的水面立刻被撕开，靠岸的细流，一道一道的，弯弯曲曲，缓慢流淌。日光下，水面波光闪烁，没有了白浪滔天，黄河，在这里，大体上是平静的。

老曹指引我朝远处看，秋水长天，无边无际，一直铺展到地平线。

在那里，一条小河和一条大河并行，然后流入大河，汇成一水。

老曹提醒我，那就是涑水河，入黄河的河口。

涑水河和伍姓湖，仿佛长江和洞庭湖，它是一个蓄水池，蓄满了，又会进入下游，注入大江大河。

黄河在这里拐弯，向东，离开了河东，向中原流去。

舜，仿佛在这里离开了我们。黄河掉头，仿佛从此和舜没有关系。

舜没有消失。在河南，在山东，一路流传着舜的故事。河南，山东的寿光、定陶，都把自己认作舜的故乡。

万水千山，你伴着我。山高水长，我跟着你。

舜就这样带着他的故事，走到了黄河的入海口。

中华文明的长河，就这样流到了世界文明的海口。海浪拍打着礁石，海鸥起落，风动光照，水天一色。举目凝望，天地辽阔无边。季风一阵阵吹过大陆，头顶是尧天舜日。

第二章　在负夏

第一节　舜乡，另一种叙述

山西南部有一道山脉，叫作中条山。中条山自东向西，斜亘在山西南界。由于形状如条，被称作中条。中条山东接太行，起自垣曲，一路逶迤，至永济东黄河岸边隐没，宛如一条游龙，龙首在东，摇头摆尾，至黄河东岸放下身段，与大河平畴融为一体。

中条山，一道钢青色的山石，迤逦东西。也有支络，不过大体沿着山西南部边界延伸。山脊挺拔，千沟万壑，在山体画出一道道曲线。沟壑里，林木葱茏，山泉淙淙。松风泉流，形成了一处一处桃源仙境，历代都曾经有隐者隐居其中。比如永济王官峪，司空图曾经在这里著作《诗品》。遥不可测的大山深处，生长着百年千年的林木，北方的阔叶林居多。至今垣曲县的深山里，还隐藏着华北最大的一片原始森林。

中条山山脊一般在海拔一千多米，最高处舜王坪海拔两千三百多米，在垣曲。到永济河川，海拔只有三百多米了。

你住山之头，我住山之尾；你在山之巅，我在山之脚。兄弟情无限，共同仰望一片蓝天，依托一道山脉。

这个山之头，这个深山密林，有什么说辞？有什么意义隐含着？

在别的地方，也许没有什么说辞，在垣曲，那可就有了丰富的说辞，有了沉甸甸的意义。

关于舜帝，垣曲人翻拣出了孟子的论说。

在有关舜帝的记载里，舜生于诸冯，迁于负夏，卒于鸣条，人们已经耳熟能详。垣曲人强调的是孟子的另一处论述："舜之居深山之中，与木石居，与鹿豕游，其所以异于深山之野人者几希。"

舜在深山，以森林岩洞为居住地，与野鹿、山猪为伴，和生活在深山里的野人没有什么区别。当然了，初民时代的人类生活条件虽然很差，毕竟具备了基本的生活条件。有岩洞可以栖身，有枯木树枝可以燃烧用火，山上可以狩猎，可以采摘野果，山坳可以栽种稼穑。人类本来就是一步一步从山林里走出来的，有什么难以置信的呢？

中条山东端和太行山连接，这里就是垣曲县。境内有一段神奇高峻的大山，就是史上知名的历山。历山群峰竞秀，属于丹霞地貌，其中有一座傍着云河崛地而起的山峰，岩悬赭石，青松翠柏挺立，丹青两分，别具一种风光。山峦雄伟葱茏，常年云雾缠绕，当地人称诸冯山。这里的人家，祖祖辈辈流传着舜的故事，传承着德孝文化，世世代代，家谱碑文都记载着这里是舜帝故里，记载着诸冯山就是舜出生的地方。诸冯山上还留存着瞽叟握登夫妇住过的地岩洞，传说在这里生了舜，人称"舜石龛"。还有握登坟茔、舜乡泉、舜王庙遗址，庙前还有供看庙人使用的水井，人称舜井。

垣曲位于中条山腹地，境内山峦起伏，水丰林茂，森林覆盖率达到46.8%，商周时期属"亘方"，秦时置县。宋时取"周围皆山，如垣之曲"之意，取名垣曲。一直到今天，垣曲依然林木资源丰富。各种植物多达1400多种，其中16种属于国宝级保护植物。这里有华北面积最大、保存最完整的原始森林，野生乔木灌木560多种，野生动物330种，占山西境内野生动物种类的80%，其中38种属于国家一、二级保护动物。这种独特的自然景观，早期人类选择这里生活完全可能。

垣曲人依据以上种种，认定这里才是舜的故乡。舜的青少年时代应该在这里度过。一直到"迁于负夏",舜,一直生活在垣曲。舜,是垣曲的骄傲。

垣曲同时也具有古文化遗址的先天优势。从光绪二十七年（1901年）瑞典科学家安特生第一次来垣曲考察开始,一个世纪以来,中外科学家、地质古生物学家、古人类学家、考古学家多次来垣曲勘察论证,有的重复来往,采集古生物化石标本,认定垣曲是中国早第三纪地层及古脊椎动物发祥地。在垣曲已经发现旧石器新石器文化遗址两百六十余处。1994年至1997年,中美联合考察队在小浪底水路规划淹没区考察,1995年在寨里发现曙猿化石,曙猿是包括人类在内的所有灵长类的祖先,两国科学家将化石定名为"世纪曙猿"。垣曲山水秀,风景美,钟灵毓秀,孕育出一切灵长类的祖先。在垣曲发现的古人类活动还有:旧石器时代的石英石器,人工打制的角页岩石片。在历山,垣曲博物馆馆长吕辑书发现了两万三千多年前的细石器,追踪到沁水下川,在方圆二三十公里以内,陆续发现了猎人们使用过的雕刻器、尖状器、刮削器、石锯、石钻、石镞、石刀等一批打制石器。这些工具,大多是"农具"的雏形,对于探索我国农业起源有重要意义。这里由此被命名为"下川文化遗址"。

中国科学院院士、古人类学家贾兰坡来过下川,在县西考察了下川文化遗址的标本和资料以后,他在《中国大陆的远古居民》一书中,曾经兴奋地写道——"下川文化,吕辑书同志唤醒了二万多年前沉睡的人类。"他又说——

距今大约二万年前后的时期里,在这个崇山峻岭、树木参天的中条山,生活着一群原始人。他们过着以兽皮御寒,以动物、野果充饥的狩猎和采集生活。在这个古老的深山里,他们不知度过了多少寒冬炎夏,同自然进行了艰苦卓绝的斗争,终于战胜了自然,壮大了自己,用劳动谱写了一曲壮丽史诗。

在中条山深处的诸冯山山腰,发现过若干灰坑、灰层,能区分器物形体的红陶、红褐陶、灰陶残片，在舜王坪发现了新石器时期的石斧、石刀、红陶片、灰陶片等。《山西方志》记载，"在瞽冢村东南有雷泽、寿丘，东北有（舜）耕田遗迹"。古雷泽在现在的官坡村北，新中国成立以后，曾在此钻探出六十多米深的河湖堆积物，如今淤积成为一片盆地。当年村民在打大口井时，在七八米深处发现有人工砌的石坝和磨损的红陶片、灰绳纹陶片，证明距今三千多年前，这里还是一片白茫茫的湖泊，可以打鱼。寿丘在今古堆村，是诸冯山下一个土丘，高约十多米，直径有二百米，土丘西边有沇西河流过。土质好，有水源，有燃料（树木），是古人制陶、烧陶的好地方。前些年农民打井时，在十米深处挖出许多有方格纹、人字纹和波浪纹的陶片。在神后村，从遗留在半山坡露出的灰坑、灰层中，采集到红陶罐、夹砂褐罐的残片。在瞽叟祭祀冢东边考古发掘，发现了夯土层，夯土内夹杂了周代以前的陶器残片和瓦片。在下马村北，曾出土距今六千至四千年前仰韶文化、龙山文化期间的彩陶器皿十余件，有完整的彩陶壶、双耳壶、彩陶瓮、勾叶纹彩陶盆，这些彩陶精美完好，属于国家一级文物。需要强调的是，这里的龙山文化遗址，和尧舜时代大致相合。在这个纪元前后，如此多样的地下文物密集出土，点点如繁星向这里簇集，只有一个指向，尧舜在这里，上古华夏文明在这里闪光。

宋代的文学家、翰林学士王禹偁在《中条山》一诗中，对于垣曲境内、黄河岸边的这一段中条山，曾经做过这样的描绘：

崛起巨流边，奔腾欲上天。

远临沧海尽，高与太行连。

大块横为脊，他山立似拳。

土膏经舜耒，石险任秦鞭。

这里的"大块横为脊"，无疑是指突兀横起的历山舜王坪五千四百亩的大块土地；"土膏经舜耒"，说的就是舜耕历山的舜王坪。

明末清初历史地理学家顾祖禹在《读史方域纪要》中说过："诸冯山，在县东北四十里，《孟子》云：舜生于诸冯，盖即此。"

清代康熙十一年（1672 年）的《垣曲县志》里，早有记载，"峰峦叠嶂，涧谷幽阻，孟子所云舜之居深山之中，即此地也"。

雍正四年（1726 年）出版的皇家大型图书《古今图书集成》中，记载有"诸冯山，县北四十里，山明水秀，即舜生处"。

古文献记载，还有历代文人骚客的歌咏，像历山、诸冯山、负夏城、舜王坪历来都是见诸笔下的风景名胜。来垣曲看舜乡，看山水之中的舜乡，看江山秀丽，文明亘古，那是另一种历史文化滋养。

但是，即便在山西，言之凿凿称自己为舜乡的，绝不止永济垣曲。

我想到了洪洞。在洪洞，也有类似的尧舜传说史迹。大约二十年以前，阴历三月三，我们应邀到洪洞去观摩当地的民间节日"接姑姑"。所谓接姑姑，就是传说三月三娥皇女英回娘家，婆家要送，娘家要接。这一民俗活动的核心是羊獬村，前后却有几十里地。扎好了纸人纸马，抬起香烛灯台，锣鼓队敲打，吹起唢呐响器，沿着既定的路线，一村一村送过去接过来。每到一村，锣鼓喧天，唢呐尖叫，村人拥上街巷看热闹。家家户户，院子里，院门前，摆起小饭桌小案，放好麻花油炸排叉花生瓜子什么的，游人随便进出，随便拿随便吃，真把你当了娘家人。接送姑姑的队伍，到哪个村子歇下，村里管吃管住，第二天接着上路，前后一个星期到十天，最后把姑姑送到娘家，仪式结束。难得的是，每到一个村子，村民们都出门顶礼膜拜，恭敬如仪。在鼓乐鞭炮声中，献上他们虔诚的敬意。这十天远近村子，人们不分亲疏，不管生熟，凡进了村子都是亲人，都是贵客。沿途几十里人山人海。这样浩大的社事，只有在尧舜的故乡，才能动员起这样规模的人力物力，才能激发起这样动人的激情。

我不知道现在的羊獬村一带，三月三接姑姑还这样过节吗？农耕时代，人们的忙和闲大致和节令有关。农闲时节，人们有时间有心情释放自己追念先人的激情。现在，农人纷纷到千里以外打工，生产，也成为反季节操作。我不禁猜想，那一带还能组织起那样浩浩荡荡的迎亲送亲人流吗？

如果我们放眼全国，尧舜禹的遗迹，简直是多点开花。就说诸冯，有山东诸城说，河南濮阳说，湖南永州说；关于舜的安葬地，有安邑的鸣条岗和湖南九嶷山说；关于舜耕历山，更是星罗棋布，各地的历山竟然有十几家。各地都言之凿凿，确证舜属于自己。如此纷纭复杂的争论，不要说一个普通的读者，就是那些学富五车的专家学者也是各执一词。这个争论不是今天开始的，而是从两千多年前的汉代一路且战且走来到今天。几千年来，谁也没有说服了谁。一场漫长的笔墨官司。

那么，为什么虞舜的活动地区会形成如此长期纷争的局面呢？首先我们要看到，远古时期各个民族部落之间，长期征战不断，这种斗争又促进了民族融合。从舜征三苗的传说来看，一直打到洞庭湖附近，舜的声威在此地肯定异常煊赫，而后才有种种传说神话不胫而走。关于鲁西豫西，舜的传说史迹与此同理。随着民族融合的加快，各地受英雄崇拜圣贤崇拜的心理影响，就地建庙祭祀的可能性很大。这就把舜的影响扩展到各地。

部族迁徙造成了后世一名多地，也加大了历史传承的复杂性。古代生产力水平低下，受地理条件、自然气候、战争争夺影响，部族的大迁徙和分流是十分正常的事情。每到一地，由于部族崇拜，思乡怀旧的情结，许多部族在迁移到一个新的地址以后，往往沿袭原来的地名。据分析统计，虞舜分流衍生出的姓氏达一百多家，全国共计三亿多人。在这些后裔四方播迁的过程中，每迁徙一地，就把原来家乡的村名、河流名、山名，移用过去，这就是全国有二十多处历山，有多处诸冯、舜井、姚墟、雷泽、负夏、河陶等地名的原因。

无论声音如何嘈杂，无论局面如何纷纭，众声鼎沸，各有所恃，真相却永远只有一个。

我们正在试图接近真相。

华夏先民的原生文明，依史学界的共识，一般认为起自豫西晋南。

那么，它是来自河谷和冲积平原，还是来自山林？

我们且看负夏，看垣曲。

第二节　探寻负夏城

《孟子》说，舜生于诸冯，迁于负夏，卒于鸣条。

负夏在哪里？

古负夏城是史书记载舜所创建的城区，它北靠历山大麓，南临黄河岸边，东依王屋之山，西临运城盆地。《孟子》说"舜迁于负夏"，舜从诸冯山姚墟迁到负夏，也是司马迁在《史记》中记载的"就时于负夏"之"负夏"。由于舜的盛德感召，他的周围聚拢的人越来越多，在历山脚下这块风水宝地，逐渐形成了负夏城。

有赖于负夏宜耕宜陶宜渔宜猎的自然环境，舜带领部落在这里"耕历山，渔雷泽，陶河滨"，发展生产，创造着人类之初的文明。历山、雷泽、河滨、负夏都是舜帝带领部族众民活动过的地方。舜帝这一远古时代的部落首领，带上他的部族属人，在山西晋南黄河中游一带，特别是在今垣曲境内靠黄河岸边活动，负夏，是他们成长壮大的一个据点。

以负夏的地理环境各种条件来看，气候温和、草盛水丰、易耕易农、易渔易陶、易猎易牧，很适宜于远古时代人类到这里来生活。舜的部落为了生存，选择这里定居下来。舜选定了负夏定居，在这里被故里推举为首领。影响逐渐扩大，形成了部落联盟。

远古时代原始社会末期的负夏，能有什么像样的建筑呢？只可能有一些极为粗疏的简单的房舍，或有一些其他的土围设施。据记载，这里原来就是一座南北长约一公里，东西宽不过六百米的"版筑"土围墙小城。不能小看这一道"土围子"，有一道比较坚固的夯土设施，就是原始部落社会的一大进步，这是早期社会文明进步的亮点。在此之前，一般的住所，都只有为防御深山之中的野兽侵扰而建筑的一些简单防御设施。

负夏城，虽然很遥远，但无愧于一座历史名城。

古负夏城，是舜初年所建的"孝、德、善、仁、礼、义"之都，是中华文明之根，是"一年所居成聚，二年成邑，三年成都"之历史名城。

这个远古的小城，你可以理解为城堡，也可以理解为城郭、城池，甚至可以理解为都城。都城，现在听起来很是高大上，但是在远古，黄帝时代，单是河南、河北、山西、山东为核心的中原地区，大大小小的方国就超过一万个。司马迁《史记》中说，"黄帝时有万诸侯"，说是国，也就只能算部落或者部落联盟。《帝王世纪》也认为，夏商之际，天下有 1800 个方国，及至西周初年，周天子先后分封 71 国，加上原有的，一共 1700 个。尧舜时期的都城，远远没有想象得那么像模像样。

垣曲县的非遗传承人吕步震老人，曾经这样描述远古的负夏城——

舜时期是中国由原始社会向奴隶社会过渡时期，距今四千年至五千年，虞舜部落氏族在历山寿丘创造了龙山文化。这时期中国已从炎黄时代的耒耜耕作农业进入到尧舜牛耕作业时代，炎帝在中国历史上首次创造了耒耜农业，从刀耕到锄耕，由锄耕到犁耕（人拉犁）时代。这是中国历史上进入第一次炎帝时代，由茹毛饮血进入耒耜农业大改革时代。使少部分部落邦族打破了茹毛饮血的生活方式，第二次虞舜氏族创造了"牛耕作业"，解决了大部分部落邦族以农耕为主的生活方式。

农耕文化的进步发展，使农业产品得到了剩余，也为部落氏族的分工提供了物质基础，这时部落氏族就开始把剩余的产品，拿到集市开始交换。由部落首领代表本氏族和另一部落氏族首领进行交换，所交换的产品也是部落的集体财产。随着日益交换的扩大交流，氏族成员之间也把各自的剩余产品作为私有财产互为交换，尧舜时代的"日中为市""尧天舜日"可能就是这类性质。到虞舜氏族时期，由于"牛耕作业"的发展，社会生产力大踏步前进，社会物资剩余更加丰盛，氏族个体成员就用自己的剩余产品，拿到更大范围的集市进行互换交流，这是历史的必然。

虞舜时代，舜在故里从诸冯姚墟迁于负夏，一年成聚，二年成邑，三年成都。司马迁在《史记·五帝本纪》中说："舜耕历山，渔雷泽，陶河滨，做什器于寿丘，就时于负夏。"《孟子》曰"舜生诸冯，迁于负夏。""舜之居深山之中，与木石居，与鹿豕游"，与山里的野人几乎都一样，生活在一起。舜迁负夏后，这里的生活条件具有"四宜"（宜耕、宜猎、宜渔、宜陶），舜开始驯化野牛，在历山让畔用牛耕作，在卫地驯养六畜，在雷泽让居捕鱼，在寿丘开始创造龙山轮制作业，各个氏族部落生产、生活蒸蒸日上，邦族和谐相处，日出而作，日落而息。部落氏族的产品丰盛盈余。

　　这时社会氏族生活富裕，人口增多，生产递进，各自经营，社会开始专业分工，有加工犁具的，有捕鱼的，有种植黍谷的，有专业种麻的，有专业养殖六畜的，有种植扁豆的，有专业狩猎的，有专业打油的，有专业织布的，有专业制衣的等等。氏族人们就把自己的盈余产品，拿到负夏集市进行物资交换。

　　当时由于舜在历山规划井字田，让畔息争，爱牛护鸟，善良之举感动了尧王；舜在雷泽让居捕鱼，用善团结了部族邻邦；在寿丘教化陶工，陶器不苦窳，不出次品，创造了先进快轮制作陶器；在妫汭，用仁感化继母和弟弟，使家庭和谐；舜婚于妫汭，尧王赠送琴和布，日耕作，夜弹琴，娥皇女英助舜侍奉双亲，处理家务，二女不敢以贵骄事舜亲戚，甚有妇道；负夏推行"五常之教"，用德孝感化部落邦族，使负夏城成为无霸交易市场。

　　市场非常繁华，有序经营：有经营牛肉、猪肉店铺的，有经营犁耙的，有卖黍谷饼的，有卖棠梨饼的，有卖韭菜饼的，有卖八月炸的，有卖扁豆饼的，有卖麻子油的，有开麻衣店铺的，有卖虎骨酒的，有卖灵芝酒的，有卖人参酒的，有卖九节菖蒲的，有卖各种药材的，有经营各种精美陶器的，五花八门，物资齐全，聚群协谈，公平竞争，各取所需，吃有野味，口流清香，蹭摊交易，满意成交，具有原始部落协同交易的生活气息。

负夏城为什么叫"日中为市"？意思是，那时没有时间表计算时日，唯有太阳当顶这个时刻最便于大家共同掌握，在此时之前，部落先民从太阳未出就拿着自己的盈余产品从四面八方赶来负夏赶集上市，人流熙熙，百货齐全，商贾交谈，互选短缺，各自选定自己所需，协商互换交流，直到自己拿到满意的物品，满载而归。

原始交易是物与物的交换，在彼此的需求不同时，则需要找一种等物价的物品作为成交的物质货币，为了公平交易，大家对长度、重量、容积需要一个统一的衡量标准，这时负夏部落都君虞舜带领大家以历山种植的丰产黍谷作为统一交换标尺："累谷定尺，积谷定量，聚谷定容"。长度单位为分、寸、尺、丈、引。一粒黍谷的直径为一分，十粒黍谷为一寸，一百粒黍谷为一尺，一千粒黍谷为一丈，一万粒黍谷为一引。容量单位为龠、合、升、斗、斛。也就是十龠为一合，十合为一升，十升为一斗，十斗为一斛。重量单位铢、两、斤、钧、石。也就是一龠容千二黍，两个千二为一铢，两铢为一两，十六两为一斤，三十斤为一钧，四钧为一石。全部都是用黍米作为长度、重量、体积单位统一定制的交换币码。这就是我国部落社会以黍谷做出"累谷定尺，积谷定量，聚谷定容"的统一度量衡单位币码。

这一座南北长约一公里，东西宽不过六百米的"版筑"土围小城，几乎和"陶寺水城"如出一辙。如今土城墙早已湮没，仅留有明代万历年间重修过的宽约五米，高约三米的一段残墙，还有一座青砖砌的北城门楼，早已破败不堪。十多年前人们来这里，城门洞上镶嵌的"帝舜故里"石匾，依然完好，在南城门洞上，也有一石匾，上书"古负夏"，如今已成了残片，保存在垣曲县博物馆内。

这一块石匾，半块残片，目前已经成为古负夏城仅存的物证。在运城，只要论及虞舜的历史，无不举出这俩残片。只要有虞舜的展览，这两幅图片是引人注目的看点。各种介绍虞舜的图书，各种历史陈列，这两幅图片是必须列入的。那一幅庄正端肃的"帝舜故里"，那半片"古负夏"残迹，看得叫人心疼。它怎么就能破碎了呢？其余那半片呢？是埋藏着，还是早已杳不可寻。它痛苦绝望地遗世隔绝在某一个角落，苦苦地期盼着寻觅的脚步，等待着一场跨世纪的重逢。

负夏，四千年的负夏，中间有那么一大段的空白。遥远的负夏，总有一种神秘在隐藏，等待着我们揭开一袭面纱。

遥远的负夏杳不可寻，但是，负夏城的发展沿革的脉络还是清晰的。初名负夏，后来居住在此的人们，为了纪念舜的父亲安葬在此地，就将负夏叫了瞽冢。瞽冢村，瞽冢镇，村名以坟墓命名确实少有。清咸丰时，有学者嫌此名不吉利，又据《孟子》的"舜善于人同"之意，遂更名为"同善村"，村大了，叫"同善镇"。

二十世纪九十年代，当地合并乡镇，历山乡、望仙乡、同善乡，三乡合并为同善镇，人们不忘舜在历山创造的农耕文明，根据《史记》"舜耕历山"的记述，又把同善镇更名为历山镇。悠悠岁月，沧桑历史巨变，负夏城遭受过无数次兵燹、灾害的洗礼，一次次受到重伤而重修，一次次重新崛起，真可谓是一座不朽之城。

《平阳府志》云："垣曲县有诸冯山，瞽冢镇，夫负夏在卫，今垣曲东界，即古卫地，则诸冯、负夏相去不远矣。"还有《孟子》《史记》《竹书纪年》《庄子》《墨子》《礼记》《山西通志》等文献，都记载了舜之生地诸冯山，及舜初年活动地负夏及周围的历山、雷泽、河滨、寿丘、舜井、妫汭之居，这些地理位置都与舜紧密相关。这样密集性的文化聚落在其他地方很少见到。

为了寻找舜时的地下遗物，探讨古代制陶技术，中国历史博物馆考古部研究员郭仁一行，在垣曲博物馆馆长吕辑书陪同下，于1982年、1987年、1989年，三次在同善地域进行考察。他们上诸冯山的半山腰，看到一块清代普通墓碑，上刻有"瞽冢南诸冯山有舜生之地"的记载。在舜石龛中发现了龙山陶片，片上有方格纹、绳纹、柳叶纹等纹饰。在同善镇南边的玉泉寺废墟上，看到明代嘉靖十二年（1533 年）的一通石碑，上有"垣曲县北四十里许，王屋之麓，瞽家之南有舜井，跨邵原，环绕峰峦，青翠形胜之地也"的记载。在同善镇政府食品站，他们看到一通清代光绪十二年（1886 年）重修虞帝庙正殿的碑，已经做了脚踏石，碑上有文字"虞帝殿由来远矣，想当初经营之量度而谋为者，必谓南近诸冯，北连负夏……"并述明此庙在大元至正、大明正德年间都重修过。

来过垣曲的考古专家们推测，此处应为庙底沟二期文化基地，在负夏城周围发掘考证，瞽叟家应该距今 4300 年至 4500 年。

根据古代传说和历史学家的推算，这一时代正是虞氏部落首领虞幕到尧舜的时代。《中国人种由来考》中曾经说，据《竹书纪年》上推黄帝在纪元前 2620 年。台湾学者柏杨在《中国人史纲》中说："纪元前 26 世纪的前 2598 年，姬轩辕 150 岁。……纪元前 2285 年，伊祁放勋放弃政权，姚重华正式摄政。27 年后的纪元前 2258 年，伊祁放勋逝世，寿命 119 岁。姚重华顺理成章地坐上宝座。"按照柏杨所说，舜在纪元前 2285 年摄政，舜摄政时32 岁。这样舜就出生在纪元前 2317 年。

吕振羽在《史前期中国社会研究》中也说：传说中的尧的时代，据《竹书纪年》及其他各书的纪年推算，恰在纪元前二十二、二十三世纪之间。

蒋南华在《中华文明七千年初探》中说："关于帝舜的具体生卒之年问题，我们知道尧生于甲申，舜生于尧之二十一年甲子，舜比尧刚好年轻 40岁。而尧是公元前 2317 年甲申出生的，那么舜的生年当是公元前 2277 年。查《中国历史纪年表》之《公元前甲子检查表》得知，公元前 2277 年正是甲子，与皇甫谧所说舜以尧之二十一年甲子生正合。舜生于公元前 2277 年甲子，百岁癸卯崩，其卒年是公元前 2178 年。查《中国历史纪年表》之《公元前甲子检查表》，公元前 2178 年正是癸卯。"

按柏杨所言，舜出生在公元前 2317 年。据蒋南华推算，舜出生在公元前 2277 年，距公元前 2300 年，前者早 17 年，后者晚 23 年，但都相差很小，确切说应与公元前 2300 年为同一时期。

根据以上文献和专家的论述，黄帝所处的时代距今大约 4600 年，尧和舜所处的时代距今在4200年至4300年间。传说舜的先祖虞幕是黄帝的后裔，辈分在颛顼之后，而舜是黄帝的九世孙。从黄帝的4600年到舜的4300年，三百年传九代人，一百年传三代人。公元前4500年到公元前4300年正是从虞幕到舜的有虞氏部落的时代，大致相当。

这里的老百姓说："在同善镇一带，不论早晚碑上，都有舜的记载。"他们在古堆村山顶陶场发现好多陶片。并发现了不少灰坑、灰层，地面上暴露着不少红陶、红褐陶、灰陶残片，能分辨出器形的有质红陶钵、类砂褐红陶折腹罐、鼎足，还有石器、石斧等都是古人的遗物。

这里，就是负夏。它在今天的垣曲县。

我们终于有机会到负夏城的遗址看一看。

负夏城的遗址，在垣曲县城的东北八十华里处。《地理志》记载："负夏在东郡，即鸣条岭以南，今垣曲县境内。"孔尚任《平阳府志》说，"垣曲县有诸冯山，瞽冢镇，夫负夏在卫，今垣曲东界。即古卫地，则诸冯、负夏，相去不远也"。又据《水经注》，"教水南流瞽冢山峡，悬洪五丈，流注于壑，北四十里大舜浚井在焉。东有大阜为瞽冢，南有诸冯，北有历山，东南有雷泽，东北有耕田遗迹"。这些古贤近哲都把"古负夏"定位在垣曲这里，这是宝贵的文字记载。

迄今为止，我们从史书看到的负夏城最早的一次维修，是在明万历年间。以后城楼三间完好，用材较大。无拱大栏额，内柱柱础为覆盆式，大体建筑能看出明显的明代营造手法。历代城墙在不断修补，四百多年前那一次修复的北城门，还遗留唐砖汉瓦古石条等旧的建筑材质，在右边不远处还有一段古老的土垛城墙，一直留存下来。清代咸丰年间重修时，南城门上"古负夏"三个遒劲有力的大字，相传为清代山西太守王炳勋手迹。北门明代万历年间维修时，石刻横额有"帝舜故里"四个正楷大字。当今各地盛传的这两张字迹图片，就来自于这两座城门。

负夏城南北二门附近还有三处纪念大舜的建筑物，虞帝庙、姚祖庙、舜塔，可惜虞帝庙、舜塔已经塌毁，姚祖庙也濒临倒塌。

我们从保留下来的图片可以看出，古负夏城门一直苦苦支撑到七年以前，到2014年，那里残留的城门已经残破不堪。城墙风雨侵蚀，旧砖不断脱落，掉落的石块散乱堆积在危墙下。城墙的门楼子，门窗破损，留下两个黑洞。屋脊断裂，屋檐倾斜，砖瓦的残片只能勉力支撑着。这座百年千年的古迹，风雨中飘摇，眼看就要倒塌倾圮。

2014年到2015年，垣曲县人民政府决定，修复古老的负夏北城门楼。

负夏城门

重建的负夏城门，较之历史遗留的旧城门，巍峨宏大，城楼高耸，城墙巍然，城门仍为卷拱式，城楼为重檐两层，四周廊柱支撑，华丽而巍峨。二层顶端的匾额，正面书"负夏帝墟"，另一面书"惟宗同善"，为著名书法家王陆所题，大字苍劲雄浑。城门上方的匾额，仍沿用了当年清代的"帝舜故里"复制，新城古老的历史沧桑，让人一瞬间举目会心。

城门的墙面上，嵌刻了垣曲县人民政府修建碑记——

　　缅观旧史，舜帝生诸冯，迁负夏，尽见经传，今察地望，古名称历山，曰瞽冢，尽在垣曲。同善古堡，北门额题"帝舜故里"，南阙匾刊"古负夏"，信之不虚。

同善北城门建于明万历四年（1576年），面阔三间，进深五椽，体量适宜，形制典雅，楼内供奉真武大帝，塑像庄严，护佑阖城平安。岁时伏腊，乡人不废祀典。木楼建于垛台之上，曾是砖墙壁立，卷门高拱，青城掩映，崇山中巍然一巨观矣。无奈年深岁远，风侵雨蚀，砖石酥碱，墙垣走闪，内外坍塌，洞涵壅堵，梁柱倾圮，屋面颓破，游客至此，莫不扼腕叹息。有心之人夤思修茸善举。

欣逢盛世，百业俱兴。文化遗产，理应传承。县委县政府顺民望，应时事，决意重修同善北门楼。县财政出资七十万，省文物局襄助三十万。镇政府多方协调，村民们配合拆迁，文物部门立项设计，精心施工，蕞尔山城上下一心，众志成城。是役也，鸠始于二〇一四年六月二十六日，告竣于翌年四月二十一日，此次修茸，遵循国家文物保护十六字方针，恪守古建筑维修四保存原则，既保持明清原貌，又据实情抬升城基台垛，加宽木构楼阁，原单檐悬山式，现重檐歇山顶。

今观城楼，殿宇高耸，翼角飞翘，梁柱端正，槅扇齐整，埠垸森然，卷洞通达，东襟柏岭，西带沇河，北枕历山，南望诸冯，楼阙辉映，河山增色。山清水秀，不愧人间仙境。是为记。

以负夏为起点，同善自古以来就是风水宝地。明清一代，车马辐辏，客商云集，这里是山西通往中原的一条重要商路，商人们在负夏城，修筑了一所同心会馆，取同善同心之意。商路羁旅，是一个聚集歇脚的好去处。深山里的商路会馆，古道要冲，也可见古负夏绵延不绝的强大气场和人脉。

同心会馆，早已失却了当年的辉煌，在疾风骤雨中寂寥无人。修筑负夏城门时，垣曲县同时修缮了同心会馆。

这一建筑群创建于清乾隆四十五年（1780年），建筑布局巧妙，按中轴线自南向北依次建有门楼、照壁、戏台、月台、大殿、关帝殿，两侧依次建有角门、廊房、火神祠、财神庙。建筑群保存相对完整，存有多通碑刻，要了解清代的古建和晋商行迹，这里也是一处观察点。

古负夏城，同心会馆，这一片小小的建筑群落，从此旧地重光。从远古到明清，形成了一个追溯历史的核心景观区。山水环抱，青枝绿叶，古树掩映着城墙，远远地看到飞檐一角伸展到云里来。大家像朝拜圣地一样敬奉它，一切都因为，这里是大舜一个时期活动的核心区域。

围绕着负夏城，舜的活动场域，星罗棋布。

我们走出一二里地，到神后村，便是传说中的舜井。

《古今图书集成》记载，"垣曲县北四十里，即舜浚井匿空而出处，旧迹尚存"。清代杨帝培在《重甃舜井建祠宇神异碑记》一文中说，"邑北四十里，古有瞽冢村。迤上二里许，有阜，熊熊而起乃瞽叟冢也。冢背负小岭如带，井出岭右胁下，紧与岭抱。岭左十数武，有窟，窈然而深，与井平直，对列如目。相传为东家井，即《书》所谓匿空旁出处也"。这里的"甃"，是为井洞砌砖壁的意思。他们在整修井壁时，看到了很神奇的景象。那口井当真有一条通往外边狭长的洞窟，大舜当年遇害，就从这个洞窟出逃。这着实让人觉得有些灵异。清道光年间，山西太守王炳勋在《重修舜井庙记》碑文中说，"虞舜庙寝宫之前有井焉，斯井也，相传即亚圣孟子之书所谓浚井也。祀典尚载志矣。井上有亭，翼然列于其上，曰圣井亭。斯亭也，形势高峻，层次巍峨，北景历山，面仰诸冯，前临负夏，后依瞽冢，遥而望之，出云降雨，凤峙鸾翔，固若有龙蟠虎伏之象。"

清代初期记载，明代时井上建有舜井亭，井亭两旁有娥皇女英祠、斋房等，此外还有舜庙、二妃池，规模宏大，可惜这些后来都已经湮灭无存。

现存的舜井亭，是近年重修的。

新修的舜井亭，二层飞檐，匾额题有"舜井"二字。井台加高，青石铺面，石头墩子支起一架打水的辘轳。摇啊摇，水桶上下，非常古朴的样子。这一眼老井至今活水长流，不能不说是一个奇迹。神后村吃水可用，井水也可以灌溉，出水大的时候，可以流经水井一侧的池子，池子一左一右，叫作二妃池，毕竟在舜的家乡，任什么都和舜有关。

当地在介绍舜井时，曾经提到清代有名士将舜井、瞽冢并提。它们其实都在神后村，相距不远。舜迁负夏以后，思念父母，就把父母弟妹从诸冯接过来，住到了神后村。父亲死后，也就安葬在这里。神后村后的鸣条岭上，有两个大型坟冢，前面一个是祭祀冢，后面的就是舜之父瞽叟的安葬地——瞽冢。坟冢东西约八米，南北约二十米，高约三米。旷野里，杂草丛生，坟冢边上孤零零的几棵树。远望，就是层层叠叠环抱的群山。

舜井亭

考古人员曾在大冢的东边切除剖面，发现了夯土层，土层内夹杂有周代以前的陶器残片和瓦片。

大冢遗落在野外，仿佛清冷寂寥。不是的，当地的朋友说，每逢清明时节，常有村民来到这里祭拜，十分虔诚。

"瞽冢"这个名字覆盖性有多强大？"瞽冢"既是坟冢，也是地名。坟冢，即是埋葬瞽叟的坟地。叫得久了，人们逐渐把瞽冢所在的负夏城也叫了瞽冢。同善镇，当地人一直叫作瞽冢镇。即便在现在，一些上了年纪的村民，还是习惯把同善镇叫作瞽冢。再扩大一些，他们把当地鸣条岭附近的这一片山脉，索性也叫了瞽冢山。

和我们同行的垣曲县著名作家谭文峰，就是同善刘村人。回忆起小时候去同善，他说，我们那时候，家里人让小孩去同善镇，谁说同善呀，都是说，你上瞽冢去一下吧！见了面打招呼，也说，你到瞽冢去啦？

我们还去了负夏附近的诸冯山姚墟村，这里传说是舜的出生地。我们找到了舜石龛，这就是舜落生的地方，也是舜幼年居住的地方。

这里的山石是一层一层重叠的，黄褐色，暗红色，一块巨石突出出来，巨石像屋檐一样，形成了一个天然的石屋。脚底下，是暗红的碎石粉末。舜的一家就这样蜗居在石穴，与树木石头为邻，与野猪为伴，原始时代初民的样子。

姚 墟

距舜石龛不远，有握登坟。舜在六岁的时候，母亲去世，就葬在这里。

握登坟，一座简单的尖顶黄土堆，荒草年年覆盖，这几年诸冯山姚墟村开始重视保护，竖起巨石，刻写上"舜石龛""握登坟""舜乡泉"，舜帝故里，于是有了标识。

"舜乡泉"也相去不远。传说这股

舜石龛

泉水，是舜带领姚墟村的乡亲开掘出来的，泉水清冽，姚墟人常饮泉水，乡人多高龄。《古今图书集成》说，"舜乡泉，县北四十里，在舜生之乡，故名"。《帝乡泉》有诗曰：涓涓帝乡泉，历时几千年，仁孝水长流，帝舜圣德传。

握登坟

在负夏城的周围，有多少这样的舜活动过的旧迹？点点滴滴，点点滴滴。先王的足迹，就撒播在周边。负夏，如众星拱卫。一直到长成一个成熟的首领，他走进负夏，负夏，于是开始亮出日月之光。

天色渐渐暗下来，我们走出负夏城走出历山镇。沿着石板铺就的街道，发现两边的店铺，全是和舜有关的命名。什么帝墟快餐、负夏小吃，街头小摊，也是姚墟肉串、二妃矿泉水什么的，教人发噱。再到垣曲县城转一转，你更是会看到各式各样的舜帝的影子。县里开发的公园，叫作锦绣舜乡森林公园。房地产公司叫天舜房产，小区叫舜苑小区、舜都小区、舜皇小区，旅店叫舜乡家园、舜乡客栈、舜缘宾馆，洗车行叫安舜车行，娱乐场所叫舜都主题 KTV、舜韵围棋、历山书画社。垣曲的百姓，把自己的衣食住行，自觉不自觉地，都和舜帝的作为联系在一起，他们骄傲，舜，是自家的乡亲。

和垣曲的朋友们处熟了，对他们的诉求也就明了一些。他们并非要和外界争辩个你输我赢。他们只是特别在意"舜乡"这个定位。在他们看来，舜自小在这里长大，后来又迁到负夏，都在垣曲，舜的青少年时期在这里度过，这是他们力主不让的。至于其他关于舜的功绩评价，他们倒也不去强辩。他们是谦和的，谦和的要义是实事求是。历史上功过是非，并不是所有的结论都能立等可取，很多要经过漫长的时间检验，让我们一起期待新的史学成果。这一点，我们大家都有耐心。

垣曲原来的县长张飞，听说我的老家距离舜帝陵不远，立刻来了神，和我商榷一个垣曲朋友思索了很久的问题：你说呀，舜帝葬在鸣条岗，那地方，为啥叫鸣条岗呢？

瞽冢后面那一道岭，不就叫鸣条岭吗？

鸣条岭，鸣条岗，难道是巧合吗？

一岭，一岗，皆为古冀州之地。一葬父，一葬子，应该有一定的因果关系。

垣曲县很早以前就有一种说法，“先有鸣条岭，后有鸣条岗。”大概意思是说，按照常理，儿子死后葬在父亲脚下，这是指平民。和平民不同，舜是帝王，死后葬在哪里是国事，不可能葬回老家“鸣条岭”。但是，舜又是大孝之人，不葬回“鸣条岭”又有违孝道。那么，所葬之处，不妨命名“鸣条”。和九嶷山的争议，那是另一回事。这样一来，既解决了臣民纪念祭祀的国事，又象征性地葬在了父亲脚下的鸣条岭。当然，这只是我的一种推论，有什么根据？没有。

他谦和地看着我，请教的样子。垣曲的朋友，就是这样，无论攻辩，都是谦谦君子，恂恂然不失敬畏。这个，总让人如沐春风。

第三节　庙会，民众和神祇的狂欢

垣曲的舜王庙很多。

庙宇一度被当作封建迷信的产物。究其实呢，它是民众一种朴素的信仰表达。在舜乡民众心里，舜的音容笑貌永在，舜的灵魂不灭，永远护佑着故里的人们。为乞求舜的神灵庇护，要和舜的神灵对话，这种对话当然不是俗世的言语能够完成的，要有许多复杂的仪式，伴之以某种浓郁的神秘气氛，才能完成神人的对话交流。于是就有了庙，当膜拜逐渐成为一种群体需要，于是就有了庙会。

在垣曲，规制整饬、建筑较好的舜庙，有负夏城外虞帝庙、历山舜王坪舜王庙、诸冯山姚墟村舜王庙、神后村（妫汭）舜井庙、历山镇文堂村舜王庙、皋落乡回村舜王庙、古城镇胡村舜王庙、历山镇宋家湾舜王塔、皋落乡回村九男仰舜处纪念亭、解峪乡安窝村鹰咀庙，等等。

负夏城外的虞帝庙，在南门外两百米处，东靠云蒙山，西临舜清河，南望诸冯山，门上匾额为虞帝庙。据记载，这座庙大殿、献殿、钟楼、鼓楼、牌、坊、仪门一应俱全。门顶抱厦、屋檐雕版，中为凤头突兀，两边夔龙拱卫，线条流畅，雕刻精美。斗拱层层叠架，飞檐四向排出，中间的祭祀牌坊，结构独特，成为现存木构牌坊硕果仅存的孤例。有趣的是，牌坊四角下设计了当年工匠的留言："日后修缮，胜我者再加两层，不如者四角加柱相顶。"匠人似乎看到了庙宇的百年香火，赓续一念，终而不绝。

唱戏为酬神，庙宇一般都有戏台。虞帝庙的戏台为一座路台。戏台边有通道，平时关闭，一旦有活动，祭祀娱神，抽掉戏台的隔板，沿着中线即可入内。每逢清明时节，附近八村村民鸣锣击鼓，云集虞舜庙，贡献祭祀，举行香火盛会，当时的县政府安排，几个村的社首主持，集体跪拜祭奠，一定要请好戏班子名演到场助兴。由于负夏城的位置和影响，附近沁水、阳城、翼城、绛县、闻喜，河南的渑池、济源的香客都来祭奠。明清时代，虞帝庙香火数百年不衰，官府保护支持民间的祭拜活动。民国之前，官府免除了附近八个村的粮赋差役，作为筹集虞帝庙的祭祀费用。每年的活动，官府出动差役维护治安，保证不得出现人命大案。一般小案，差役不得进入庙区拘捕人犯，以保证庙会祥和吉利。

那个建庙的工匠，他仿佛预见了以后的乱世，也祈祷着百年平安。但是，宏伟精致的虞帝庙，经磨历劫数百年，最后还是毁在了日寇侵华的战火中。虞帝庙毁而神灵犹存，在灰烬的残迹上，每年农历的 3 月 28 日，来虞帝庙拜谒上香，求子拜药求雨的善男信女依然络绎不绝。一直到现在，当地群众依然把 3 月 28 日作为集市的形式保留了下来，尽管已经没了庙，就在原来的老地方集聚跪拜，心底的虔诚，是什么也毁不掉的。

这里最为宏伟壮观的庙宇，要数黄河边上的鹰咀庙。在解峪乡的安窝村，曾经有 · 所名扬秦晋豫三省的鹰咀庙，咀是当地人的土话，就是鹰嘴庙的意思，由于沿着黄河边上的山岭依势排列，造型雄伟。全庙红墙碧瓦，雕梁画栋，外观巍峨森严，内察结构巧妙，坚固稳定。沿着黄河岸边，拾级而上，登上108级临河台阶石梯，先看到一组精美别致的牌楼。登高俯视黄河，临河沿线的巨岩沿岸边的岩线十分相似一只雄鹰，展翅飞向黄河，两只翅膀好似要冲向黄河河面。黄河岸边的鹰咀庙虎踞龙盘，凌空展翅，远远仰望，让人不禁升腾起御风而行、凌空高翔的神往。

鹰咀庙的建筑，也是牌楼立柱，大殿舞楼，回廊壁画，碑文石碣记载为元代建筑，清代重修，可惜如今也只剩下断壁残垣令后人凭吊。

经历了百年风雨沧桑，垣曲当地的古庙已经遗存不多。在前些年，依然顽强地守护着古庙，守护着古庙会的习俗的，还有这样一些：

同善乡（古负夏）3月28日庙会。这是舜王的生日庙会，也是临近清明节的祭奠。

诸冯山姚墟村舜王庙庙会。

舜王坪舜王庙庙会。

历山镇文堂村舜王庙庙会，每年农历9月13日。各村社首轮流主持，纪念舜在这里开创农耕文明。人们各自带上玉米、高粱、谷子、红薯、豆子、核桃、花生，还有其他食物，祭祀跪拜，敬献上香，主要是祈求来年五谷丰登。

宋家湾舜王塔，类似于文笔塔，在春光明媚的日子里，善男信女回到塔前祭祀舜帝，祈望他保佑历山人才辈出。

民国时期，垣曲县内的舜王庙活动十分红火热闹。一是3月28日的生日庙会，一般持续五天，从3月26日祭祀开始到30日谢神结束。以古负夏城虞帝庙为核心，盛况空前。这是帝舜故里人民的盛大节日，各村社都要来参加，在庙会期间，宴请宾客，投亲访友，其乐融融。据垣曲县虞舜文化研究专家吕步震先生的记载——

庙会第一天的第一项活动是祭神（祭舜），有主持社头带领各个社头祭舜。在虞帝庙舜王大殿舜王像前置五牲福礼，食品、酒、水果等。所谓五牲,《左传》说,"牛、羊、豕、犬、鸡",历山帝舜故里的人们所说五牲是,猪、羊、鸡、鸭、鱼,从严格的意义上来说,家养的动物称家禽或者家畜,做祭祀用的家禽家畜称为牲,以单色的为最好,毛有杂色,就不好。在舜王殿前供五牲,没有那么多讲究。山区人民因陋就简,猪用全猪,羊用全羊,鸡鸭是整只的。解放前,许多农民用木头雕鱼做供品,装个样子而已。是为讨个年年有余的好彩头。少数大财主用整只猪羊祭舜,当地人称为浑猪浑羊。

祭品放好以后,点燃香烛,在供桌前放爆竹,社首们在供桌前行三拜九叩之礼,领祭的念一些祈求舜王大帝保佑国泰民安、风调雨顺、五谷丰登、六畜兴旺之类的祭词。在祭祀过程中,社首们表现得十分虔诚,他们祈求舜帝保佑,气氛肃穆神秘,使人感觉到舜帝回来了,仿佛神灵就在眼前。祭神如神在,心灵才能得到净化。仪式完成以后,3月28日庙会正式开始。

庙会期间,宿山和进香也是祭祀舜、祈求舜帝保佑的方式。所谓宿山就是一天二十四个小时都在庙里吃斋念佛,宿山中的多为中老年妇女,一桌一桌地坐在庙里念经。一般是七个人、九个人或十三人一桌,都是相约而来。老人们认为宿山可以接近神灵,给自己增福增寿。宿山者多数自带干粮,还带很多糖果,分给大家吃,叫作"结缘"。庙会期间,还有来自远方的香客专程朝山进香,祈求大舜保佑。进香的,有的求子,有的求财,有的求婚姻,有的求去病,有的求平安。在人们心中,舜王大帝是万能的,他们会在神前默默祷告,许下心愿。如能如愿,来年还愿。还愿的方法很多,有的用三牲福礼或五牲福礼来供,有的投给庙里一笔钱,作为舜王庙的修缮费用,也有的演戏来还愿。

庙会期间,求签的人很多,俗话说,心神不定,打卦算命。求签与问卦一样,在旧社会,天灾人祸太多,人们不能掌握自己的命运,香客常常要靠问卦求签答疑解惑。比如出远门做生意是否吉利，考试是否得中，病情是否好转，生儿还是生女等等。

庙会当然要演戏。娱神，也是民众的娱乐活动。山区农民，本来平时消闲的机会就少，这下子遇到机会，加上正在开春，春光宜人，农事未起，农民们乐得聚了消闲。庙会至少要演三天三夜戏，也有通宵的夜戏，那是为了那些远路赶来的香客，反正他们夜里也回不了家。垣曲处在晋豫两省交界，梆子、越调、皮黄戏、怀梆、曲剧，在县内都有流行。民国年代还有铙鼓杂戏，俗称"镲口"的垣曲镲是当地土生土长的曲艺。除了这些，还有民间社火活动。旱船、竹马、龙灯、抬阁、背阁、撬官、二鬼摔跤、打花棍、霸王鞭，民间社火由于有民众自己参与，兴致异常高涨。每当有社火队伍通过，人流涌动、呼喊，是庙会的热点看点。

庙会最为宏大庄严的仪式，要数舜帝巡会。

民间曾经流传着舜帝南巡的传说，学界也有舜帝巡狩的争议。不论哪一种方式，这里都蕴含着一种指向，舜在位时，到民间查访，体贴民间疾苦，体察民风民情，是一个勤政爱民的形象。垣曲这里的巡会表演，很大程度上来源于当年的巡狩制度。

相传唐宋时期舜王庙会就有了巡会表演，元代最为热络。从出巡到回归，一般要持续好些天。东到阳城，北到沁水，西到翼城，南到渑池。每年的3月26日，各社首到历山虞帝庙举行例会，求神问卦，决定巡会的日期、路线、过夜、吃饭、接送、清规戒律，这个实际上是一个事前谋划会，如此大的活动，组织者要认真细致才行。

舜王出巡头一天晚上，举行舜像梳妆仪式，梳妆仪式肃穆庄严，摒开闲杂人等、妇女儿童，由负夏城都君（社首）主持，点燃香烛，各社首行三拜九叩之礼。这时，由两名德高望重的老人执拂尘，将舜王像打扫干净，换上新蟒袍，社首们再一次跪拜，告请舜王即将出巡，终于礼成。

垣曲吕步震先生曾经到同善村考察，两位八九十岁的老人这样说：

> 舜王像出巡时，拆去戏台上的隔板，先用五牲福礼祭奠，社

首们三拜九叩，然后由两位德高望重的老人扶舜帝上轿。大殿唯有用樟木雕成的舜帝像，才能上轿。轿底装有轮子，推动方便。舜像上轿完毕，司仪高喊"起轿"，这时，放大炮，放三眼铳，放鞭炮，敲锣打鼓，八人抬着舜王神轿缓缓起步，轿夫由各社精选，神轿从正门出行，彩旗开路，执事队随后，各社群众组成随队。香烟缭绕，旌旗蔽日，锣鼓喧天，万铳齐鸣，巡会队伍可以上千人，浩浩荡荡，其气势之宏伟，远胜古代帝王视察。一路上常有小伙子换手接轿，小孩子从轿下钻过去，据说，这样可以消灾消难，增福增寿。

沿途各村设有路祭，摆着供筵。供筵有不同格局。大户人家供筵在路旁搭棚，放两张八仙桌，点燃香烛，供茶水、酒、水果、三牲福礼；小户人家供筵只在路旁放一张八仙桌，点燃香烛，供点水果、糕点、茶水而已。在舜王神轿经过时，供筵主人跪拜，祈求舜王大帝保佑平安，口中默默祈祷："舜王大帝保佑，阖家平安，多福多寿，五谷丰登，六畜兴旺，子孙万代。"同时点燃鞭炮。

舜帝出巡的路线，一条线路是外线，从负夏城出发，到神后村舜井庙，再到文堂村舜王庙，登历山到舜王坪舜王庙，到翼城大河村舜王庙、沁水下川舜王庙、阳城东洪舜王庙，再返回负夏虞帝庙。另一条线路是内线，从负夏出发，到诸冯姚墟舜王庙，再到古城胡村舜王庙、皋落回村舜王庙、民兴歇马殿，返回负夏。

巡回队伍在有舜王庙的村庄住一宿，过夜演戏。沿途遇上没有舜王庙的村子，歇脚一个时辰。神像巡住的村子，各村每家做斋饭。斋饭分为主斋和客斋两种，有舜王庙的村社，办的斋饭叫主斋，一般有猪肉、牛肉、鸡肉、鸡蛋之类；没有舜王庙的村子，办客斋，全素菜，素斋也是很丰盛的。每到一个村子，扶老携幼迎接，要出村了，全村热情欢送。巡回的队伍走到哪里，都有蜂拥的人群祭拜观礼。过夜的村子，还会安排表演，有的邀请大剧团来演戏。

这一场大巡回，少了三到五天，长了十来八天。一道人流在山野流动驻扎，陌生的人们亲如一家，浩浩荡荡的人流，漫过山野河流，最终又回到舜王的故里。大地春色正好，这是大舜的子民释放虔诚，释放怀念的时节，一年一度，从遥远的历史深处，走到今天。

我不禁想起了洪洞的三月三"接姑姑"，两个节日，活动的规模和方式，大同小异。都是在大舜的故乡，走一条线路，连一片村落，将方圆百里的人群感情融合在一起。欢乐的迎送人群，完全陌生的主人客人，这会儿都成了一家人，成了同一片蓝天下血脉相通的兄弟。洪洞和垣曲、永济，在大舜故里这个问题上是有争议的，但是若论他们对先祖的感念，对民俗的传承，他们都是这块土地的儿女。这会儿，他们要集结了组团出去"走亲戚"。当一群人蜂拥而出迎接另一群陌生的人群，不问哪里来，不问姓甚名谁，拉进家门，管吃管住，这会儿的他们，只认血脉，只认先祖。欢腾的锣鼓说明了一切，滚烫的血流顷刻连通，认亲吧，大地上空前规模的认亲，沿途十里百里，其实何妨千里万里，同一个族群，同一个先祖。

1949 年以后，舜王庙会曾经有过多年的沉寂。旧的"社"和"会"已经解体，新的组织呢，人们在观望。但每逢农历 3 月 28 日，历山一带的群众还是会按时到负夏城赶会，如果管理得严了，他们会悄悄地前来拜山进香，投亲访友。五十年代开始的破除迷信运动，挫伤了当地群众的朝拜热情。公社化以后，改 3 月 28 日的舜王庙会为物资交流会，禁止封建迷信活动，禁止乡民摊点贸易，允许摆摊设点的大多是各乡镇的供销社，这样一来，庙会的功能就被抽空，那种主要由民间组织、民间参与的祭拜活动，成了官办的赶集，舜王庙会的强烈祭祖色彩由此暗淡下来了。

把民间组织起来的祭祖活动斥为封建迷信，这是很不正常的。原本的舜王庙会，有着强烈的精神信仰功能。对于各地的百姓来说，他们都有一种朴素的善恶观，由此产生了信仰的神祇。舜王故里的百姓，信仰"众善奉行，诸恶莫作""万事礼为先，百善孝为首"，舜王就是他们的信仰的化身。庙会有益于弘扬巩固这种信仰功能。民间的信仰，有时很粗糙，很原始，很简单，但也就是这些原始的信仰，维护并推动着民间社会正常运行。简单粗暴地把民间信仰推到唯心主义、封建迷信一边，一定会伤害社会肌体，挫伤民众的传统精神。舜王故里的庙会，平民化的祭祀，山区农民的德孝观念，在这里有着强大的凝聚力，不可忽视。

改革开放以后，民间社会活动重新活跃起来，与此同时，重建舜王庙、重建传统秩序的呼声越来越高。传统庙会活动，也就开始逐渐恢复。

前几年文堂村首先带头，修缮文堂村舜王庙和舜王坪舜王庙，每年组织村民纪念集会。文堂村属于历山镇，顾名思义，就是舜当年在一个大屋子里教化百姓"百事礼为先，百和孝为首"，当年，这个庙是三县五村百姓经常祭祀拜谒的庙宇，每年农历9月13日在这里上香祭拜，求子求雨，看病拜药。如今修葺一新，重新开始举办拜谒舜帝活动。类似的村子还有很多，在新一轮的弘扬传统文化的呼声中，许多残破的庙宇修复了，人们已经遗忘的庙会活动，也接着乡村振兴的东风，重新开始红火起来。

发展了进步了，现在的乡镇实力，远非当年可比。因此，村镇开发舜王庙会的方式也就和以前的联村结社大不一样。舜帝的故里诸冯所在的宋家湾村，成立了舜文化研究会，村长马永喜带头，注册了垣曲县帝舜故里旅游开发公司、帝舜故里诸冯旅游开发公司，正式启动开发工程。马永喜的公司担纲设计开发，先在本村舜王塔遗址处划出二十亩地建设"德贤苑文化广场"，还有"诸冯山舜王庙开发区"工程项目，投资一百万元对2.5公里的原路基进行了拓宽改造。一切都在筹措，事业已经起步，新时期，即便一个小山村，它的大手笔、大运作，前景也是诱人的。

2007年农历的9月13日，历山镇的宋家湾村，大小车辆川流不息，市县领导和各地群众三千多人在这里聚集，宣布恢复诸冯山庙会庆典活动在这里举行。当地的舜文化研究会学者们纷纷发言，感慨历经多年风雨沧桑，古老的庙会又一次新生。帝舜的传说在这里流芳百世，这里的人们世代沐浴着舜帝的贤德，有着源远流长的根脉情结。每年都要在诸冯山舜王庙祭拜。一直到1955年合作化以后，原有的村社组织拆解失散才中断。新时期以来，国家倡导振兴传统文化，当地人民群众也早有复兴舜帝故里的心愿，于此，村镇和垣曲县舜文化研究会商定，共同协作，决定在每年农历的3月28日恢复诸冯舜帝庙会。2008年农历的3月26日，乡村召开了第一次公祭仪式大会，宣布各项工程启动。这一举措，让四百多年以前的先祖一脉得以赓续，同时，垣曲这个中条山深处的山城，也打通了一条通向山外、走向山外的发展道路。

看舜帝故里，请到垣曲来。

去年有一个机会，我随着朋友去看了一次诸冯山。这里的景区已经初具规模。沿山的道路弯弯曲曲，全部硬化。成队的车辆可以停驻。舜王庙已经落成多年了，殿前硕大的香炉青烟袅袅，看来时常有人前来供奉。舜王庙前几年建成，彩绘依然鲜亮，塑像大殿等一看就是这两年的新建筑。红墙琉璃瓦，在诸冯山绿树环合之中，肃穆娴静。以舜庙为中心，连接附近的舜母握登坟，舜诞生的舜石龛，一系列的景点联结在一起，条条小径，曲径通幽。深山里，将成为一个风光优美、历史文化蕴藉的优质景区。

登上诸冯山顶，荡胸生层云，一览众山小。这里是诸冯山之巅，前瞰沇河，后临东西两原旷野。远山逶迤，青山望不断。登临风景名胜，想到大舜的品格，愈加高山仰止，景行行止。站在云雾缭绕的山尖，回想起舜帝舜庙的百年起落浮沉，往事都到心头。千年的遗留，到战火的破坏，到极"左"路线的摧残，终于有了今天的民族文化复兴。重新呼唤舜的形象，重新找回舜帝舜庙，仿佛是一个轮回，又是一次重生。新时代，新使命，民族复兴大业，正在我们手中擎旗开步，这是可以告慰先祖的。今天，庙是新的，景区是新的，先祖就居住在我们这里，我们就围拢在你的周围，从古到今，不离不散。

大约四百年以前，康熙年间那个工匠，也许曾经看到了往后的代际兴衰，对于虞帝庙的后来修缮，他说，比我强的，上加两层；不如我的，立柱支撑残破就是。今天我们可以告慰先人的是，在早先虞帝庙的旧址，一座崭新的庙宇拔地而起，一山一山连环的景观如串串明珠，舜庙尽管千年明灭，永远在闪烁。四百年前的良工佳构，我们领教了，今天我们要以更加宏伟壮丽美轮美奂的庙堂，把舜帝的形象留在这里，再看千万人的载歌载舞，游人如织，圣地重光。

第四节　一条美丽的路线图

大舜的传说故事，各地都不难听到，在垣曲，我们听到更多的是，强调传说的连贯性、系列化，垣曲的朋友喜欢列举尧王访贤的故事。

帝尧晚年，为了能找到合格的接班人，他曾到民间访贤。人说"野有遗贤"，他常常深入穷乡僻壤，到山野之间寻查细访，沿路问询，曾到汾水北岸姑射山参拜四位有道之名士。最后，经四岳之荐，打听到舜在历山，德才贤孝，对父母很孝顺，对邻里和睦相处。尧王一行于是向着历山，踏上了艰辛的访贤之路。

历山在亘方（垣邑），尧王一行首先要通过闻喜石门。石门，闻喜县的一个村子，今在闻喜县石门乡。

从此开始，尧王访贤，经过二十四个村落，到达历山，第一次见到了大贤人舜。所以，垣曲一线，从古至今，每个村都有一个传播悠久的访贤故事。

尧王一行从石门进入亘方（垣曲），沿山路崎岖而行，一路山高、林深、谷险、崖陡，实在难行，崎岖小道，坡陡路窄，骑马难行，徒步前进。尧王两腿无力，迈步艰难，近九十岁的人，步行山道，气喘吁吁，皋陶和伯益扶着尧王上上下下，翻过几架梁，越过几道沟，经过石尧村（今叫石窑村）。

从石门到石窑，要翻山越岭，经过一片大森林，从一条人行古道到达石窑时，太阳落山了。那时，石窑都是用石块圈窑洞，只有两三户人家，石窑人热情招待尧王，在最好的一个窑洞里安排尧王住了一宿。从此，石窑人就把石窑村改为石尧村。

尧沟岭是一个自然村，在今垣曲县槐南白村，距县城五公里处，现在被沙金河工人村占领。

一日，尧一行人抵达十八河地界。十八河，地域名，地处现今垣曲、闻喜、绛县交界处，因其域内水系众多而得名。当地至今仍流传有"十八条黑河不见天，石蛤蟆吃人万万千"的说法，言其水系众多，深不可测，异常凶险。那时，尧王他们身处溪水汇聚的谷口，看到两侧山峰对峙、河谷幽深、溪水湍急，不敢停留，众人振作精神一鼓作气翻过山头，直到一条坡势较缓的山岭才停下来休息。

尧王蹒跚而来，气喘吁吁，看见不远处有一老翁在岭上耕地，尧王就向这位老者打听，这里是否有个叫舜的人？

老翁停住耕牛，面向尧王说，我用牛耕地，就是从舜那里学来的，这牛耕地比人挖地要快得多，既省力，又出活，你看我这半晌，就耕了这么多。不过，舜不在这里，在历山。

尧王听了，心里更加有数了，一边访问当地贤人，一边向老百姓问苦问寒，老百姓都很喜欢这位访贤老人。

后人便把尧王休息的这条岭和岭下的沟统称为尧岭沟，再后来人们逐渐聚居于此，便形成了村落，尧岭沟也成了自然村的村名。

尧王求贤心切，赶到一处前无村后无店的荒野之地，路边只有一个破窑洞，叫老坡窑，尧王一行就在这个窑洞歇了一脚，继续向前行进。后人听说尧王访贤路过此地，在这个窑洞歇过脚，就把这个独窑洞叫作老坡尧。百年之后，这里形成一条大官道，歇脚的人多了，本地有一个老婆子在此窑洞开过饭铺，又名叫老婆窑，也有叫饭铺窑，相传至今。

尧王在老坡尧歇了一会儿，有了精神，启程继续行走，顺着一道山岭向另一个村子前进，访问当地人家。有人给他讲了舜的故事，说："舜不但尊敬父母，疼爱弟妹，还忍辱负重，乐于助人。"尧王听后大喜，舜就是自己要寻找的贤人。

当地百姓得知尧王访贤路过此地，热情款待，尧王快乐地在此停留三天，观看了扎营坪、木场凹、马蹄岭等古村落，此地民风淳朴，尧王很是开心，村子从此叫作乐尧村。

尧汗村，在今垣曲县王茅镇。

尧王见舜心切，不顾年迈，催促众人继续赶路，从乐尧一口气赶到尧汗。

尧王到此，汗流浃背，衣服湿透，所以此地至今还叫尧汗村。

后尧村，地名，在今垣曲县长直乡。

尧王一行顺着河道来到交贤村（现名叫交斜村），听到交贤的首领说，诸冯山有一姚姓女子嫁于交贤村，她把大贤人虞舜在诸冯山的孝德故事传遍全村，并自己带头效仿，学舜的样子，带动了当地所有的妇女，这个村里的媳妇都非常孝顺公婆，十里八乡的人都知道这个村里的媳妇们十分贤惠。

尧王一听说："贤妇传贤人之德，化村妇更贤惠，这个村名很好，那就叫交贤村吧！"

首领代表全村百姓感谢尧王的赐名，就把尧王安排在后窑村，热情招待了尧王一行，晚上在这里歇了一宿。尧王感谢交贤村首领热情款待，此后，后窑当地人就把后窑改为后尧村，

第二天，又快马加鞭，翻山越岭来到杜村。

杜村在华峰乡。

尧王一行翻山越岭来到杜村，当地首领说："诸冯山的一位姚姓女子嫁交贤村，骑马途经我村，送亲的队伍里有一个二十八岁的马夫姓杜，也是诸冯山人，到此村突染重病，留我村郎中家中治病，几天后病愈，他是一个孝敬父母的青年人。"

马夫在此村传播了虞舜在诸冯山、姚墟村如何孝敬父母爱护弟妹的故事，当地民众很受教化，对这个马夫另眼相看。

此地是一片平展展的千亩良田的风水宝地，郎中看上了这位小伙子，马夫也看中了郎中家的独生女，姑娘也有意于他，他就求婚于姑娘，向天盟誓愿意入赘为婿。从此生了十子百孙，百余年后，人丁兴旺，经济发达，杜姓家族，繁衍全村，而得名"杜村"，现叫永兴村。

接着，尧王一行顺河道来到匣里村，这村里有一个能工巧匠，用青枫木做妇女们使用的梳妆盒，小巧精致，名声在外，当地富贵人家的妇人都从这里购买梳妆匣子。

这个巧匠听说是尧王访贤来到此村，就把最好的梳妆匣子奉献给尧王妃子用，尧王遂名此村为"匣子村"，后人演变为"匣里村"，现属长直乡涧

溪村。

尧王一行继续前进，来到马尧汗村，这个小村没有几户人家，但家家生活富裕，每家都是用山里的圆木盖的房子，还有阁楼，古香古色。

当地首领问清缘由后，热情接待尧王。因为山道难走，到这里时，尧王一行人马困顿，汗流浃背，又饥又渴。首领见状，就带领尧王到凉棚里歇息，再到圣水泉里洗澡，将马拴到木藤庵子里吃草。一会儿人马都落汗，甚感舒服。以后，村人就把村名改为"马尧汗村"而沿用到现在。

尧王一行又快马加鞭赶到尧王庄，此地山高、林密，坡陡如刀，阻挡马匹不能前行，一行人在尧王庄暂留休息，马留在破庙里吃草停歇，白天在前、后尧坪放马。因此，至今这个村里有尧王庄、歇马殿、前尧坪、后尧坪等村名，现属民兴村。

在这里，尧王和大臣们留下马，徒步前行，穿过密林，爬过大山，到达望仙村，此村人听说尧王寻找贤人虞舜，村里人指着东北方向的大山说："舜就在那个最高的山顶大坪上耕地。"

当地长老给尧王及大臣们讲了舜在历山种麻的许多故事，在寿丘做陶器不苦窳、在雷泽捕鱼让畔、在历山耕地让居等故事，这更加感动了尧王。尧王站在一块大石头上往历山大坪望贤人。所以，后来这里的人们就把尧王站过的这块大石头叫作望贤石，后人又把大舜贤人，当作仙人去敬仰，此后村人就把这个村子改名为"望仙村"了。

也有说法，望仙，又名"望贤"。这个村子背依天盘山，东北向与历山相望。尧王途经此地，曾登临巨石，遥望四岳举荐在历山耕田的贤人舜，因此得名"望贤"。后来当地人将舜与生活在此的长寿老人皆敬为仙，加之该地山势雄伟，松柏青翠，悬泉飞瀑，风景不俗，犹如世外桃源，举目远眺，仿佛可见神仙。于是慢慢地，人们就把"望贤"又称为"望仙"。

现在，此地风景诱人，已经开辟为旅游景区。

尧王又带领属下翻山越岭赶到君地，尧王把各地的君子贤人集聚到君地，考察贤人虞舜之事。大家一一介绍了舜的贤能之事。有的说舜是个大孝子，有的说舜能以礼治邦，有的说舜在雷泽用直钩破网捕鱼，有的说舜在妫汭凿井，有的说舜在河滨制陶教化陶工不做次品，有的说舜在负夏创建了"五常之教"，文明德孝都城，舜被众族举为都君……尧王听了大家的反映，十分激动。因为这个村子是集君贤之地，后人就叫"君地"，现属历山镇后河村。

也有说，君地，即"天降玉立，立君之地"。相传，在历山尧王与舜风云际会，尧对舜的人品、德行进行了全方位考察，认为舜是一个难得的治世之才。几日后，尧舜依依惜别，舜一直送尧和众人至君地这个地方。此时，尧王已属意于舜，产生了让舜接替自己王位的初步想法，后人就将此地命名为"君地"。

绛道沟，是一条大沟，古时历山地区通往绛州、平阳府必经此道，故名绛道沟，原名"降道沟"。当地至今还流传着有关绛道沟来历的传说。相传，现今望仙一带曾生活着一位鹤发童颜精神矍铄的老人，处深山之中采药为生，清心寡欲，安度春秋，已不知年。

尧王至此，邂逅老者，便向老人打听舜的情况。当晚，尧王留宿老人家里并彻夜长谈，得知舜就在不远处的历山耕田，第二天天不及亮，尧王就着急要出发寻舜。临别，老人以松果相赠，尧王不收。那时尧王求贤心切，无暇顾及养生之道。

然而，山势陡峭，路径难寻，尧王面露难色。老人见状，顺手解下腰巾，掷入山涧，霎时，一条羊肠小道便由天而降。从此便有了这二十五里的"降道沟"，这位老者，就是被后世称为神仙的"偓佺"。

绛道沟距负夏不太远，尧王在君地召集亘方之域君子贤杰，访问舜的为人处世，大家同时反映舜是一个能为民造福，为民理财，团结和睦，治理众邦的首选人，尧王十分高兴，翻山越岭来到绛道沟。

尧王一行心情愉快地来到妫汭之地，这是舜的故乡，尧王受到舜的父母盛情款待。看妫汭之地，山清水秀风景宜人，风俗人情和睦一心，男女老少有礼有节，村前有平展展的千亩良田，村后有悬崖陡壁的锯齿山，村南有妫汭二河相聚的雷泽湖，村北有茂密的森林。这里耕稼陶渔四宜，是个宜人居住的风水宝地。

这时，尧王听到一群儿童的歌谣声："舜公贤，舜公贤。善为本，德为先。孝后娘，恩报怨。救恶弟，行德善……"

还有老太婆一边纺花一边唱："虞舜贤，虞舜孝。壬女母，嫉妒舜。舜打井，绳砍断。石下井，气眼穿。命修廪，把火燃。设酒宴，致舜残。害人如害己，象弟受大残。"

尧王听了童谣和纺花谣，明白了舜在这样的处世环境里，还能以德孝处理家庭矛盾，和睦家业，团结友邻，心头实在喜欢虞舜。

这个村子从此叫了妳汭村，又叫神后村。

从妳汭出发，尧王到退返庙上历山访舜。这个村本来不叫退返庙，在舜时期，舜的号叫退返，舜经常上历山耕地，这里是必经之地。舜在这里来回经常歇息，把舜的孝道文化、礼义文化、农耕文化、渔猎文化、和谐文化，自然而然传播开来，这里的人们学到舜的好多智慧，后来这个村子干脆就叫退返村。

有一座山也叫退返山，后人在这里盖了个庙，纪念舜的功德。

人们为了迎接尧王到此访贤，在一个村子烧火做饭，等待迎接尧王。从而叫了支锅村。

支锅村有一首童谣可见证，讲尧王访贤经过此村。"舜公贤，舜传孝，支锅村里传孝道。舜公贤，舜公孝，身背牛犊过山腰。牛犊长大可耕田，老人扶犁孙子牵。舜公贤，舜公孝，粮食好收吃不完，天天支锅做大餐。迎接舜王光景好，欢迎尧王来访贤。"

尧王一行翻过锯齿山，到达三里尧。三里尧部落住在半山腰，吃水在沟底，非常困难，冬天大雪封山，更不能下山，这里的人只有吃雪水渡过难关。尧王骑马来到此，尧王的大白马在村边一个洼地用马蹄刨出一个水泉，三里尧人从此再不到山沟担水。三里尧人特别感恩尧王，村子叫了三里尧，泉水叫了马蹄泉。

尧王终于找到了历山。

历山是中条山最高峰，在今垣曲县历山镇。下了十里坡，尧王一行来到历山。当地人听说尧王前来访舜，历山部落邦族虽然人口少，但欢迎仪式非常隆重，准备了山猪肉、野羊肉、山鸡腿、红山茶、山葱菜、野谷饼、虎骨酒、豹子胆、野兔腿，满碟满碗，备了好几桌，盛情款待尧王一行。

尧王不见虞舜回家，舜的父母说："为赶时节，不误农时，正在历山坪上耕地呢！"

尧王一行休整两天，人强马壮，爬上历山顶端，老远就看到田野中间有一农夫正在驾牛躬耕，田地上没有一棵树，一眼望不到边。各位农夫都在井字田里躬耕，只有舜在一片瘦地躬耕，舜驾的牛的屁股上扣两个大簸箕往前拉犁，没有犁到地头，就半途返回。尧王很茫然，不知什么意思，走到舜跟前询问，舜说，牛每天为我们耕田，够累的，我舍不得打牛身，打在簸箕上，惊动牛，牛就快步耕田。

尧王又问："为什么你犁地不到头，就返回来？"

舜说："那头有户人家。"

尧王就到那头找人家，没有见到人家，却发现草丛中有一窝雏鸟。尧王大悟，舜为了不惊动小雏鸟，而半途返耕。

尧王听到一伙农夫在唱："舜公贤，舜公贤，为息争，划井田，和和睦睦自耕田。打簸箕，护雏犊，贤德之心人敬叹。"

尧王亲眼看见了这两件事情，看出舜确实是一位贤杰之人，舜对牛、鸟都如此有礼，让他做国君，国人必拥戴服伏。那么我把帝位让给这样的大贤人，他一定能把国家治理好。尧王在此就立即决定了禅位的人选。

这个地方，就是后来人们敬仰的历山舜王坪。

虞舜在舜王坪简陋的草棚里盛情款待了尧王一行，又让尧王在高山之巅观看了日出，又在井字田里观看了绿油油的丰收农田。尧王心里舒畅，顺利返回。

尧王这次访贤见证了四岳推荐的人选名副其实，心情十分高兴，人马不息，快马加鞭，返回时赶到尧途歇了一脚，村民为感念尧王访贤禅让，因而把这个村叫作"尧途村"。至今还叫尧途，由于今天人口繁衍增多，成为两个村，依据方位叫南尧途村和北尧途村。

尧王在尧途歇了一脚又赶到回村，天将黑，就在此村歇息住了一宿。因为是尧王从历山访贤得贤而归，所以这个村子就命名为"回村"，至今还叫回村，属垣曲县皋落乡。

尧王最后到达皋落氏首领府上，皋落氏首领盛情款待了尧王及大臣，首领说："听人们说过，虞舜是个贤杰之人，舜在诸冯姚墟很孝敬父母；又在历山发明农耕作业；在寿丘做过生产生活器物；在负夏创建五常之教文明德孝城都；在妫汭凿井；造酒，发展农耕陶渔……"尧王听了皋落氏首领的一席话，心情激动，心里有谱，找到了贤人，快马加鞭，人马不息，奔回平阳。

尧王后来把两个女儿嫁给舜，舜婚于妫汭（现叫神后村）。

尧王返回平阳后，与府内大臣和妃子们磋商，决定让娥皇女英嫁给舜，让九个儿子去历山受教化，九个儿子来到亘方（垣曲）第一站，皋落氏首领接见了九位公子，九位公子急于见到舜，皋落氏首领就把九位公子带到一个山头上，手指着历山方向的大山说，舜就在那个大山上耕田呢。从此，皋落回村在古县志中就有了"九男仰舜亭"的记载。

还有一种说法，康熙年间《垣曲县志》图考中的九男迎舜亭，即此地。九男，指尧王的九个儿子，尧王年事已高禅让帝位时，派自己的九个儿子在此迎舜，治理族邑邦国。

尧王访贤既然从平阳出发，途中肯定还要经过曲沃、绛县，在垣曲这里，是把外县的站点简化略去了。前几年我到过绛县。绛县有个尧寓村，全村近千口人，村南有三座高峻的土岭。繁体字三土为尧，当地农民说这就是"尧"字的来历。这三座黄土岭，当地人分别叫作东尧岭、西尧岭和中尧岭。

尧寓村张春荣老人家里，藏着一块古碑，正中刻"唐尧寓处"四个大字。据老人讲，这座石碑立于晋代，清代重刊。村里人说，尧出生以后，寄放在舅舅家长大，这个村子就叫了尧寓村。

阴暗的窑洞里，一个农民小心翼翼珍藏着这样一件宝贝。多年了，他没有放弃，在他心里，先人留下的，决不能在自己手里丢了。

这个村子还有尧文化传承人，兄弟两个，一个叫任兴尧，一个叫任兴舜。我曾去找过任兴尧老人，据他讲，尧王访贤，出平阳，到曲沃，进了绛县，走到一个几户人的村子就天黑了。他们借宿了一晚，后来人们得知尧王借住，便将这个村子叫作宿尧村。从这里越过尧寓村南的中尧岭，进中条山，过横岭关十八河进了垣曲。后来到历山找到了舜。

平阳，绛县，垣曲，连成一线。

垣曲人说，这叫传说中的无缝对接。

到这里，我们可以看到一幅完整的尧王访贤路线图了，平阳，过曲沃，到绛县宿尧村，尧寓村，经横岭关，到闻喜石门，进入垣曲十八河，在垣曲境内，石门—石尧—老坡尧—乐尧—尧汗—交贤—杜村—匣里—间溪—葫芦峪—马尧汗—尧王庄—歇马殿—前尧坪—后尧坪—望仙—君地—绛道沟—雷泽湖—负夏—妫汭（神后）—退返庙—支锅—三里尧—皇姑幔—历山—舜王坪—尧途—回村—皋落氏—九男仰舜亭，再返回平阳，共计38处遗迹，垣曲32处遗址，这些遗址至今村还在，村民还在，村名还在。

垣曲的朋友多次自豪地强调，尧王访贤的传说，是垣曲独有的，有关尧的连环传说，它也是独一份。五个县，几十个点，延续着一个故事，一个点和另一个点，环环相扣，承前启后，无缝对接。这样的跨区域多点连接，这样的罕见的成系列，完整性，可见尧舜在这里的强大影响，尧舜在这里深深扎根，这个历史场面是惊人的。

考察地名文化形成和发展的背景，梳理地名历史文脉，仿佛拂去千年的尘埃，古老地名和传统地名依然熠熠发光。研究提升地名文化品格，创新地名文化理念，形成地名文化遗产。古老的生命力依然强健，足以震撼人心。我们探明垣曲尧王访贤踪迹32处，这一份的文化遗存，背景之深，文脉之久，品位之高，生命力之强，它会引领我们一步一步逼近历史的原貌。这些累累硕果，为后人研究尧舜文化积累了丰富的野史依据，接上了地气。有典籍之佐，有乡野之迹，有广大群众的口碑文化，收获这些历史文化标识，意义深远。

地名是地区历史文化标签，一个地方叫什么名字，绝不是随心所欲的称呼，而是文明演进的记录和见证。正是因为地名承载着历史与文化的基因，寄托着乡情乡愁，它的意义非凡深刻。看看这一串关于尧王行走的地名，谁能无动于衷，再说尧是子虚乌有？

斗转星移，作为文化印记的地名，在历史的潮流之中，或保留，或改变，在所难免。尽力保护一个地名吧，像尧王访贤这一路踪迹，蕴含着多少历史内容。垣曲32处尧王访贤踪迹，看似只在口口相传，其实都是不可移动的文化古迹。称此地为帝舜故里，剖开一点一面，处处可见基因元素，物证链锁。

吕步震老人把我们带到文化馆他的工作室，这里有一间舜文化展览，全由他自己操办。在尧王访贤这一节，我们看到，他制作了一个直观的路线图。一张垣曲地图，尧王走过的驻过的村子，他一点一点标注，然后用一条红线连接起来。我们驻足在地图前，凝视那张图示，沿着尧王的脚步又重复了一遍当年的长途跋涉。这一条美丽的曲线，显示由北向南下沉，再折返北上，接着走了一个"几"字形的曲折回环，再一路向着东北历山方向，奔跑直上不复回。一条美丽的曲线，像穿起一串璎珞，在时空里闪光。珠玉之光，温润而肃然，在强大的历史气场面前，我们都驻足下来，凝神遐思。今天哪里都不去了，就在这里倾听尧舜的脚步声叩响心扉。

第五节　历山访古

要想体会垣曲的山高林密，最好是登一回历山，上一回舜王坪。

历山是山西南部最大的一块自然保护区，在风景区内，有着华北最大的一处原始森林。北方找一块大林子不容易，有垣曲这样古老的林木区，这简直就是天赐的宝贝。

历山山势巍峨，地形奇特，沟深洞幽，林草丰茂，四周奇峰深崖，尤其七十二混沟地区，险峰怪石，满目奇观。北有海拔2143米的皇姑幔，南边有海拔1851米的锯齿山，西边是深崖峡谷，水流湍急，东部是南天门。三面环山，一面峡谷，十分险峻。由于山川阻塞，这一块世外山林能够留存至今，被国家列为历山自然保护区。保护区总面积 37 万亩，中心区域 74000 亩，原始森林面积 12780 亩。历山是国家珍贵的动植物资源宝库，共有野生动物 77 科 274 种，如黑鹳、猕猴、麝、大鲵（即娃娃鱼）、金钱豹、鸳鸯、白尾海雕等。木本植物有 47 科 160 多种，如国家保护树木连香树、青檀以及名贵中药材九节菖蒲、冬虫夏草和五彩灵芝、猴头菌等菌类。

秋天正是登山游的好时节，我们和垣曲的朋友一行，沿着石磴小路，爬山登顶。小路两旁尽是茂密的林木，不时有树枝伸过来，友好地在身上拂来抹去。山里不时有小雨飘过，一会儿就湿了青苔，踩踏的石板光滑起来。小路弯弯曲曲，在山里延伸。一阵云彩飘过，太阳顷刻照耀，树枝的缝隙里洒下一道一道柔和的光。畅游在大自然的怀抱里，那叫一个神清气爽，红尘间的纷纷扰扰，懒得管它。

给我们导游的，都是垣曲文化界的朋友，一路上自然要不停地给我们介绍舜的传说。在他们看来，山水因人而灵秀，垣曲的山水正因为有了舜的活动，才格外令人神往。舜的传说遍播山水，山水便有了骨肉丰盈的生命。历山，就是大舜之山。

我们在林中小路蜿蜒而行，不禁想起了大舜当年。在这个无边无际的森林里，舜，是怎样由一个神明指引，才能入大麓而不迷，暗夜里披荆斩棘，搏虎斗蛇，在一群人惊讶的目光里，又出现在曙光初照的清晨。

历山，这是大舜成功的起点，可是此前，它先是大舜的伤心地。舜受到父亲和继母的陷害，被赶出家门，前往历山农耕。舜站在田野里，望着美丽的景色，心中却无限悲哀。疼爱子女是父母的天性，禽兽也有舐犊之情，何况人乎！可是父母为什么总想加害自己？自己想尽办法孝敬父母，父母却在想尽办法杀害自己，这到底是谁的错？

舜扪心自问，自幼至今，自己一直孝敬双亲，二十岁就以孝闻名天下，难道父母错了吗？天下有一百种错，只有做子女的错，哪有做父母的错？

舜那个时代，人们就是这样想的，人生世间，美色是人人所希望的，自己娶了尧的两个漂亮的女儿，但这不能纾解自己的忧愁；富贵是人人所想的，但这不能纾解自己的忧愁；大家都喜欢自己，这仍不能纾解自己的忧愁。只有让父母顺心，才能了却自己的心事。

舜怨恨自己不如父母之意，不能让父母顺心，导致父母憎恨自己。舜内心自责、惭愧，既怨恨自己，更思念父母，只觉万箭穿心，悲愤交加，他在旷野里大声喊，苍天！苍天！号啕大哭起来。

史书上留下了舜历山躬耕、思念父母的两首诗——即我们前文写到的《祠田辞》《古风歌》。

舜耕历山，历山到处撒播着舜的故事和传说。当初，他在这里驯化野牛，让牛学会了拉犁。据说，牵牛鼻子的那个鼻环，就是他发明的。他把山猪驯化成家猪，人们才开始饲养家畜。他又造出了犁杖，从此才有了耕牛拉犁耕田，一道道犁沟翻开新土。这些当然都是传说，但是在农业社会，可看出人们对他的无比崇拜和敬仰。

登上一道岭，视野渐渐开阔，这时带领我们的朋友突然提醒，看前面那座山峰，就是传说中的皇姑幔。

这里的皇姑，当然说的是娥皇女英。二妃事舜以后，舜耕历山，她们自然也到了历山，她们选择对面的一座小山作为住处，人们就把这山叫了皇姑山。

皇姑山紧挨七十二混沟，风景优美，古树参天，遮风避雨，茸茸的茅草如同绣被毡毯。娥皇女英在这里住了一段，在这美丽的自然环境里，她们陶醉了，一天夜里，两个人在草地上说话，她们觉得，这地方虽然是荒山野岭，可是比帝王皇宫自在。身卧大地，像自由自在的仙姑。白天随夫耕种，晚上戴月回归，天上人间，所谓幸福，不过如此。

她们你一言我一语对话，看着云海，直说这里"铺天盖地，像个帷幔"。话刚落音，一层一层乳白色的帷幔将两人围了个严严实实。原来是天神降旨，云姐做法，一张厚厚的云幔从天而降，顷刻笼罩了整个山头。

此后，人们便将这里的山头改名叫皇姑幔。

幔巅云海，原本就是历山佳景之一。一层一层的祥云结成波涛似的云海，有时漫天遍野，罩住了群山；有时云雾缭绕，在山腰飘来飘去。雾岚蒸腾，青山隐没在水汽里，会突然洒下蒙蒙细雨。或者，一抹白云，悠闲地挂在山头，棉絮一般，载沉载浮。山里云海，也是撩人思绪。只是和皇姑的行踪扯上了因缘，就有了仙风仙气。

沿山走，我们似乎走的就是大舜的路线。当年舜告别父母，牵上黄牛黑驴，沿着崎岖的山路，艰难行走。傍午时分，到一座岭上，毛驴挣脱了缰绳，于是，这个岭后来就叫驴缰岭。经过水圪节、少驴铺，上了山，牛在那里卧下歇了一会儿，起来撒泡尿，后来，人们把这个地方叫卧牛场。牛尿过的地方喷出一道泉水，常年流不断。他赶着牛无望地向前走，经过了十八盘、三锥山，上了南天门，就到了历山最高峰，这就是现在人们所说的舜王坪。

舜王坪卧像（康辉　摄）

舜王坪为历山之巅，海拔 2358 米，坪面 5400 多亩，相传为当年大舜躬耕之地。

现在，历山成了风景区，从山下到山顶，一路都有公交车接送。我们为了走一下当年舜王徒步登山的路线，一行人还是相随着攀登，一路说笑登上坪顶。

登上坪顶才看出来，这个山顶，像平原上的岭台，仿佛有神力削去了山头，留下一块巨大的高山平地。坪上没有树木，清一色全是禾草。浅草覆盖着地面，扶芳藤一类的拉蔓草也匍匐在地面上，高一点的波斯菊已经开花。

舜王坪草甸（康辉 摄）

各色各样的野菊花争奇斗艳，满山满坡五彩缤纷。半人高的栌草呢，风一吹就摇曳起来。偶尔也可以见到低矮的灌木，散乱自由地伸展着腰肢。舜王坪说是坪，当然也是有起伏的。这个山头到那个山头，已经铺好了木板路相连接。小路上上下下，远看对面的山包，画出一道平缓的曲线，好一个花草世界。依当地朋友说，这里是春天开花，万紫千红；夏天漫山绿草，延伸到远山；秋天天高云淡；冬天白雪皑皑，雪铺云裹。大自然的魔力，令人只有赞叹。

那么问题来了：这样一个宽广的大坪，为什么只长草，不长庄稼，没有树木？

这里，又有了舜王坪成为草坪的传说。

舜在历山耕种，那时的坪顶，地广千亩，土肥禾茂。谷子、高粱、豆子，春种秋收，丰衣足食。

多年以后，舜到平阳接了大位，当然无暇在这里种地了。舜一旦离开，附近部落的首领们都要争抢这块地盘，吵得不亦乐乎。争执不下，便去找大舜评判。

舜帝仁义，知道凭自己评断，判给谁，也是一家高兴，两家不悦。互推互让，才能大家欢喜。于是舜随口说道：那地方树木不长，五谷不成，你们争什么呀？谁知道大舜金口玉言，从此以后，舜王坪当真成了一片草坪。

舜耕历山，在这里，当然少不了关于耕田犁地的传说。在舜王坪顶，有一道一千多米长的沟壑，当真填满沙子石块，两侧花草如茵，这一道沟寸草不生，一道砂石如带，仿佛千年遗迹不改模样，等待着后人一觑。传说这就是当年舜耕历山留下的一道犁沟，千年万年，就这样裸露着。这当然是一种自然现象，不过人们附会联想，总让你浮想联翩，感觉这里面还有比故事更让人寻味的东西。

历山坪南半山腰上，有一处奇形怪状的山石，一块宛如戏台大小的青石，青石当中有几块殷红殷红的血迹，虽然历经几千年的风吹雨淋，鲜红的血色不褪。这就是历山有名的百景之一——斩龙台。

传说历山一带安居乐业，五谷丰登，有一年忽然大旱，旱魃作恶，数月不下雨，地里的庄稼都晒蔫了，简直划火能点着。

为了救旱，大舜就派小龙去降雨，一再告诫他，久旱要细雨，慢慢增强，不可骤降暴雨，不可急急布雨。

谁也不知道这个小龙正在和一个姑娘谈情说爱，两人约定这天晚上到清风楼会面。他忘了大舜的嘱托，急急地布撒了一场狂风暴雨。呼啦啦鸣雷闪电，顿时大雨倾盆。大地洪水四起，横冲直撞，历山之西冲开一条西大河，山南冲出朱家沟，山北冲出临迟河。一场水患之后，一个完整平坦的历山，冲成了千沟万壑，道道光秃秃的沟壑毫无遮掩地袒露着，原本美丽的历山丑陋极了。

大舜爱民如子，岂能容忍小龙胡乱作为。小龙随意行令，造成暴雨灾害，黎民遭殃，大舜怒火中烧，传命将小龙问斩。

那一天，天庭执法无情。大舜召集各部落首领，还有选出的头人代表，聚集在斩龙台观看行刑，斩首示众，以儆效尤。大舜亲自主持，将小龙押解行刑。从此，这个地方就叫了斩龙台。直至今天，我们去到那里，还能够看到，一边是翠绿的青山，一边是殷红的石岩。血的教训告示后人，凡事涉万民的福祉，一点马虎不得。

历山人至今有个口头禅，谁若是要横野蛮，任性胡来，旁人会警告他：我看你是想上斩龙台了吧！

这些都是由于山川地形而来的传说。一地山川，本来天地化育，造物赋形。经历长期的地力冲撞，从而形成了上下高低皆不同的千姿百态。所谓天工奇巧，人工不如。人们将自然界的种种化育神功，集中到人工身上，这里既有对人物的神话，也有对征服自然的鬼斧神工的赞颂向往。刀劈西峡也是这样。

传说尧选中舜为继承人，让其代理摄政，第一个任务就是让他治理历山，引洪流入大泽。

大舜带着娥皇女英，还有手下人马，开驻历山，誓言制服恶水。

历山西侧，原来是一处湖泊，洪荒泽国，淹没了平原村庄，幸存的人们都被迫登上山坡。在岩间栖身，在树上攀缘。治理历山，先要排出湖水。

大舜决定先开辟几条水渠，引水出境。可是历山四周全是坚硬的石崖，开渠挖沟难上加难。弱小的人力，如何面对巍峨的群山。

一天夜晚，大舜疲惫极了，就趴在案头睡着了，朦胧中，只觉得一个老妇人突然自天降落，对舜耳提面命："要想排水，必须用刀戟之力。"

大舜一梦惊觉，老妇人已经飘然而去。人们都说，这个老妇人就是黎山老母，受玉皇大帝委托，暗中保护年轻的舜，助他成功。

舜遵照老妇人所言，立即起身，一手拿着八丈大刀，一手提起千斤之戟，头顶星月，脚踏草地，沿山顶向西，走到高山湖泊一边，只见大水齐顶，悬崖拦路，过不去了。他双手举起刀戟，口中大喊一声："天助我也！"猛力向下一劈。刹那间一声巨响，山摇地动，坚硬的石崖劈开一道缝隙，深有数丈，宽不过丈许，长达十余里。那真叫刀戟落，石峰开，湖水轰隆隆奔涌而出。

传说大舜举刀劈开的就是当今的西峡，从北向南，北起历山的下川村，南至垣曲县的西哄哄村，长达二十余里，涧水哗啦啦终年不断。因为峡谷非常逼窄，在谷底看天，只有湛蓝的一条线，所以人们把西峡叫作"一线天"。两边千丈高的石崖上，生长出各种树木，攀枝扯藤，成群的猕猴跳来跳去，也是历山一景。

西峡水里有鱼有虾，特别是那种像小婴儿一般的娃娃鱼，更是珍稀，是国家一类保护动物，历山的国宝。

历山有舜的故事，也有娥皇女英的故事。我们在前面已经说过了皇姑幔。这里再说馉累坡的故事。

舜的继母和弟弟是史上有名的不良恶亲，他们的恶行已经广为人知，这里不再多说。面对继母和弟弟的狠毒陷害，舜时时刻刻都要提防危险。无奈只得离开家，返回历山耕地。娥皇和女英跟着丈夫上山，又过起了昼耕夜宿的清苦生活。可喜的是，二位帝女并无怨言，依然夫唱妇随，勤恳地操持家务。

舜每天躬耕在山野，妻子免不了一日三餐送饭。尽管是山菜野蔬，粗茶淡饭，夫妇一起围了吃，也是甘甜可口。一日，娥皇女英给舜做了馉累汤，这个馉累是垣曲当地的一种土话，就是面汤里拌了面疙瘩。那天做饭迟了，眼看日上三竿，才把馉累汤拌成。两位妻子连忙掂起罐子，提着一篮子饼，向坪上赶去。

上历山坪，要攀上一个陡立的瞪眼坡，路滑又走得慌，两个女人先后跌倒，篮子里的饼子滚下山坡去，罐子里的馉累汤飞洒了一面坡。转眼间，满坡白花花的馉累变成了大大小小的碎石块，篮子里的两摞饼子，甩到了半山坡，坡下的饼子也变成了一层一层的摞起来的石片。此后，人们就把这面坡叫作"馉累坡"，把大石片摞成的几块山石叫作"千层饼"。奇妙的是，跌倒以后，馉累汤洒在娥皇手指上，烫得她身子一倾，手指向后一甩，面疙瘩甩到身后对面的山坡上，至今那面坡上还有几块小小的光滑的石块痕迹。

现在我们就在沿路观望，对面的山坡上，满目葱绿，就是有一片山坡，露出光秃秃白花花的山石，日光下，裸露的石块惨然一片白。周围绿丛中，也有斑斑点点的白色，仿佛散开的馉累零碎颗粒。大自然的鬼斧神工，让人赞叹。和着美丽的传说来解读，那更是乐山乐水的史诗乐趣了。我们在山水间行走，在传说的丛林里行走，在史诗里行走，乐山乐水思贤人，游乐莫过于此。

扶助弱小，是一种美德。这其中，怜惜女性，为女性讨公道的声音更加珍贵，因为在漫长的封建社会，女性的地位一直低下，难得有人为她们呼喊。有一些关于舜的传说，大概就是从这个基点出发，代表了广大劳动妇女的心声。

舜王坪的岩龛下，有一汪神秘的泉水，水不算大，但是经久不衰。干旱时节，甘泉不涸，水涝时，也不会外溢。取多少补多少，永不枯竭。可这一汪泉水有一个奇怪的取水规矩，女人们，特别是未出嫁的闺女，不能到这个泉边来取水。只要女人来取水，泉水立刻枯竭三天。这是为什么呢？

说起来，当初这里是无人取水的。舜耕历山以后，山民们跟着舜，也开始走出丛林。他们放弃原始的狩猎生活，开始学习种麻点豆，也有的进山采药。每年小满前后，初秋时节，这里人来人往，有了这么一口汪泉，汲水的人也就越来越多起来。

在汲水的人流中，细心的舜发现，经常有一个面黄肌瘦、疾病缠身的姑娘。一个病弱的女子，挑着满满的两桶水，顺着崎岖的山路上下，十分吃力。路上还有断崖，还有陡坡，那些地方非常危险。

一天，姑娘又来汲水，舜便走过来仔细询问她叫什么，哪里人，家里还有什么人，为什么父亲哥哥家里的男人不来挑水。

女子走后，舜又向山民们打听，才知道那位病弱的女子的家世。父亲死后，母亲改嫁。继父凶狠又懒惰，前妻就是被他折磨患病早早死去的。母亲嫁过来以后，脏活重活苦活都得她们母女来做，还经常挨打受气，日子过得很苦。

舜知道了这些，联想到自己的身世，怎么能这样欺负女人呢？他狠狠地咒了一句：再有女人来这里汲水，就让泉水枯竭三天。

舜的怜悯，感动老天。他的话当真灵应了，从此以后，这口泉水，变成了女不汲泉。

这一天早晨，继父和哥哥还在睡懒觉，那位病弱的姑娘依旧早早起来，挑上桶担，到山里挑水，可是十分奇怪，远看有水，走到泉边，水就干了。那姑娘只好挑着空桶，怏怏归来。继父见女儿空桶回来，一顿大骂，哥哥也怪声怪气帮腔。一连三日，姑娘都没有挑回水来，继父和哥哥不信，让女孩带他们去看，果然，女儿家一到泉边，泉水立刻枯竭，男人们去挑水，泉水照样日夜长流。

从此以后，挑水就成了男人的事，那位病弱的姑娘和许多女孩一样，不用再吃力地上山挑水了。家里的男人们也明白了，这是上天对他们的惩罚，男子汉们更应该担起责任，做更多的艰难辛苦的活儿。懒惰的男子变勤快了，女子们做起了自己力所能及的活计，家家于是不再欺负女人。吉祥、如意、安然、祥和，这是天道，也是人心。

我们在舜王坪，听到的传说太多了。渐渐地，暮色开始低垂，淡淡的雾霭在四山聚拢。日光逐渐西落，我们远望，四周的群山越发青黛，蓝天越发如同洗过一般，蓝得透明。我们准备下山。

想当年，大舜是怀着满腹悲切，号哭着上的历山，后来下了历山，他已经是万民拥戴、号令天下的王国国君。这个时候，他如何面对父母？他的父母，又该如何面对当初的恶行迫害？这里有一场反唇相讥，或者冤冤相报吗？

那是我们这些凡夫俗子的思维。关于大舜不计前嫌，事亲至孝，民间有舐目治瞽的传说。

大舜忙于天下政事，也念念不忘家乡父母。安排好事务以后，大舜回家省亲。

大舜风尘仆仆回到家乡，瞽叟带领一家人早已迎候在家门口。一见大舜，瞽叟和后娘以及弟象，齐刷刷地行跪拜礼。舜忙走上前，搀住父母，阻止他们跪拜。舜扶起父母，自己依礼跪倒。瞽叟急忙拉舜起来，说，你现在是首领，行此大礼，谁也消受不起呀！

舜回答说：首领也有父母啊，首领不孝敬父母，天下人如何孝敬父母？

舜虽然做了首领，不以首领妄自尊大，依然孝敬父母，看望瞽叟，依然恭恭敬敬，搀扶父母，徐徐前行。年迈的瞽叟享受了天伦之乐、孝亲之福，实实地悔不当初。

瞽叟晚年，吃穿不愁，日子平顺。可怜双目失明，看不到世间花红柳绿，也看不到儿子的相貌，只能双手抚摸着大舜的身子，双泪长流。

舜看着瞽叟的眼睛，眼珠上蒙了一层白翳，眼角沾了浑浊的污物。大舜于是俯下身来，伸出舌头，将父亲眼里的污尘一点一点舐出来。他不停地来来回回舔过来舔过去，瞽叟只觉得眼球舒爽。不觉半个时辰过去，瞽叟忽然发现，自己的眼睛有了光亮。舜自然欣喜万分，接着舔下去，只听见瞽叟惊喜地大喊：我能看见了！我眼睛好了！瞽叟眼睛上的一层白翳已经完全消失了，他一把抱住儿子，老泪纵横，失声痛哭起来。

这就是大舜舔目治盲，不计恩怨、事亲至孝的故事。

大舜的父母，曾经凶狠歹毒，按道理说世间善恶相报，大舜冷眼相向，甚至给点惩戒也不是说不过去。但是圣人就是圣人，圣人就是道德完美的高标。他没有得志翻脸，他依然选择了原谅，选择了宽恕。在古人看来，孝敬父母是至高无上的。

《二十四孝图》曾经是一套传播非常广的孝亲故事。像卧冰求鲤、割股奉亲等等，都是脍炙人口的传说。这一系列典范，把大舜孝亲放在首位，不是没道理的。

我们不能以现代的亲缘关系评价古人的行为，盲目地指责为愚忠愚孝。鲁迅先生曾经愤怒谴责过郭巨埋儿一类的病态，在新青年时代，新道德狂飙突进，势在横扫封建旧道德。五四精神当然是我们的思想火炬，封建余毒无疑在清除之列。但是孝亲依然是中华民族的传统道德。忠孝在不同时代，有着不同的时代内涵。尤其在古代，人类生存更多地依赖族群血亲，孝亲的要求也和现在不同。要客观地理解古人。

大舜的至孝，自有他的人格魅力。大舜的高尚人格，比山高，与天齐。

这时，有朋友好像发现了什么，招呼我们朝着云梦山的方向凝视。

在中条山和云梦山之巅，一群山头起起伏伏，背光看去，好像一尊大佛的卧像。额头平阔，鼻梁微突，脖颈收回，山体背光，那绝对像一个人的头像剪影。

这个天然构造的大佛像，是由中条山最高峰舜王坪东侧十座峰极线按组合连接而成的。峰极线组成了一个比例合理、协调的人体图像，尤其头、眉、眼、鼻、嘴、唇、下巴等轮廓分明，适合人物图像比例。从远处看，活像一个大佛的仰卧睡像。

睡佛头枕舜王坪，脚蹬云梦山，体长十余公里，鼻梁高大，面颊宽阔，下颚圆滑，沉睡在风景秀丽的舜王坪之巅，形象肃穆，身姿雄伟健壮，任何人看了都会说，这是天造地设、神灵显化在历山上空。

人们说，这就是大舜的卧像。

另一侧呢，在西侧云佛山之巅，依旧是一尊大佛的卧像，但是线条平缓，酷似女性的卧像。

人们说，这是帝舜妃子之寝身像，她永远在大舜身边。

天地造化，日月神光，人文灵感，在这里竟然幻化成了如此浩大如此神奇的自然景观。

传说，还不过是将史实口口传播，代代流传。将山川赋形，就有了神圣的意味。

我们下山，久久沉浸在神明的遐想里，竟然不能自拔。

一直到山脚，像是又回到了世俗的世界，突然有朋友问：大家说，那个时候，大舜在舜王坪躬耕垦荒，路那么远，每天如何上下呀？他为什么要选择那样一个高峻的山顶大坪耕种呢？

问题好像能把人难住。大家一愣，随之也就醒悟。你不要忘了，那是洪荒时代，虞舜部落就是为了逃避洪水，才从百里以外迁徙到负夏。也许那时节，山下就是洪水，我们所谓的平川，都不过是一片汪洋，波浪滔滔，直到天际。在尧舜禹时代，有多少治水的故事。洪水猛兽，一直是人类早年的大祸。这个成语，以至于沿用到现在。

是不是这样？天地玄黄，宇宙洪荒，不论是以往，还是未来，人类所知的依然很少很少，多少未知的世界，还在期待着我们去探索。

第三章 在鸣条

第一节 一个人的舜帝陵

舜帝庙，离我老家那个村子十里地。

乡村说里，都是华里，不像现在，说里就是公里。

十里地，走路，一个小时就到。

小孩子家，最惦记舜帝庙，就是去上会，赶集。在我们村子方圆，最近的有集的镇子，往北有泓芝驿，往东有北相镇，往南，就是舜帝庙。

舜帝庙，说的就是尧舜禹那个舜帝，他安葬在这里，于是建庙，配享祭祀。

舜帝庙一四七，北相镇二五八，泓芝驿三六九，都是集日。

我们村靠着涑水河，种粮食，种菜。从舜帝庙往南，那时叫杨包滩，滩地盐碱，我不知道是不是和运城的盐池有关系。一到了舜帝庙往南，井水立刻成了苦水，难喝。只能洗衣裳，饮牲口。村里要吃甜水，一般都是在池塘跟前打一口浅井，靠下雨蓄水渗透，这口井出甜水。天旱了呢，池塘干了，甜水就没了。凑合着吃咸水，喝一口，真难咽。

从杨包滩往南去，三十里，村落很少，地土宽。一直到走出滩地，有一条砂石子铺成的公路，那是连接临猗和运城的公路，能跑汽车，有敞篷的，拉货，也有票车，拉人。票车比敞车好看，隔着窗，能看见里头乘坐的人。我是多大才坐过汽车，那时看那些票车里头的人，羡慕死了。坐汽车，一定像神仙登天堂一样美。

我那时还不知道，正因为盐碱地，杨包才有了滩。这一带滩地，好多都是河南山东逃荒过来的，没个落脚处，就在滩地安了家，再把家人接过来。这一带的村子，叫山东庄、河南庄的好几个。

前几年和一个外地的朋友去运城，他要洗车，在街上转悠寻找洗车行。突然看到一个大牌子——甜水洗车，那是一家洗车店的广告招牌。朋友很惊讶，问我这个甜水洗车是什么说头。我也很惊讶，毕竟这也是我第一次看到。这中间的道理，我可是明白的，肯定不是放了糖。这一带把没有异味的那种味道，叫"甜"，比如白水叫甜水，面汤里不加任何作料叫甜汤。甜水，就是区别于那种苦咸的盐碱水。我不知道盐碱水洗车和"甜水洗车"的效果差在哪里，但是打出"甜水"的招牌，可见这一带苦盐苦碱给人留下的记忆多么不堪。杨包滩，一块白花花的盐碱圈里生长的村子。

多少年过去，对世事有了些理解，我才明白，那些集市，不是凭空设立的。我们和泓芝驿，那是平川地带和坡地的交流。我们和北相镇，那是涑水河南岸人家的交流。和杨包滩呢，就是和盐碱区边缘地带的交流。天然的地理区划，规定了需求和交流方向。

小孩子家去逛舜帝庙，多半还是为了看热闹。除了一四七，还有二月二、九月十三，都是舜帝庙的大会。后来才知道，九月十三是大舜归天的日子，古会由祭祀而来。大会，人挤人，各种粮食农具，南集还有骡马市。各种小吃食最合孩子的心事。烫面炸油糕，烫嘴，炸甜。凉粉，热天吃小漏勺刮出的，一条一条，晶莹剔透，抓了搁上米醋芥末，那酸辣简直要在嘴里爆炸。冷天要吃炒了的，薄片刀切削成不规则的块块，小平鏊炒熟，买主要一碗，拨过一小份，添油滋啦滋啦再翻炒加热，加蒜末，小斜铲子装了小碗，连那个粘锅的凉粉圪渣都是喷香。羊肉热锅子热汤翻滚着，农家都是自家带馍，掰了块，放一个大海碗里。卖饭师傅抖起一个黄铜勺子，舀了羊汤倒进碗里再滗出，三翻两倒，为的是把凉馍泡热了，加上羊肉羊血粉条豆腐块；

加作料，那就要看师傅的手上功夫，大勺子在盆里挖盐，加调和面，撒一层汤面上漂浮的羊油，掬在手里刹那间，盐化了，加汤，咸淡正好。几十年几百年，这一带都是这种吃法。路边摊子，平民的好饭。小孩子要是能跟上吃一口，那是终生的舌口记忆。

不逢会的日子，我也曾经到舜帝庙的街面上玩耍过。一条沙土路，由北向南，缓缓下坡。街两面是单位，还有店铺。五六十年代的单位，比方供销社什么的，还喜欢模仿苏式的模样，门前呈八字铺一块砖地面，两侧立起砖柱子，尖顶，顶上安一颗圆玻璃球，装电灯。中间大门三角顶，嵌一颗五角星，像克里姆林宫那样。街上的店铺，还有上门板的，上下有门槽，早上开门了，一板一板推开，下午不开了，一板一板推合了，上锁。有一所戏院，露天的，可是四周单位围墙封闭严实，进出就严格了许多。我在这里，看过好几家剧团的戏，还有连台本戏。

舜帝庙街区，最好看的，当然要数"活柏抱死柏""死柏抱活柏"。街面走过一半，就能见到一棵枯干的柏树，斜靠在一棵枝叶葱茏的活柏树上，那柏树，我们几个伙伴手拉手环抱不住。对面也是这样两棵。据说柏树已经活了几千年。小孩子家在树身子爬上爬下，大人是不管的。

这两对奇特的古柏，至今也是舜帝陵的诱人景观。

听说舜帝庙有座大庙，大庙成了中学，我们也曾攀上坡，到大庙门口看过，掰着门缝，看不见什么。一座庙能容纳一所中学，肯定够大。

后来，我家大姐出嫁到东曲马村，去舜帝庙的次数就越多了。

去东曲马，要路过舜帝庙。

从我们高头村出门，一路向南，先过乔阳村，再过余林村，再过西曲马，才能登上舜帝庙那道坡。

一方水土养一方人。高头村一棵枣树也没有，一到乔阳，满地枣树。当地人说，高头南岳，胡萝卜葱多，想吃好枣，跑到乔阳。这里的阳念作月，押韵的。余林一直到曲马杨包，都是枣树林子。上打枣，下种田，沟儿疙瘩耦儿蔓。这里的"蔓"，说的是蔓菁，油菜的根条，可以充饥。卖枣吃蔓菁，说的是他们的小日子。小路弯弯曲曲，在枣林里延伸，远处看，仿佛没有尽头。沿途的村子，也都掩映在枣林里。影影绰绰看到有村子的土墙土厦。无边无际的枣林，不涉事的少年在花香和青叶中穿行，神秘又愉快。待到枣儿梗子边戴了红圈，我们叫圈了眼儿，路人只要不是带了工具来偷，拽了吃是没有人阻拦的，遍天遍地的枣林，谁在乎路人吃几个呢。

走出西曲马村西，也就是走出了幽深的枣林，我于是在前面看到了一个高大的土崖。土崖的一边还是缓缓下坡，到了西曲马村边，就成了直立的陡崖，直上直下，镢头铁锹的印迹明显，那是村人盖房子取土留下的。这个，就到了舜帝庙的边际线。

我也算是见证过舜帝庙的一些沧桑。

二十世纪五十年代末吧，当地改造了舜帝庙南通运城、北通泓芝驿的一条乡村公路，叫作运泓公路。翻越舜帝陵，要从西曲马村东通过。这个时候起，我去东曲马姐姐家，一般就走这一条沙土路了，乡村公路，也就比土路宽一些，垫上了沙子石子。

我从高头村出发，在乔阳村上了运泓路，再走，就可以看到一个巨大的土冢，要上坡。

这个土冢有多大？只知道它从西曲马村边就上坡，上到坡顶向东一条小路下坡，是东曲马。大冢的南边是杨包村，西边是张贺村。

站在大冢前凝视它，少年不知其长宽，只是心里疑惑，这四周平地，怎的突兀地冒出一个大土冢。仿佛一路平谷，突然长出了一道山岭。那时，小小少年还不知道，这里埋葬着几千年以前我们的共同祖先。

登上土坡顶，舜帝庙的周边那时还是土墙围着，没什么帝王陵寝的森严气象。只是在土墙一边，立起一座小小的石碑，碑上刻写几行大字，告知由此东至某某，西至某某，——"如有兴工动土，须经县人民委员会批准。"

舜帝庙啊，舜帝庙，到这里终于有了些神秘和威严。它不是一般的村落，早在五十年代，政府已经开始实施保护。

这个时候，路过余林村东，在简易的运泓公路上，我还可以看到一座高大的石牌坊，石柱子，石头的横梁，中间有石刻的匾额，毛笔体行书字：有虞帝舜陵。

也是一次再去舜帝庙，大概一夜大风，石坊上边的横梁掉下来一截，折断了，有好心的过路人拾起来，小心翼翼地挪动，靠在石柱一边。

它开始坍塌。不几年，果然坍塌。残余的石条，一根半根，都被当地村民搬走，搭了猪圈，铺了过水壕沟，几十年以后，水土掩藏，早已不知去向。

舜帝庙啊舜帝庙，那时和北相镇齐名，都是运城北屏的重镇。一四七，二五八，各聚其会，各有各的热闹。

舜帝庙得意的是，它还有一所中学呢。舜帝庙中学，就设在庙里头。这所中学，在乡村中学中成绩不差。我的二姐夫就是舜帝庙中学毕业，由这里考进康杰中学高中部，再考进中国人民大学，学习计划统计专业。

乡下中学，好在离家近。可以上"水灶"，就是自带干粮，馍馍什么的，饭时让大灶上笼屉热一下，学校供应开水，吃饭花不了多少钱，很对乡下农家的胃口。

两条乡道，两个明星乡镇，各显其能，各呈其姿，互相辉映，成为并时双星。

舜帝庙的黯淡，在 1958 年之后。

1958 年，涑水河发洪，一场大水冲垮了北相镇。河堤崩塌，大水漫灌过来，很快淹了北相镇，那时的房子，都是土墙，大水几天不退，土墙土厦倒塌了一片，一个镇子，突然就成了土堆烂椽，破瓦在废墟上散乱。

北相镇随即启动新建，困难时期，还没有那么强大的财力，毕竟重起炉灶，新街道，新规划，焕然一新。加上运城到万荣的公路从北向南穿街而过，因交通便利，北相这边顷刻红火了起来。

舜帝庙呢，还是老街老路老房子，眼看着北相镇红火，知道自家不在通衢，也就认了，自甘一天一天冷落下来。集市，没有了以前的人挤人，黄土路上，比不得北相镇那边的车水马龙，舜帝庙中学的学生也是越来越少，撑了几年，上面也就裁撤了。舜帝庙一度合并入北相公社，成了一个被人遗忘的角落。

路断人稀，门庭冷落，断墙残壁草木深，城狐社鼠，出没其间。眼看着舜帝庙倾颓败落的样子，四围的曲马、杨包、张贺村村民，就开始聚合起来，商量保护庙产。

二十世纪八十年代初，也曾经有一点星火，点燃了四围村民的希望。辛亥革命元勋李岐山之子、法国文学专家李健吾回乡看望。李岐山将军就是舜帝陵边的西曲马村人，他的胞弟李九皋在早年国民革命中献身。兄弟二人的墓地，就在舜帝庙一侧。乡人向李健吾提议，筹资修缮李将军墓地，重建舜帝庙中学，命名岐山中学。李健吾先生也有追思怀远回报故乡的意愿，不料他回京以后，很快去世，此事也就搁下了。

到了世纪之末，新设的盐湖区开始筹措打理陈旧的舜帝庙。听到这个消息，舜帝庙沿村的村民先组织起来，几个离退休干部带头，每天奔走在舜帝庙周遭，看庙护庙，寻找线索，找回遗落的文物构件。有好多遗落在民间的残断的肢体，都是他们走村串巷，这里寻一块，那里寻一块，一件一件找回，一旦衔接，对了茬口，老人们开心得像刚会走的孩童。那个"有虞帝舜陵"的石桁，就是他们在村巷家户里，从猪舍，从门槛，垫脚石，一件一件找回，几段残断的石件对接上的。后来博物馆收藏了原件，新建的石牌坊恢复了早先的帝王气象，这就不是一般的复制古迹了，因为原件就收藏在这里。你随时可以比照，保留下古旧的骨肉形体，那一座新建筑才能够傲视四野，心雄万夫，告诉你们，我是有来历的！

这几个离退休的老人，每天按点到舜帝庙门口上班，说上班，是他们自己自觉地轮值。他们搬一把椅子，把住庙门，设了一个功德箱，凡有人来，想进去看看，老人站不起来，就伸出拐杖挡住来人脚步，嘱告客人，或多或少，捐一点，舜帝庙要维修，大家出力。这是千年文物，你想看，说明它值得。

舜帝庙文管所的所长张培莲，说起这几个老人，至今依然感动得赞口连声，那都是七八十岁的老人啊！晚上看庙，白天把门，尤其是相转院、相新院兄弟俩，他们在舜帝庙身边长大，这座庙在他们看来，就是天大的宝贝！

相转院是个农民，早期的募捐，他都一毛一毛清点得有零有整，合数上交。有一年过寿，文管所的几个人商量了一下，送上一幅贺寿图。画了一只公鸡，装裱得好好的，献给这个护庙的老功臣。

我心头顿时一震，接上话头，对张培莲说，这个叫相新院的，就是我的大姐夫，东曲马人，离休前是运城县交通局的干部。

怪不得那几年我去看他，他总是急匆匆吃了饭就出门，提了拐杖，家人在身后笑他，又上班去了。

一个离休干部，不要报酬，自觉上班，让人仰望。

这几个离退休干部，就这样不辞劳苦不避风雨看家护院，一直坚持到世纪之初，新的舜帝庙改造工程启动，大批的机械设备轰隆隆开进来，舜帝庙成了一片工地。他们明白，自己固守待援，终于坚持到大部队开进来接应。日出月落，曙光初现，他们可以光荣地收摊，撤离了。

世纪之初，舜帝庙的大型修葺改建工程终于震天动地开始运行。

盐湖区的书记区长，亲自主持这一当地历史上空前规模的大型修建工程。

修复历史古建，保护珍稀遗存，扩大景区规模，建设一个集保护与观光于一体的现代化的大型园林式景区。

我和一个朋友一起，曾经游览新建的舜帝公园。在大殿下，我给他介绍，这一块就是原先的核心景区，原来舜帝庙中学占着，也就那么二三十亩。

背后传来一个苍老的声音，哦，不是，应该有五十亩。

回头看，一个老者在殿下安静地坐着，不像是游客。老人说自己就是西曲马村人，打小在舜帝庙身边玩大，熟悉得很。现在老了，景区聘他来看护。他愿意来，看到死。

相转院老人没有工作，大庙安排他的女儿进来，也就打扫打扫，后来又是他的儿媳妇接替了。找他们，还是因为他们了解这一块庙产，犄角旮旯都能摸到。舜帝庙脚底下的，有感情，贴着心。

我立刻想到了关帝陵、文天祥陵、袁崇焕陵，他们都是舍生取义后，有义士祖辈守灵，代代看护。子子孙孙，日日夜夜，这一代的义民，也是肝胆昆仑，千秋传衍，在这里陪护先祖，他们是最合格的守墓人。

新的公园建成后，占地一千七百多亩。

它从此有了一个新名字，再不叫舜帝庙了，叫作舜帝陵。在通往运城临猗的公路道口，可以看到一座雕梁画栋的五彩牌坊，三个指示大字——舜帝陵。

二十来年了，新一代都这么叫，大家也都习惯了，不再叫舜帝庙。

第二节　为什么是鸣条岗

舜帝葬在鸣条岗，为什么就在鸣条岗，这个大有来历。

关于舜卒葬于何处，载于古代典籍的，历来有如下几种说法：

《尚书·舜典》记载："舜三十徵庸，三十在位，五十载，陟方乃死。"

《孟子·离娄下》说："舜生于诸冯，迁于负夏，卒于鸣条。"

《墨子·节葬下》："舜西教乎七戎，道死，葬南己之市，衣衾三领，谷木之棺，葛以缄之，已葬而市人乘之。"

《竹书纪年》："四十九年，帝居于鸣条。五十年，帝陟，义均封于商，是谓商均，后育，娥皇也。鸣条有苍梧之山，帝崩遂葬焉，今海州。"

《礼记·檀弓上》："舜葬于苍梧之野，盖三妃未之从也。"

《山海经》："南方苍梧之丘，苍梧之渊，其中有九嶷山，舜之所葬，在长沙零陵界中。"

《孔子家语》："巡狩四海，五载一始。三十年在位。嗣帝五十载。陟方岳。死于苍梧之野而葬焉。"

清代乾隆年间纂修的《平阳府志·山川》这样说："安邑县，中条山，县南二十里。说者谓西岳华，东太行。此山当其中，故云中条。《山海经》为中经条谷之山，一名苍梧山。舜崩苍梧即此。"

可以看出，多种说法林林总总，主要是两种，一是孟子所说的"卒于鸣条"，即今天运城以北的鸣条岗。二是司马迁所说的"南巡狩，崩于苍梧之野，葬于江南九嶷，是为零陵"。

许多学者都不理解，舜的主要活动在今晋南一带，他可能埋葬到数千里以外的苍梧吗？苍梧是西汉时期设置的郡治，在今广西梧州市。舜帝南巡，崩于广西苍梧，安葬在湖南宁远县的九嶷山，这个行程，也太周折。《平阳府志》说，鸣条有苍梧山，舜驾崩在中条的苍梧山，比较合乎情理。舜晚年在鸣条岗休养，鸣条岗是中条山的余脉，距离很近。一百多岁的舜完全可能到中条附近的苍梧山区闲游。广西有苍梧，河东也有苍梧，是不是把它们搞混了？

进一步追问，舜有没有巡狩四海？四千多年以前的原始社会，谈不上国家统一，尧舜禹部落联盟的区域仅仅局限在晋南一带，从舜的时代又过去六七百年，夏桀的地域也就在晋南豫北。这一时期，从黄帝到尧舜禹，大体上还在氏族林立的时代，不同的是，出现了尧舜禹这样强大的部落联盟组织，成为中华民族的摇篮。舜时代的中国，正如专家苏秉琦先生所说，是"共识的中国"，尧舜对于这个共识的中国，尚不能统一领导、统一天下，如何去巡狩四海？

汉代以后许多学者都曾经质疑过"巡狩"说。北宋杰出的历史学家司马光有论史诗说："虞帝老倦勤，荐禹为天子，岂有复南巡，迢迢渡湘水。"年老厌政，执意休息，怎么会向南巡狩，远路迢迢跑到湘水之南呢？

还有说到舜南巡而死，娥皇女英难过吊祭，洒泪而生斑竹的故事，这更像文学神思了。史实是，舜崩之时，娥皇女英已经去世多年。

明代思想家、文学家李贽，曾经写过《洞庭湘妃辩》，他说："鸣条有苍梧山，舜死遂葬焉。"和李贽同时代的徐銮给他去信说："读《洞庭湘妃辩》援引博而弹驳精，大快人意。今鸣条岗即在安邑，以孟子卒于鸣条一言断之，确乎无疑。"他们都认为舜葬在安邑鸣条岗。

明代天启年间，文渊阁大学士朱国祯在《涌幢小品》中写道："鸣条在河中府安邑，有舜墓。有集市。鸣条去集市才两舍。苍梧之葬，汉儒所传，非其实也。"朱国祯博学多识，正道直行，颇为时人称道。朱氏一向持论公允，以他的声望，应该言而可信。

到清代以后，清代学者崔述就曾经明确表示："苍梧，百越之地，在九州之外，乃古荒服，舜不当远涉于此。"他表示只相信孟子所说"卒于鸣条"，其余不予采信。《竹书统笺》说，"四十九年，帝居于鸣条"。《郡国志》有言，"河东安邑，县西有鸣条陌"。《括地志》记载，"高涯原在安邑县北，其南阪口，即古鸣条陌"，"舜都蒲坂，距鸣条二百余里，舜居鸣条，犹尧居城阳也"。由这些可见，鸣条岗已经是一个很古老的存在。

到了近代，鸣条岗的山川形胜历史地理为越来越多的学者所认可。

鸣条岗石牌楼（老照片）

牌楼石刻

鸣条岗属于中条山的余脉，位于古河东的腹地。从东边绛县的中条山起势，由东向西，绵亘于中条山以北，漫衍于涑水河之阴，东西带映，蜿蜒百里，势若游龙。经闻喜县、夏县、盐湖区，西至临猗县香落村而止，1934 年，由景定成总纂的《安邑县志》卷十四《舜陵形势》这样记述：

> 鸣条岗，在县北三十里，及中条余支漫衍于涑水之阴者，东西带映，势如游龙，舜陵在焉。孟子所谓"卒于鸣条"是也。按汉书《地理志》云，鸣条陌在安邑县西北，因安邑古城汉时在夏县，故云。《尚书》："汤与桀战于鸣条。"《左传》："晋侯夫人以条之役生

太子。"后人谓条即鸣条，其名颇古。

鸣条岗，古河东民间老百姓一直作为神圣的象征。人们之所以敬仰鸣条岗，舜帝葬于此当然是一个重要原因。千百年来，当地民众每年都有祭祀舜帝的传统节日，声势浩大，历久不衰。有关鸣条岗的舜陵形胜，明代相宗皋说——

余不文，尝考《史记》所载，荒渺不足信不啻一二事。至于舜，史载其南巡狩而崩，葬于苍梧，二妃求之，望其山为九疑。九疑者，九嶷也。夫舜即葬矣而二妃始求之者，其初岂不知乎？此其说已大悖乎理而迷谬于千古矣。孟在史迁以前五六百年，则舜陵之疑信当以孟子之言为正。及旁览诸贤书，俱信舜陵在鸣条。先儒赵氏曰："鸣条在安邑之西。"今我县西北三十里有鸣条岗，绵亘百里，峻起隆然。岗之有舜庙，舜陵在焉。规模宏大，制作严正，有殿有寝，有门有楼。楼之南有大方冢，砖石所集，周围四十余步，故老世世相传曰此舜陵也，《安邑县志》昭然可考。旷观庙之形胜，北枕孤峰，涑水之波涛绕于后；南对条山，醝池之盐化献于前。右缠黄河玉带，妫汭厘降之风犹存；左拱香山瑶台，历山耕稼之迹如故。内外古柏，郁郁乎如拱如揖；左右侍臣，蔼蔼乎都俞而吁咈。非古帝先圣，谁敢轻葬其上哉！信乎舜陵在安邑之鸣条，至真至确，无容复疑矣。若夫追崇祀典，大启殿宇，不敢不望于庙堂诸君子大赞徽猷焉耳。

鸣条岗，是安葬舜的地方，首先是大舜晚年休养的地方。舜在晚年着手安置自己的后继，女英育有一子，名叫商均，自幼游手好闲，放荡无束，不谋治国之事，舜多次责教，商均并无悔改。舜想到了尧王放逐丹朱的办法，思前想后，将商均放逐于虞。

《平阳府志·帝王》曰："虞商均，舜之子也。皇甫谧曰：女英生商均，或云舜封子均于商，号商均。或又云夏封舜之子商均于虞，在今临晋县之虞乡。"虞乡就是舜居地妫汭，距蒲坂约三十公里，在本部落境内，应该是合理的。

处理好一切纷争，舜禅让大位于禹。

禹委派工匠，在鸣条岗为舜建造牧宫，又称离宫，取离位安度晚年的意思。舜在离位以后，安居在鸣条离宫，经常坐着马车游览。五十九年九月十三日，舜让侍从驾起马车，一路往南向西巡游。一路上，农人在田间耕种收获，庄稼长势喜人，大家越发喜悦，舜和随从说笑交谈，来到苍梧山下。侍从听到车内没有动静，舜在安睡中卒崩正寝。

大禹为舜帝举行了隆重的葬礼，四方都来吊唁，络绎不绝。

舜三十岁被尧王举贤，考察三载，三十二岁代尧执政，摄政二十八年，为尧守孝二十五个月，六十二岁践位，享年一百一十二岁。

尧舜之治，尧天舜日，一个美好的时代，仿佛一切都葬于黄土，仿佛一切都归于沉寂。没有文字的时代，对于遥远的过去，只能口口相传。春秋战国时代，终于开始了百家争鸣，诸子百家纷纷就尧舜的功业和史实记述究诘。汉代以后有了司马迁的《史记》，似乎一切都成了铁证，太史公的铁笔一支谁能似？成为历史书写的成规和铁券。

这时，另一种声音就很重要。

晋太康二年（281 年），一个漆黑的夜晚，汲郡西南一座古冢下，一个身穿黑衣的人，如同幽灵，在冢侧挖土打洞。他凿洞取土，暗夜里悄无声息地掘进，熟练的样子，能看出这是一个多年盗墓的惯偷大盗。他的名字叫不准，听说这是战国时魏王的陵墓，他觉得自己要干一票大的。经过周密的计划和准备，便来到鸣条岗动手来了。

不准左右冲突，终于找到了墓道。他有经验，知道要停歇一会儿，让墓道里透一透气。他点亮一束火把，吊于墓道，火把没有熄灭，人才能下去。

不准盗墓，为的是金银财宝。他失望得很，墓穴里堆放着一捆一捆的竹简书。他是来寻找金银铜器的，找不到，火把快灭了，就抽一把竹简续上。竹简让他翻捡得乱七八糟，他挑了一些金银铜器，打了包吊上来，背了就跑路。

不准背着沉重的金器银器，跑动不快。走出没有多远，天色大亮，恰巧碰到一个邻人，邻人知道他所干的勾当，不准害怕事情暴露，急忙拿出一件银器送给邻人，嘱咐人家不要声张。不料想邻人害怕连累自己吃官司，连忙带着银器，告发了此事。

汲郡的地方官闻报不敢怠慢，一边派出公差捉拿人犯，一边派人去魏襄王墓去清理墓葬物品。从墓中清理出竹简数十车，还有铜剑一枚，长二尺五寸。地方官立即将这些物品押送朝廷。

晋武帝司马炎看到这么多出土宝物，大喜，"此乃天赐朕先秦文书之宝也"。随即检校文书，就成了朝廷上下的头等大事。秘书校缀排列先后，著作郎束晳得到竹书以后，认真校勘，将竹简书上的古文译作今文，随疑分释，皆有义证。竹书除了一部分抄录《国语》《左传》的卜筮文字外，还有一部编年体的史书，纪年十三篇，自黄帝迄夏商西周和春秋时晋国及战国时魏国的史事，纪事下限到魏襄王二十年（前299年）。因原书写在竹简上，后人把它叫作《竹书纪年》。

《竹书纪年》成于战国时代，内容宽泛，史料价值很高。历代学者根据它考稽同异，以矫正《史记》所载战国史事年代的错讹，校正古籍记载的偏差，成为研究中国古代史的重要史书。近代学者将《竹书纪年》、西汉发现的古文经书和近代殷墟发现的甲骨文，并列成为中国文化史上的三大发现。

我们多么幸运，我们又多么自豪。在两千多年前那个烽火征战，生死一念的时代，就有人这样吃吃孜孜，刀刻默写，留下了车载斗量的竹简！东方大地上的无名氏，沾溉后人，其泽被何止千年。

《竹书纪年》如此记载："四十九年，帝居于鸣条，五十年，帝陟……鸣条有苍梧之山，帝崩，遂葬焉……"

鸣条岗，舜帝陵，还需要说什么吗？

现存的舜帝陵庙，根据庙内留存的经幢、碑文可以知道，唐开元二十六年（738年）就有舜帝庙和佛家寺院"守陵寺"建于此地。金大定四年（1164

年），金世宗完颜雍下诏命名"守陵寺"为"大云寺"。元末毁于兵火，明正德年间重建。明清两代，舜帝陵庙两次毁于河东大地震，至嘉庆年间重建，大体上形成了现在的规模。那以后一直到民国，历代多有修缮，都有碑记为证。

自唐开元始建至1949年，舜帝庙建筑群经历了三次大毁重建。2002年，迎来了盐湖区的大开发，自此以崭新的面貌迎接各地同胞和游客。

舜的陵墓区，原来据说栽植了许多柏树。古柏成林，一直是墓地的风景。从四千年前起，到二十世纪，柏林繁茂，一直掩映着先王的陵寝。后来不断遭遇盗伐，到解放以后，就留下不到十棵。

舜帝陵现在留下的四棵古柏，两两相对，当地人都叫它"死柏抱活柏"，或者"活柏抱死柏"，千年古柏，死而不倒，死而不朽。一棵干枯的斜靠在另一棵依然簇枝发叶的活柏之上，实在是生命的奇迹。

树老成精，千年衍变，围绕着这两对古柏，它们的传说多了。

从大禹开始，人们为了纪念舜帝，不断在舜帝陵神道两旁栽种柏树，小柏树逐渐长成参天大树，成了有用之才。有的人就打起了盗伐柏树的鬼主意。陵下的张贺村有个张财主，一向盘剥成性，财迷心窍，一日突生邪念，要锯一棵大柏树给自己做棺材。他带人锯倒大树，砍了枝丫，突然，大柏树锯断的茬口，流出殷红的鲜血，接着，狂风大作，乌云翻滚，顷刻间雷电交加，瓢泼大雨倾盆。张财主逃跑回家，雷电在屋顶不停地爆响，他又惊又吓，天亮后管家来报："昨天锯倒的大树，被另一棵活柏抱住了。全村人都在看。"张财主不信，到了现场果然看到活柏张开枝干，紧紧抱着死柏，仿佛害怕有人抢走。现场的人们纷纷议论舜帝显灵，护佑着陵区，不许坏人侵扰祸害。

此时此刻，张财主突然如同神鬼附体，手舞足蹈，说起胡话。说他是舜帝后娘附体，不忘母子之情，化作千年古柏护陵。天地惩罚，张财主立时仰面倒地，口吐鲜血而死。

这就是那两棵"母子柏"，一个惩恶扬善的故事。

舜帝陵的神道两侧，还有一对"死柏抱活柏"，传说这是一对青年男女感人的爱情故事。

陵冢之下的西曲马村，有一对青年男女，姑娘聪明美丽，心地善良。小伙子勤劳忠厚，二人互相爱慕，私订终身。姑娘是员外千金，小伙子家境贫寒，多亏了姑娘私下接济，日子才得以过下去。有一日二人在桃园相会，海誓山盟。正当两情相悦之时，被员外发现。员外恼羞成怒，即刻托人说媒，将闺女许配邻村富家公子，择日成亲。姑娘逃出家门，寻到了自己心上人，二人倾诉衷肠，相对痛哭，决心一死殉情。各自解开腰带，吊死在神道一边的古柏上。

舜帝在天得知，为赞颂一对青年男女的坚贞爱情，一夜之间，两棵大柏树的树冠枝干就交合在一起。这一对恋人像树枝连理一样，世世代代永不分离。

自古以来，这种歌颂青年男女冲破传统礼教，为爱情殉身殉命的故事不知有多少，在这里，两棵"夫妻柏"，又是一个感天地泣鬼神的动人故事。

这神道一边的大柏树，传说还救过汉光武帝刘秀。

西汉末年，王莽篡汉自立，开始杀害刘氏后人。刘秀本是汉高祖第九代孙，官兵追捕，连忙逃出长安，过潼关，渡黄河，隐藏在安邑。王莽派兵追杀，一路追到安邑，到处张贴刘秀画像，按图捉人。刘秀只好辗转躲在附近村庄，天黑才敢出来。

刘秀躲在北相镇，一日忽得一梦，有仙人指点，可到舜帝陵躲一躲，然后回南阳起兵。

月光暗淡，刘秀跌跌撞撞，慌不择路，找到舜帝庙，陵庙大门已关，进不了庙。沿着神道往南走，两旁的柏树高大粗壮，遮天蔽日。他找到一棵大柏树，这棵柏树树冠高大浓密，树身足有十多围粗，刘秀坐在大树盘根上歇了一会，怕官兵追来，他爬上柏树，坐在茂密的枝叶间，竟然睡着了。

一队官兵，先是追到北相镇，搜查不出，又沿路追到舜帝庙。庙里找了个遍，他们谁能想到，刘秀躲在柏树上，逃过了一劫。刘秀是真龙天子，他的藏身之处，柏树枝干都干枯了，形成了"活柏抱死柏"的奇特景观。他坐卧过的树根那个地方，凹了下去，形成了一把龙椅的样子。

当地的地方戏，爱唱《刘秀走南阳》，走南阳过舜帝陵遇险，人们知道吗？

两对千年古柏，惩恶扬善的故事，凄美的爱情故事，救驾改朝的故事，从庙堂到乡野，都有了。

关于历史书写，我们的专家学者曾经提出过"二重证据法"，一为文献记载，一为地下文物。关于文献记载，他们又往往忽视了民俗和民间口头传说。民俗是活的历史，民间口头传说是记忆的一种变形的书写。

古代人类的生活，全部保存在民间记忆之中，人们口耳相传，一代又一代，几千年，几万年，几十万年，甚至更长时间的远古情形，都是这样保存下来的。人们的记忆会有遗失，有些永远遗失了，有些遗失也可能恢复。一般说，凡是重要的事项，会有更多的人记忆。文字的产生，是在进入文明社会以后，世界四大文明古国最早的文字，大约有七千年的历史。即使把具有部分记载功能的岩画算进来，也只有几万年。最初的文字掌握在极少数人手中，并不是所有的民间记忆都会书写下来，能够书写下来的只是很少一部分。会书写的史官，书写记忆，也有个选择问题。只有当史官认为需要记录同时又正是人们记忆中那一部分，两者碰撞相合，才会记录下来。像尧舜禹这些在人类生活中发生过重大影响的人物，民间记忆自然牢靠，记录下来也会早一点，多一点。至于民间传说中的神话，夸张，当然需要辨析。但当你看到一些人类初期的幼稚和朴拙，不也挺可爱吗？

甚至鸣条岗本身，也有历史经过打扮俏丽动人的一面。

舜禅位于禹，已是九十五岁高龄，常常有臣属看望，禹也经常禀报国政，舜年老厌政，定要搬出蒲坂，找个清静的地方，安度晚年。禹为舜在鸣条建造牧宫，以安之。

牧宫建成后，越冬季，选择吉日，于来年二月初二，举行舜帝移居牧宫大庆典。这天骄阳高照，晴空万里，彩旗夹道，鼓乐喧天。夔在牧宫前面辟出专场，表演韶乐，舜、禹与群臣共同赏乐。

美妙动听的韶乐演到四成，其间附近林中拥出群兽，随乐率舞，天空飞来凤凰和群鸟，凌空飞舞。凤凰栖落大树枝头，扑动双翅，跳跃盘舞，极有仪容。益忽有所悟，指着东边的高岗说："臣一直想为这个高岗起个吉祥的名字，恰巧祭日演乐，引得凤凰高亢而鸣，且面对南面条山，鸣声传往条山，这座岗就叫作鸣条岗吧。凤凰高栖，极有仪容，再叫个名字作仪凤岗。请裁定。"舜笑道："此情极乐，此境极美，此意极好，就这样定了吧。"

从此牧宫东边的高岗便称作鸣条岗和仪凤岗这样两个名字。而每年的二月初二，则成为当地人民纪念舜帝迎接舜帝的盛大庙会，这风俗一直流传了四千多年，每年二月二的舜帝陵庙会至今不衰。

历史总是枯燥的，传说才是迷人的。

传说是历史的红妆出场。

从幼年时代就赶舜帝庙的二月二大庙会、九月十三大庙会。为什么是二月二？为什么是九月十三？老了才知道，二月二，是舜帝移居鸣条岗的日子；九月十三，是舜帝归天的忌日。这两个日子，才是鸣条岗纪念日。

民间就这样纪念他，传承千年。在今天，也许好多人并不知道这是属于舜的两个日子，没关系，到大舜晚年安居过的地方走一走，哪怕是赶一个大集，你已经加入了摩肩接踵的纪念人流。

第三节　了却君王身后事

帝舜在位时，就已经开始物色自己的继承人。在帝尧时代，洪水肆虐，民不聊生。背井离乡逃离家园者不可胜数。帝尧忧心如焚，为帝尧摄政的舜也是日夜思谋。尧曾经两度治水，都因为用人不当，治水路子不对，强调堵水防洪，失败了。何人再能担此大任？禹曾经提出过疏导大水入海的主张，看来有道理。但是禹的父亲鲧，就是因为治水失败，由舜下令处死的。现在再起用禹，合适吗？大舜反复斟酌，用人不避亲仇，只讲选贤任能。鲧是鲧，禹是禹。于是大胆起用禹治水。

这就有了历史上的大禹治水。

《竹书纪年》说："七十五年，司空禹治河。"

大禹治水，舜提供了全力支持。他分配朝臣随禹治水，赋予大禹人和物的调配权。舜如此重视，禹当然是全身投入。各部落抽调了民工五万余人，各地派工役协助，一年一轮换。这次治水吸取了堵防的教训，通过疏通河道，将洪水引流到东北方向的大海里。大禹深感舜的知遇之恩，一路奔走联络，沿山巡视。设计勘察路线，带头开山凿洞，深得舜的欣赏。

黄河水一泻流出，到达三门峡，一座大山挡住去路。禹带领工役将山体凿成几段，河水分流，包绕着断山经过，好似三道门，这就形成了三门峡。

三门峡至今还留下了禹开挖的七口石井，所以三门峡又叫作"七井三门"。鬼门岛崖头上留下两个圆坑，叫作"马蹄坑"，传说大禹跃马过三门时，马前蹄踩踏留下的脚印。三门峡上游有禹王庙，千百年来，黄河摆渡，艄公们经过三门峡，都要到禹王庙烧香许愿，求禹王保佑大木船在汹涌的激流中间，迅速安全穿过鬼门关。经过数年的治理，黄河流域的大小河流，终于理顺流向，万山不许一溪奔，现在是水流千载归大海。黄河之水天上来，蜿蜒东去不复回。

大河流过历山脚下，和大禹一起治水的弃说：六年了，你也该回家看看。

大禹说：工程正在节骨眼上，没有功夫回去啊！

这就有了大禹治水三过家门而不入的故事。

禹治河十三年，大功告成。

《竹书纪年》记载："八十六年，司空入觐，执用玄圭。"

大舜在平阳城外举行隆重的欢迎仪式，欢迎治水英雄大禹胜利归来，赐给英雄最高贵的玄圭。

尧帝考察大舜三年，决定将帝位禅让予舜。这个当然和舜帝大胆起用禹治理洪水有关，从此地平天开，天下归心。

舜在位三十多年，自觉精力不支，这年冬天，大舜临朝，与众位臣子商议，将大位禅让给禹。

禹再三辞让。

在这里，舜帝和群臣，和大禹，有一场现场对话。《尚书·大禹谟》《尚书·皋陶谟》都有记载，运城的文化学者叶雨青、张培莲夫妇将对话翻成了现代白话文——

> 舜说，禹啊！天降洪水警告于我，你能成就业绩，完成治水大业，只有你贤；你能勤劳国事，节俭持家，不自满自大，只有你贤。你不自持矜夸，所以天下没有人敢与你争能；你不夸耀自己的功绩，所以天下没有人敢与你争功。我赞美你的大德，褒奖你的大功，上天的大命落到你身上，你终当升此大君之位。如今人心险恶，道心之幽微，险恶民难安，只有精诚专一，实实在在实行中正之道。没有根据的话不要相信，没有征询过众人意见的主意不要采用。百姓所爱戴的不是君王吗？君王所畏惧的不是百姓吗？君王失去百姓，谁去守卫邦国？你要谨慎啊，谨慎你所有的大位，恭敬地从事你的事业，养育四海穷困之民，使他们都能生存生活，天赐的禄位就会长存你身啊。你要明白啊！金口难开啊！也可能说出好事，也可能引来祸殃。没有深思熟虑不能出口，我也就不必要说那么多了。

舜三十三年春正月，禹在舜的宗庙受命，与舜交接首领的权力，从此开启了大禹时代。

尧舜禹三代，后人崇奉为神圣。三皇、五帝，都是后人供奉的神祇。也有将尧舜禹汤，供奉庙宇，立为"四圣宫"。

煌煌尧舜，光耀九天。尧舜的时代对后世的影响，怎么估计都不过分。

尧舜时代，仰之弥高。尧天舜日，后世谨遵遗命。帝王守制守礼，百姓承传古风。这个，历朝历代都能感到，有一股强大的承传惯性在导引着我们这个族群。

运城当地学者王雪樵曾经有一个有趣的考论，研究安邑县一些村名和舜帝的关系。比如太方村，《安邑县志》称，"古名虞城"，雪樵先生联引古籍，考证其可能为舜帝晚年的牧宫。杨余村，取弘扬虞舜精神之要义，当为"扬虞"之讹写。鸣条岗腹地有一大村镇冯村，运城县志说它"为夏商时代的古老村落"，这透露出一个重要信息，它是由夏商周三代历史衍化出来的一个地名。按照这个思路探求，再将冯村放在鸣条岗舜迹林立的大背景下观照，他认为冯村很有可能是"诸冯村"的省称。虞舜生于此，养于此，葬于此，留下了如此星罗棋布的散点。

在鸣条岗的北坡，有一个村子叫孙余村。《运城县地名录》以为，古时这个村子多数人家为孙余两姓，故名。王雪樵先生考证，这里的"孙余"应该是"循虞"二字。因为在当地，"孙"发音如"循"。孙余就是"循虞"的意思，和舜在此地的遗迹有关。为什么要"循虞"？雪樵先生进一步考证，鸣条岗，在夏朝末年曾经发生过一场很著名的战争，这里应为夏桀盟邦昆吾部落所在地。鸣条属安邑，安邑为夏桀之都。《史记》和《诗经》都有战昆吾于鸣条的记载。《帝王世纪》说，"汤伐桀，战昆吾亭"。那么这个"昆吾亭"在哪里？《安邑县志》古迹记就有"昆吾亭"的条目，昆吾本是夏桀的臣子，安邑里甲有昆吾前、昆吾后之名，相传已久。据此推论，王雪樵先生认为，"昆吾亭"就是当今的"孙余村"。为什么呢？《帝王世纪》记载安邑县西有鸣条岗、昆吾亭，方位符合。再则，"循虞"寓有服化新政改恶向善的意思。昆吾本来是一个小部落，投靠夏桀，抗拒商汤，后为商汤所灭。《尚书》记载，商汤之师翻越中条山力克昆吾，后战鸣条，可知昆吾确实在安邑境内，和鸣条相距不远。后人因为舜帝葬于鸣条，就将村名改为"循虞"，意思是循贤向善。同样的例子有黄帝大战蚩尤，蚩尤败亡，"蚩尤城"改名为"从善村"，这一场史前的大战，就发生在距此不远的盐池。

运城一地，其实这样富含历史元素的地名还有很多。比如姚孟，系尧梦传下来；比如余林，系"虞林"之误解。这是一组庞大的虞舜遗迹群落。

孙余之所以激起了我强烈的兴趣，因为我的姨家就在孙余。

背靠峨嵋岭，面向涑水河。有平地，有坡地。想来，是一个屯军摆战场的好场所。改革开放以后，这一带因为引进了砀山酥梨，大面积种植，农家日子明显过好了。每到三月四月，梨花盛开，村子里举办梨花节，引来游客赏花。九月十月，黄澄澄的鸭梨要采摘，家家户户车拉筐装，一派小康祥和的画面。

循虞，虞舜之法，虞舜之规，虞舜之风，唐尧虞舜去了，尧舜的遗风却是继承保留下来了。我们在这里就谈谈河东大地的民风。

《平阳府志》"风俗"一章这样说：

> 古者辅轩之徒，采列国之风谣，以贡于天子。盖民俗之美恶，政治之得失，系之矣。唐俭、魏思咏于诗，杂见于记传。迁史谓尧舜之地，风教固殊，非无徵也。守土以来，于今四载，行部者数矣。所至辄查其车服器用，以观其好尚，何乃今异于古所云也。岂事变使然。或亦所以率之者，非与夫矫末俗而返之淳类，非一切禁令之所能为。《书》曰："尔维风，下民维草。"孔子曰："道之以德，齐之以礼，有耻且格。"噫！此可以治本已，做风俗志。

下面，志书引述其他典籍还有各县县志，具体说明河东地区自古以来的民风——

《左传·襄公二十九年》：为之歌《唐》，曰，思深哉！其有陶唐氏之遗民乎！不然，何忧之远也。非令德之后，谁能若是为之歌。

《史记》：太史公曰，参为晋星，其民有先王遗教，君子深思，小人俭陋。又曰，水深土厚，性多刚直，好气任侠，当全晋之时，故已知其剽悍矣。

《隋志》：人物殷阜，然不甚机巧，其于三圣遗风，尚未渐灭。

《隋书》：唐风，土瘠民贫，勤俭质朴，忧深思远，有尧之遗风焉。魏风，其地狭隘，民俗俭啬，盖有圣贤之遗风焉。诗传，河东地少沃多瘠，是以伤于俭啬。其俗刚强，亦风气使然。

《晋问》：平阳，尧之所理也，有茅茨采椽土型之度，故其人至于今俭啬；有温恭克让之德，故其人至于今善让；有师锡金曰畴咨之道，故其人至于今好谋而深；有百兽率舞，凤凰来仪，于变时雍之美，故其人至于今和而不怒；有昌言敬戒之训，故其人至于今忧思而畏祸；有无为不言垂衣裳之化，故其人至于今恬以愉。此尧之遗风也，愿以闻于子何如？吴子离席而立，拱而言曰，"美矣善矣！其蔑有加矣。此固吾之所欲闻也。夫俭则人用足而不淫，让则尊分而进善；其道不斗，谋则通于远而周于事；和则仁之质；戒则义之实；恬以愉则安，而久于其道也，至乎哉！"

《朱子论》：太行山之高，处平阳晋州、蒲坂山之尽头，尧舜所以都。其地硗瘠，人民朴陋俭啬，惟尧舜能都之。后世太侈，不能都也。

《图书编》：崇礼让，多勇敢。

《河中志》：虞夏迹之所经行，夷、齐清风之所渐染，宜乎有熏，而善者陶而化者。隋文帝行蒲州，叹曰，衣服鲜丽，容止闲雅，良由仕宦之乡，陶染成俗。

《赵孟頫序》：民淳而事简，有虞氏之风存焉。

《解梁志》：境接古虞、芮之国，习俗崇礼让之风。

《一统志·绛州》：余人性刚悍然，勤稼穑，好蓄积。

《一统志·霍州》：所在其民勤且俭，犹有遗风焉。

《郡志·隰州》：民性质直劲勇，能守而鲜乱。乡多庞眉之老。

《一统志》：吉隰之地多山，其人性质朴信实。

《旧志吉州》：男务耕农，不事商贾，妇事蚕而不能纺织，婚姻死葬，邻保相助。

《平阳志》：人好力田喜雨苦旱。居不近市，女不向衢，士民有分，男女无杂。勇于纳赋，取于游食。

《解州志》：解俗，奉上急公，竭力完正，供独先士，夫敬谨而廉节，耻投刺干谒，曾无挠长吏权者，称敦厚易治。

《山西通志·岳阳》：人民性质而朴素，才用节俭而不侈，文武解尚，商贾不通。

《文献通考》：晋魏以来，文学盛兴，闾里之间，习于程法。

《府志绛县》：民勤生业，尚义好俭。

《猗氏志》：猗土瘠，民贫不商不贾，秀者为士，朴者为农，士虽嗜学不废耕耘，农急正供难赡妇子，赖天时以食地力，瞿瞿蹴蹴，终止岁靡宁，即欲不俭，孰与为奢乎。特患无暇治礼，何患不中礼乎。

《河津志》：河津水深土厚，俗尚勤朴，事农亩，无贸易，因贫就简，尚有朴风。士大夫才学气节，俱以王、薛为宗，境鲜游惰之民，邑多贞节之妇。闺门严肃，翁妇避嫌。男不纳赘，女不招婿。不闲游，宅肆不相通，男女不贸易，此其尚者，但书沿尚鬼未改殷俗。婚姻论财，弗恤怨旷。政者之所当亟挽也。

《夏县志》：淳朴而俭，力稼穑，知读书，故房希文学记曰，民皆向善而服勤，守俭而知义，有大禹之遗风。

《安邑志》：安邑质直无谲险，百姓淳朴，畏公尽力南亩，四乡妇女，织纴亦勤，惟是邑濒鹾海而阛之，夫率趋于利。

《浮山志》：俗尚节俭，不事商贾，男耕女织，各执其功，重婚丧，惜廉耻，以官法不及为荣，以家事不治为辱，比闾亲睦，有无相须，交际往来，一秉古礼。

《垣曲志》：垣民醇厚，男勤耕，女勤织，大都垣为虞舜、商汤渐磨旧地，其崇节俭，敦孝友，厚葬祭，敬神明，急贡赋，恶淫风，畏刑辟，不谙商贾，不事华靡，耕读、渔樵治生，衣服、器皿皆朴。其乡之长老，尤多厚重，谨饬仕进，亦砥砺名节，妇人则修女事，慎内闲洄，有古之遗风焉。

《闻喜志》：闻喜俗，多结义士，夫不以官宦骄人，男耕女织，质朴之风悠然近古。

《翼城志》：翼水土深厚，故其俗朴质，地多刚壤，故其民武悍。有先王克俭之遗风，故其习纤啬然，纤啬在嗜利，嗜利必机巧生，机巧生必厚藏，厚藏不与骄奢期，而骄奢至矣。任侠故多慷慨，有奇节特操之士，亦必有武断力，竞之徒大抵也。

我们从以上史志的种种记载，能否综合出当地民俗的种种表现来？比如地瘠民贫，勤俭质朴；能忍能从，和而不怒；畏祸无为，非常看重上交贡赋，以不犯事为荣，顺民多，所以容易治理。从人的性格深处来说，质朴不善算计，所以农耕为多，不善经商。由于强大的礼俗传统影响，男耕女织，主外主内，家道妇道格外讲究。这里各县都说到了崇礼让，讲规矩，男女有别，长幼有序，"居不近市，女不向衢"。在家里，女子学女红，勤纺织。"闺门严肃，翁妇避嫌"。遇到丧葬婚嫁，邻舍互助。农家仰慕读书，但读书不废耕耘。总的来说，奉上急公，民风质朴，就少一些算计带来的诡谲风险。事情当然也有另一面，由质朴而刚强，刚强而勇敢。急公好义，有武悍慷慨品格，奇节特操之士。所有这些，修志者多处赞叹，这是先王尧舜之遗风。三圣遗风，尚未渐灭。熏风渐染，陶而化者，莫此为甚。

运城三晋文化研究会的专家张培莲这样说，河东一地的正直质朴，勇敢彪悍，慷慨刚强，勤劳节俭，孝友温明，任侠仗义，蓄积不奢，崇礼让，勤稼穑，男耕女织，不事商贾，不事华靡，急贡赋，恶淫风，"耕读、渔樵治生，衣服、器皿皆朴"。这些民俗民风，一是继承了虞舜"纳于大麓"的勇气和毅力；二是继承了虞舜仁善孝友的精神；三是继承了虞舜勤恳敬业的精神；四是继承了虞舜廉洁节俭的品德。这些都是切中肯綮之论。

我尤其注意到了各地方志强调的"勤劳俭朴"。勤劳是优秀品德，俭朴也不难接受。可是好几个地方，说的是什么？《史记》说，"君子深思，小人俭陋"。《隋书》说，"其地狭隘，民风俭啬"。《朱子论》说，"人民朴陋俭啬"。这里的"俭陋""俭啬"，我听了不是味儿。山西人的吝啬远近有名。这个看来也是历史形成的。

外省流传着一个山西人"九毛九"的故事。说是一个山西生意人过黄河，黄河发水，过河要熟悉水性的水手背过去上船。这个背河，当然要钱。山西人舍不得出钱，一再和背河人讨价还价。最后背河人降价到一块，山西人还是不干。于是这个山西人自己下河蹚水。不料一脚踏进水去，立刻水淹没顶。山西人挣扎着扑腾着，一边还伸出一只手举过头顶，比画成一个"9"字形讨价还价，"九毛九！九毛九行不行？"这个当然是笑话段子，可见山西人的吝啬，舍命不舍财，是大家无情嘲弄的对象啊。

山西人的吝啬就这样深入骨髓吗？看了上面的方志，我觉得无话可说。在前朝古代一直到民国，那么多的山西人，即便外出做大了生意，也还是要攒钱回到本乡本土盖房子造院子。那么多的富商大院，既是他们开拓成功的标志，也是他们瑟缩守旧的某种赋形。即便到了改革开放以后，前些年还有一种统计，山西人工资收入不高，存款数额并不低。这些个为贫穷困顿了多少代的土著山西人，攥紧钱袋子是近乎本能的反应。《一统志》说，"勤稼穑，好蓄积"实在不是虚言。俭朴并不是守财奴。我愿意看到勤劳俭朴的山西人，更愿意看到敢投资勇于冒险的山西人。新时期的敢为人先，为勤劳俭朴注入了新内容。在今天，山西人的大手笔已然不是什么稀罕的传说。勤劳俭朴到一掷千金砸项目，舜乡人家的新形象，有赖于我们倾心再打造。当然，即便在大金融时代，质朴诚信也是不可或缺的优秀品质。你要想控制投资风险，尧舜后代是最好的合伙人。

我们还应该看到，这种俭啬，是农耕文明时代的产物。一个自给自足的生活圈，节俭是维持社会运转所必需的。远古年代，人们积累财富，主要还是为了改善生活。至于建立现代金融系统，利润转化为资本扩大再生产，那是后来的事情。一直到二十世纪五六十年代，我们的国家建设，还是依靠节约完成原始积累。有一首流行的宣传歌曲《勤俭是咱们的传家宝》这样唱：

> 勤俭是咱们的传家宝，
> 社会主义建设离不了，离不了。
> 不管是一寸钢哎嗨一粒米，
> 一尺布，一分钱，咱们都要用得巧。
> 好钢要用在刀刃上，
> 千日打柴不能一日烧呀，不能一日烧！

那是一个低水平低效应的运转系统，节约勤俭是必须的，攒钱建设攒钱消费是众人习惯的。当然也不必讳言，改革开放初期，现代金融系统建立，借贷投资，引进外资，面对一个全新的金融秩序，山西人是吃了大亏的。

尧舜去了，尧舜之风，留下了。村社，依然是旧时村社。民风，依然是尧舜之风。

我们关心的还有，尧舜的后人呢，他的家人、族人呢？

这就牵扯到夏县的东下冯遗址。

山西夏县东下冯遗址，经过考古发掘，发现了大量陶器、石器、骨器和蚌器。不论生产工具和武器，都是以农业生产工具和手工业工具占多数。其次是狩猎工具和武器。农业工具以刀、铲为主，斧、镰次之，其他工具很少。刀、铲石制很多，蚌制很少。斧都是石制，镰有石制和蚌制两种。手工业工具常见的是骨锥，其次是骨针和陶纺轮，其他少见。狩猎工具和武器基本上都是箭镞，其中绝大多数是骨镞，石镞较少，铜镞和蚌镞只有十来件。装饰品方面，数量最多的是骨簪，其次是各式各样的蚌饰和绿松石饰。石环只有一件，陶环只有一件残段。骨簪绝大部分是顶平端尖的长条形，三齿形和圆长条形带簪帽的极少。其他遗物，卜骨最多。卜骨的用料都是动物的肩胛骨。动物遗骸，各期变化不大。种类有猪、牛、羊、狗、鹿、獐、马鹿等，猪牛羊狗属于家畜，其他的都是渔猎和交换所得。陶制用品，有褐陶和灰陶，为数不多的褐胎黑皮陶，还有少量的红陶。主要纹饰有绳纹、弦纹，附加堆纹、方格纹和蓝纹。有关炊具，以单耳罐、双耳罐、深腹罐等为主。房屋有窑洞式、半地穴式和地面建筑三种。关于东下冯遗址的年代，专家的考古发掘报告意见是这样的："东下冯类型的碳-14数据不多，而且其中有的年代颠倒，有的年代过高过低误差太大，很难做出准确的结论。所以我们参照二里头类型的年代，粗略估计东下冯类型的相对年代大致为公元前19世纪至公元前16世纪。"

东下冯遗址既然是夏代遗存，与有虞氏部落显然有一定的关系。

按照专家考古发掘测定，东下冯遗址最早为公元前1900年，而夏部族从禹传给夏启为公元前2070年，夏启距离东下冯遗存相差170年。也就是说，夏启开国170年，东下冯才有人类聚居。

为此，运城的专家学者有一个大胆的推论——

从东下冯的名字看，应该与舜有一定关系。

舜生诸冯，冯姓为诸冯略称。东下冯，为东边下代冯姓人家居住的地方。东下冯遗址距离禹都安邑城仅十余里。

夏部落没有冯姓，冯姓是有虞氏舜的后裔。

为什么在夏都安邑附近突然冒出一个有虞氏部落的冯姓群落？

运城三晋文化研究会的研究员张培莲认为，原始社会的部落与部落之间，斗争很激烈。夏禹把部落联盟的权力交给益，他的儿子启就坚决反对。禹死后，启杀了益，夺取了权力。从而确立了父系制的统治地位。这个时候，夏启的地位并不牢固，先是有扈氏起来反对，被夏启率兵打败。嗣后呢，离心和对立的力量一直没有停止过反抗。夏启170年以后，有虞氏部落认为时机来临，意欲异动。夏朝的统治者发觉异常，立即采取行动，将有虞氏部落一些企图举事的不安分的人们拘押起来，在夏的都城安邑附近划出一块地方，就近监视扣留。这就是东下冯。

有虞氏已然被押禁，无法叛逃，只好在安邑一带居住。他们不满夏王朝，思念蒲坂一带的有虞氏冯姓同族，就将新的部落名称叫作东下冯。

东下冯遗址，仅仅存在了三百年，也许是后来反叛，为夏王朝所灭，也许是迁移到别的地方去了。留下的舜的后裔依然怀念舜，东下冯的名字一直叫到现在。

虞舜后人如何了？这个，当然是一说。

唐尧虞舜，光华万丈，他们的后人呢，族人呢，却是寂寞的，甚至是委屈的。

不过，一定程度上说，这个也不算违逆了舜的遗愿。早在遴选继承人的时候，他就力推选贤不选亲，为此他放逐了儿子商均。现在，族人成为常人，成为庶人，也是他身后合乎逻辑的发展吧。东下冯的羁押，有些苛待，其实也还是符合虞舜王朝的历史走向的。

《平阳府志·帝王》记载："虞商均，舜之子也。皇甫谧曰：女英生商均。或云舜封子均于商，号商均。或又云夏封舜之子商均于虞，在今临晋县之虞乡。"旧时的东下冯，当在虞乡、临晋境内。

中国历史上，这种继承大统废却皇族的事情很多，何况在一个王朝取代另一个王朝的"改朝换代"关节点。

国人说历史，常说"三代以上""三代以下"，由此，辉煌的三皇五帝时代结束了。

尧舜的事业，尧舜的功名，尧舜的气派作风，却是传下来了，千年不息，千年不灭。看看尧舜之乡的民风，就仿佛看到尧舜不死的魂。

寂寞的东下冯，现在就像一件残破的文物孤零零地摆放在曾经的夏都附近。如果路过这个村子，你已经听不到历史尖利的呼叫，只能闻到浓郁的泥土气息。

第四节　旧邦与维新

大约从二十世纪九十年代初期起，舜帝陵这个历史圣地，受到了东南亚一带舜帝宗亲的关顾。世界的眼光开始投扫过来。台湾同胞来这里朝圣，捐款修庙，开始给舜帝塑像。呼啦啦一下子来了一万多人。到 1999 年，泰国的舜帝后裔，来运城，要求看舜帝陵庙。也是一批一批地来。海外的赤子这样关注他们的祖先，让我们这些守着舜帝遗业的子民大受感动，大约也就在此时，修葺和改建舜帝陵的计划，逐渐提上了当地的议事日程。

1999 年，舜帝庙成立了文管所。政府给了第一批启动资金五万元，同时号召文化系统职工捐款。九十年代末期的中国，许多公共工程，都是从职工捐款开始启动的。

耿怀民是第一批到舜帝庙文管所安家的，调了几个人，有了一个小摊子。

原有的历史建筑，先要腾空。核心庙产还是舜帝庙中学占着。迁建学校，盐湖区的方案是，舜帝庙中学部已经逐渐走散，零星安置到其他中学。另在附近新建一所小学，命名"复旦小学"，取"日月光辉，旦复旦兮"之意。将小学搬迁过去。从山门到西曲马村南的老景区，先修葺红墙圈起来，能够简单地开放保护。从曲马村请了几个德高望重的老人担任文物保护员，黑夜白天，先有个守庙人。

这个时候，盐湖区的新任领导班子，已经开始注意到舜帝庙文物保护功在千秋的巨大价值。于波区长来舜帝庙实地查勘，提出了一个方案，舜帝庙老建筑区太小，要发展成为一个景区。

耿怀民开起一辆工具车，区长于波就搬个小板凳坐在车后，在老庙一带兜着转。

靠近山门，多少年陆续有村民搬进来，已经形成了一个村落，这个村子，要搬迁。

就是拆了老村，也没有多大。建成景区，要扩大。于波区长在附近，走到哪里，就召集人商量论证，工地，那时就是他的办公场地。

多次实地查勘，于波区长提出了一个大胆的改建方案，一是迁走学校，按原有格局重建陵庙。二是庙前村整体搬迁，突出足以反映舜帝庙悠久历史的两组古柏，在古柏前建一片可容纳数万人的古柏广场。将来作为祭祀、集会、演艺的场所。三是自古柏广场向南延伸一公里，建成千米神道。整个开发可分为三个部分，第一部分从古柏广场进入山门，经献殿、享厅至陵冢，最后进入皇城。这一块，大体上还是原先保留的旧区历史建筑。第二部分以千米神道为中轴线，向东延伸到运泓路，向西扩展到张贺村路，建成游人休闲娱乐的千亩公园。第三部分是在千米神道南端，修建一座具有鲜明特色的景区大门及喷泉音乐广场，新修一条气派宽敞的东西大街。东至运城到万荣的公路，西至运城到临猗的公路。全长二十公里。

这样一改造，原来窄小瑟缩的舜帝庙，整个一个洗心革面脱胎换骨，由一个小景点变成了大景区。由深藏在犄角旮旯的祭祀小庙变成了大型集会的祖帝广场。由一个看看稀罕的小玩意变成了当地居民追怀休闲的世纪公园。整个一个大手笔。在运城地面，将是一出罕见的自然人文新景观。

整个景区规划，道路四通八达，占地 1778 亩。

关于名称，庙，到处有，随处可见。陵，尤其是皇陵，就罕见了。于是将整个景区称为"舜帝陵景区"，将原来的"舜帝庙"改称为"舜帝陵"。

从此，这个平原上的大冢，有了新的名字：舜帝陵。

将近二十年过去了，无论当地人还是游客，早已经接受了这个改称的名字。

盐湖区的新方案一出，可谓舆论大哗。谁见过将一个五十多亩核心景区，三百来亩的旧景区，一下子在大地上划出一千七百亩！这不是变戏法，这是实实在在的占地建设。这不是好大喜功吗？这不是瞎折腾吗？安安然然四平八稳过日子不行吗？非要闹个鸡毛飞上天不行？

实话说，我作为舜帝庙景区附近的村落人家，当年也一度觉得这个新的舜帝陵简直是大冒进不着调。可以想见，多少盐湖区的老干部和我一样冷眼旁观甚至消极对立。历经二十年的时间，舜帝陵，已经成为河东风景的一颗明珠，成为全球华人怀乡祭祖的圣地。当年的奇兵突进，大胆跨越，已经化作豪情记录。当年的猜忌疑虑，也早已为飞驰的世事所冰释得了无影踪。

那时的土地政策还不像现在这样严格。征地手续复杂，承租就比较简单。盐湖区政府采取了以租代征的办法，很快就和周边的村子签订了租地合同，逐年定时将租地款通过区财政直接划付给农户。这在当时是一个通融的办法。

可以开工了吧？没有想到，铲车刚开进工地，一伙村民立刻上来阻拦。有的干脆躺在铲车前，挡住路不让过去。这是要拼命的架势。于波区长当机立断，一方面组织公安警力到现场维持秩序，寻衅滋事的要带离现场，另一方面，区长也考虑到了农民工作的复杂性。虽然签了合同，村民的思想工作还是要做到位。一个失地的农民，又不了解园区的开发前景，他们对于未来的恐慌，足以酿成群体事件。

杨包村的大喇叭当天就响了起来，广播着一个消息：盐湖区区长于波，将于明早九点到村委会和村民对话，解答全村农民提出的征地问题。

刚抓了几个村民，全村怒火正旺。局面失控怎么办？区委建议多带些人，组织警力维持现场。于波区长坚决反对，人多不好，警力护场更不好。就带了建委主任同行。

这个，很有点"单刀赴会"的意味。

果然，于波一进门，立刻被到场的村民团团围住质问，还有的拉拽衣服，那简直是要动手的样子。于波二人硬是从人群里挤开一条缝，两人护卫着进了会议室。门里门外站满了来讨说法的村民，全看这个一区之长怎样化干戈为玉帛。

于波让打开扩音器，让室内室外的村民，包括全村村民，都能听到对话，一场大型的"现场直播"，一场辩论实况，就在北方农村的一个狭小的空间开始，一个领导干部的声音，一群农民的究诘，就在这里展开，由这里撒播向天空和田野。

于波区长在现场，给大家介绍了景区开发的整体布局和思路，展望了景区的美好前景，预估了给附近村庄里带来的巨大实惠，渐渐地气氛开始缓和。是啊，尽管村民失去了部分土地，但是收入只会比种地更高。守着这么大一个景区，先天的地理优势，这是附近村民的福祉。大发展大开发给农民带来的是机会，有活干，有钱挣，日子只会更好。

明白了情理的村民，情绪慢慢平和，感情逐步拉近，区长身边一群人开始转怒为喜，转而指责那些撒泼闹事的赖人。后来还有进来闹事的，知情的村民先不答应，主动制止安抚自家的乡邻。一个尖锐对峙的场面就此化解，浓烈的火药味，终于变成了喜上眉头握手言欢的画面。

工程顺利展开，以后再没有遇到任何干扰。

拆迁也有不同的情景，并不是一概精明讨价，豪横弹压。舜帝庙前村一共有四十九户人家，整体搬迁是景区开发的最大难点。俗话说"穷前富后"，指的是住在庙前的人家，多为贫寒之家。这些人家大多祖上逃荒过来，庙前的地块，多为庙产，逃难的人家聚居在这里，开始靠施舍度日，久而久之，就在庙前代代传衍，成了永久居民。负责拆迁的去看过，居民房屋大多还是土坯搭建，十分简陋。仅仅依靠政府那点拆迁补助，根本不可能动迁。盐湖区决定统一规划选址建新村。认真听取住户意见，实地考察，拿出一个切实可行的拆迁方案，公共设施政府资金一步到位，适当延长拆迁过渡期。结果不出两个月，全部顺利拆迁。连通围墙一千八百米，没有一户吵闹，没有上访告状。

新村的搬迁地点，就在附近的杨包村北，政府出资购地八十四亩，打深井一眼，架设电力专线，整修绿化巷道，新开一家农贸市场，当年冬天，所有拆迁户就全部搬进了新居——舜帝新村。

盐湖区于波书记，至今为陵区老百姓识大体顾大局而感动。古柏广场祭祀平台顺利建成，和当地民众的自我牺牲息息相关。盐湖区以人民政府的名义，在庙前村原址，专门建起一座全石雕的四面碑楼，将所有拆迁户户主的名字嵌刻在上面，让子孙后代永远记住这些为舜帝陵景区舍家搬迁的中国农民！

陵区建设，景区开发，紧锣密鼓地铺开。

自己规划设计，自己组织施工，边设计边建设，加速推进。

景区大门，两边做成假山，中间搭建一条彩虹，不是说舜的母亲"见大虹意感而生舜于姚墟"吗？这里就是你了解帝舜的入口。

入口广场，两边各树立六根盘龙柱，共计十二根，寓意为禹分天下十二

景区彩虹门

州。盐湖区一班人找到厦门一家石雕厂考察，当场签订合同。柱高九米，直径近一米，自下而上为阳雕盘龙盘绕，这根石柱，必须为一整块石头，不得拼接。连同运输安装在内，每根十万元，总共一百二十万元。如何解决资金问题？盐湖区政协聚集当地民营企业家商议，动员大家捐款认领。结果，十二根龙柱认领券顷刻被抢光。每根龙柱的底座正面，都刻上了捐款企业和企业家的名字。圣地留名，守护大舜，这是多大的美誉。

音乐喷泉的周围，是一道圆形围栏，墙壁上设计什么图案？召集专家认真梳理，概括出舜帝一生最为突出的十二个片段，找到西安，请雕塑专家创作。最终，反映舜帝一生功绩的十二块石刻浮雕安放在音乐喷泉周围，与跳动的水柱，与古韵悠然的韶乐相映生辉，音色图画集众美于一处。入口广场这一带，可谓美不胜收。

千亩大的公园，没有一个湖面怎么行？在景区的西侧，盐湖区的建设者们在这里规划建设了一个人工湖，占地五十多亩。黄土高原多旱年，水从哪里来？从黄河引水进入景区。挖湖的土方在湖边堆成两座土山，山顶之上建起仿古八角亭。两座土山，分别命名为历山和舜王坪，湖称作雷泽湖，寓意"舜耕历山""渔于雷泽"。舜帝陵西侧，原来是学校操场，地势低洼，多年取土，已经成了一个大坑，建设者们因势利导，又开挖了一个六七十亩的大湖。新建的北湖与雷泽湖之间，修建数百米河道连通，在河道横穿景区的路上，修建四座景观桥，分别以舜的四个大臣皋、夔、稷、契命名。湖面之间，有两个小巧的莲池鱼池，池上两座小桥，分别命名为瞽叟桥、敤首桥，一个是舜的父亲，一个是舜的妹妹。这样，北中南三大湖面形成，湖与湖之间水系全部有河道贯通，自由循环，形成了景区完整的水系布局。无论湖上荡舟，林荫小道漫步，亭台鸟瞰全景，无不心旷神怡，沉浸于湖光山色与历史人文的景观，兴致勃勃。

舜帝陵景区的开发建设，自始至终都得到了省市的大力支持。2005年秋，新上任的省长于幼军来运城调研，听说有个舜帝陵，他很惊讶。舜帝陵不是在湖南的九嶷山下吗？怎么咱们这里也有一个舜帝陵？正值深秋，天蓝如洗，林木一片苍翠，古旧的红墙碧瓦展现着历史的沧桑。于幼军省长凝目若有所思。他非常感慨。给这样一个古老的历史明珠拂去岁月的风尘，让它更加光彩夺目，应该是我们这一代人的责任。

于省长表示，陵区开发太晚了，大树太少了，没有王陵的气势。他当即决定由省林业厅负责，从全省调集大松树柏树移栽到古柏广场两侧，在这里形成一个古树群。省市各部门和全省九大林区立即在舜帝庙皇城聚合，部署栽植。全省各林区负责提供二十年树龄的大柏树，从中条山、吕梁山、太岳山林区调运。每一棵树连同树根土球，将近两吨，全部吊车装卸，大卡车运送，浩浩荡荡，行程数万公里，投资千万余元。从 2005 年冬到 2006 年春，这一工程为舜帝陵移植侧柏五千多棵，帝陵由此松柏成林，重现了王者气象。

舜帝陵的开发建设，当然主要是盐湖区一班人操持的结果。回顾往事，他们现在都有一种责任使命完成的自豪和骄傲，这一段流金岁月，当然是他们生命史上一段闪光的刻度。从 2002 年开工建设，到 2009 年离开，于波同志先后担任区长、书记，舜帝陵，是他倾注精力最大的地方。连晚上做梦，梦的也是景区的事情。无论多忙，每天都要去景区看看，到工地转转。外出返回运城，先不回家，直奔舜帝陵看工程。下属也知道，找他办事，如果不见人，到舜帝陵去找吧，十有八九在那里。

于波深情地说过这样一件事，2005 年隆冬的一天，西北风呼啸着，刺骨透心。他正在神道查看，发现前面一个身影，穿着黄色军大衣，迎着风艰难地行走。走近了，原来是林业局的一名干部。这么冷的天你来干什么？对方回答说，神道两旁新栽了大雪松，怕风，四周都用木架子固定着。见到刮大风，局长放心不下，让他来查看。寒冬腊月，两个盐湖区的上下级在寒风中瑟缩地相逢，此时此刻，还有什么说的呢？夜风吹动着两个蠕动的人影，舜帝陵，就在一群人的心血浇灌中长成。

耿怀民是第一个进驻舜帝陵的先遣队员。他说，那时跑工地，来来去去，于波都是穿布鞋，我也跟着穿了布鞋。工程结束以后，他穿烂的布鞋，装满了足足一个编织袋。

大家一起发力，舜帝陵景区建成了，舜帝陵景区的规格上去了，级别上去了。国家公布了国保，现在，正在由 4A 冲刺 5A。

古建专家罗哲文来这里考察，认定这里应该就是舜帝陵墓所在地。

考古学家罗振宇正在发掘位于芮城县的坡头遗址，判断此处应该为"庙底沟二期文化墓地，距今 4300 年至 4500 年"，那么这一带应该属于有虞氏部落时代。听说不远处有舜帝墓园，老人执意要来看看。那时交通还没有如今便利，老人坐上蹦蹦车在陵区转了一圈，欣喜之情难以言表。生于斯，葬于斯，多么合理合情。

2010 年以后，又历经十年的发展巩固，现在的舜帝陵景区已经和运城城区南部连接在一起，成为运城新区的一部分。早在舜帝陵开发之初，占地五十平方公里的盐湖新区建设就拉开了序幕，盐湖工业园占地一千五百亩，入驻企业一千五百家，成为盐湖经济发展的新亮点。2006 年，上下十车道，外加九米宽非机动车道，长达五公里的南风大道全线通车，运城市区、北相卫星镇、舜帝陵新区实现了无缝对接。此后，在景区西侧，建起了可容纳三万人的盐湖体育场及灯光篮球场。为解决周边孩子上学问题，紧邻体育场东侧，建起了可接受三千名小学生的复旦小学。这所小学，已经成为远近闻名的一所学校。这个其实也是盐湖区政府对于周边群众支持新区建设的一个回报。当年他们的承诺，当然是要兑现的。临近舜帝陵路南，可以看到一排一排白墙黑瓦，好似江南的马头墙风格的小院，那是新建的盐湖区福利院，收留全区的孤寡老人，同时面向社会开放，成为一座开放式的养老院。舜帝当年，以德孝名传天下，现在，这里也就是一个小小的德孝文化教育基地。

按照当年的规划设想，新区以优惠条件，吸引运城的大专院校来这里落户。先后有运城职业护理学院、运城学院、运城师范专科学校相继入驻。新区增强了人气，也提高了文化品位。五万多名师生大挪移，在三校之间的综合服务广场立刻红火热闹起来。这一个庞大的消费群体从天而降，立刻拉动了新区消费。公交车、出租车车水马龙，冷清的原野从此人流熙熙攘攘。广场整天人头攒动，激活了一池活水。周边的村民看到了这里头的商机，于是纷纷到三校参与后勤服务。摆摊的、开店的、出租房屋的、开旅店的更是比比皆是。政府付给村民的土地出让金也是连年增长，由最初的每亩二百八十元，现在已经涨到一千元，远远高于种地收入。这个时候，人们方才又想起当初政府的承诺：景区开发不但不会损害老百姓的利益，还会给老百姓带来许多实惠。失地不失业，失地不失利。回想起当年在杨包村大会议室谈判的刀光剑影，人们更强烈感到的是岁月验证了一切。发展，只有发展、进步，才是解决一切问题的利刃。相信发展会带来回报，这也是硬道理。

二十多年过去了，当年带头开发舜帝陵的群体，现在也大多退休了。他们有时候也到舜帝陵来，回望一下自己当年洒过汗水心血的地方。如今，大地已经换了新貌，这里由一片杂草野蒿变成了大道通衢。舜帝在这里安魂，人们在这里安居。一个城市的新区由他们的双手来开垦打造，他们有理由自豪欣慰。路过这里的游客，也许并不认识他们，但是他们的贡献无疑铭刻在了大地上。他们因为将众人的事业作为自己的奋斗目标而受人尊敬，舜帝永存，事业永在。似乎一切都将逝去，但正如马克思所说——

> 如果我们选择了最能为人类福利而劳动的职业，那么，重担就不能把我们压倒，因为这是为大家而献身；那时我们所感到的就不是可怜的、有限的、自私的乐趣，我们的幸福将属于千百万人，我们的事业将默默地、但是永恒发挥作用地存在下去；面对我们的骨灰，高尚的人们将洒下热泪。

第五节　游览舜帝陵

终于有一次游览舜帝陵的机会。

运城现在到舜帝陵，可谓通顺畅达。车行半个小时，你就可以逐渐闻到一座大型园林的气味，车道开始变宽，这就驶进了十个车道的复旦大道。视野辽阔，野旷天低树，两边的楼房再不像城里那样居高临下，如同压顶。一切都提示着，我们到了田野，到了土塬，到了一个可以放飞心情、领略古今的凝神驻足的地方。

修葺一新的舜帝陵，以崭新的面貌迎接客人。一到公园大门口，首先映入眼帘的是，两座大山，托起一道彩虹，十二根盘龙柱挺立两侧，中心喷泉水柱腾空而起，"南风歌"余音袅袅，左侧"舜帝陵"三个大字赫然入目。以山做门，两山相对出，半山腰青松摇曳，紫藤缠绕，清泉潺潺流下。一条笔直宽阔的神道从大门口直通陵区，这里，就是我们观古知今、领略神明的入口处。

舜帝陵公园的布局，大体上景区在前，陵区在后。景区又分为舜帝广场、舜帝大道、舜帝公园。园区尽可能利用原来的地形高低，造山蓄水，高处可攀登，低处可亲水。亭台楼阁，点缀在高点望湖。水面上波光粼粼，涟漪潋滟。景区前后有三个人造湖，三水相连。最大的湖叫雷泽湖，取舜渔雷泽之意。雷泽湖在景区西部，大湖横置一侧，湖上有木桥，横跨东西，圆木搭建，两头平铺，水中拱起，造型古朴美观。湖边有护栏，一律用白色大理石做栏杆，柱头雕刻石狮，称为千狮护堤。两湖相通处用石拱桥，小桥蜿蜒，南水北水互通款曲，静水深流。

景区内，到处绿树成荫，飞花点翠。神道西侧有好多家主题花卉园，一片桃林，就叫桃花坞，寓意舜的出生地姚墟村桃林。花卉区分为百花洲、湖山点、松梅苑等九个区。神道东侧有百米凌霄花廊、石榴园、木槿园、芍药园、月季花墙、紫藤花墙。好一个百花齐聚，气象万千。

行走在园区，山水秀丽，爽气袭人。依湖岸，远眺历山，上有八角亭，身旁是竹林，风吹过，袅娜一片，竹林一边，竖起片石，刻前人诗赋名句。山水如诗如画，诗画融入山水，真叫人心旷神怡，心扉敞开，畅享大自然的赐予。

在景区到陵区的入口处，精心设计了护城河，环抱古柏广场。护城河新建了汉白玉围栏的孔桥三座，中间为重华桥，两侧分别为娥皇桥、女英桥。护城河自东至西，环抱着陵区，河水清澈见底，是赏河观鱼的绝好去处。就在护城河顶端，恢复重修了"有虞帝舜陵"牌坊。

重华桥

　　总归是熟悉的物件，一眼就注意到那座年深日久的石牌坊。

　　少年时代的亲近一下子弥散又聚拢来，至今见到它，还有一种久别重逢的感受。

　　舜帝庙这一通牌坊，据庙内石碑记载，就坐落在原来余林村旁的大路上，原来是木制棹楔，上书"有虞帝舜陵"。清嘉庆二十年（1815年）河东大震以后，由本县官员倡议重修舜帝陵庙，安邑县知县改木为石，从此变成了石牌坊。

　　石牌坊为三门三层式。一排一排横竖石条榫卯结构，环环相扣，紧密牢固。两侧的石条一律用华拱，横梁之间用方头连接。结构精巧古朴，全用石材，又平添了凝重肃穆。顶端有额，额题"鸣条"，竖写石刻。中大门楣书"有虞帝舜陵"，行书。右小门楣中间书"安邑县知县秦恒炳建"，"嘉庆二十三年三月十九日吉时"，左书"首倡义修人王步洲"。

　　这座石牌坊六十年代开始坠落石头构件，完全倒塌在1977年，到八十年代，那些坠地的原材料就已经被附近居民捡拾，从此散落民间，下落不明。

2002 年运城方面重建石牌坊，重新在民间找到一些散落的零碎材料，以此为依据，用新石料代替，依照原状复制重建石牌坊，立于神道正中的护城河前，成为从景区进入陵区的明显标志。

从 1815 年始建，到新中国成立，它已经历经一百多年的风云沧桑。二十世纪六十年代，少年的我看到它，石面风雨剥蚀，点点斑迹，文字开始漫漶。一旦秋季连阴雨，石桁石柱会长出青苔。农家赶着大车从中门咣当咣当驶过，它像一个老人，苍老而憔悴。

2002 年，历史就这样翻开了新的一页，这一座阅尽人间春秋的古牌坊，又一次以全新的面貌重生，矗立在舜帝身旁。由于拾级而上的底座，牌坊更加显得巍峨高大，新建的飞檐脊顶，于古朴之中，又增几分华美。

重修舜陵石牌坊

经牌坊进入古柏广场，新修了一个祭祀亭台。为了方便大型祭祀活动，制作安放了一尊六米多高的舜帝坐像。如何塑造舜帝的形象？不属于室内供奉，不宜正襟危坐。集会祭祀，也不宜太过随意。运城方面抓住民本思想这个核心，采用坐姿，手抚五弦琴，吟唱南风歌，聘请中央美院的师生设计。

雕像全用白色花岗岩，舜面带微笑，慈祥地凝视正前方，左手抚五弦琴，右指好似弹离琴弦向外伸张，又似乎向众人招手致意。微微斜摆的胡须和上卷的袍角，恰似舜帝巡行在盐池北岸，居高临下，面南而坐，南风习习，扑面而来，南风歌悠然传响。身后是千年古柏围绕，四季常青。这里，成了每年金秋大祭的理想场所。

舜帝抚琴坐像

舜帝陵陵区的几棵古柏，历来都是游客趋附的景点。死柏抱活柏，本来就是大自然的奇观。一组"连理柏"，一组"救驾柏"，历史传说赋予草木更加神异的色彩。只要走近古柏，可以看到，活柏依然枝繁叶茂，郁郁葱葱，死柏倚靠着同伴，虬枝向天，枝干裂出深深的纹路像是千年的瘢结，又像是百年的皲裂。两组古柏，粗壮都要好几个人合抱，在扎根的地面，更是拱起土丘，老根如龙爪，似乎抽离又伸扎下去。树身掏空，露出又长又深的罅隙。老根抽离，不知它是怎样顽强地贴附大地，显示自己与天地共存的生命力。两组古柏，夹道耸立，枝叶交错，老根如狮奔虎伏，枯枝扎进蓝天，如苍龙举爪。大自然鬼斧神工，令人叹为观止。沙漠胡杨，曾经作为艰苦卓绝傲然挺立的奇迹树，我看舜帝庙的古柏，也称得上生而千年不死，死而千年不倒，倒而千年不朽，是大自然的化育，也是亘古未有的神迹。

舜陵古柏

这两组古柏各呈其姿。在西边那一组，为了支撑树体，砌起了一座四方砖柱，砖柱之上，镶嵌着一帧碑刻，为清代光绪二十六年（1900年）杜居实所撰，碑文题目为《鸣条古柏录存》。碑文记载了舜帝庙内古柏林的沧桑。依碑文所说，原舜陵内古柏林立，数十围的大柏树就有五十多棵，南下的长坂夹道的两对夫妻柏还不算在内。这些柏树"肃深古茂，几千年物"，在此"护帝陵，表圣迹"。但自明代到清代，为筹款修庙，有过五次成批量的砍树筹款。再加上以后的天灾人祸，对柏林的损坏更加严重。即便这样，到光绪二十六年，庙内的古柏，五十余围的还有五棵，四十余围的还有八棵，二三十围的十棵。以后栽植的一二百年的柏树不算。可以想见，当年陵园里的古柏，参天成林，气势恢宏，一片青黛肃然。

清人有诗赞颂："庙炎肃然香焰袅，冢碑高卧石苔新。森森古柏风吹响，韶乐依稀尚未泯。"

杜居实叙述，同治年间，他曾经同自己的老师阎敬铭文介公同游栖岩寺，就是那个做过几省巡抚的阎敬铭。黄河对岸的陕西同州人，同治年间闲居于永济虞乡的王官峪，常与弟子交游。一日在栖岩寺遇一大柏，约四十围。老师说，此秦汉物，见所未见。学生立即对老师说，这个远不如鸣条古柏那样苍老，而且这里只有一棵，鸣条数以十计。五十围大，远望枝干，像飞龙在天。阎敬铭以为他这是夸饰之言。直到光绪年间，阎敬铭奉诏北上，任户部尚书、文渊阁大学士，过鸣条岗参拜，见古柏而惊讶不止，对身边的人说，我的学生不是夸海口啊！

杜居实非常感慨，他说，自古以来，瞻拜陵墓的王公大人，修建殿厅的官绅士庶，为陵庙著说勒碑的文人墨客不知有多少，随着时光流逝，都消失了。"唯有鸣条老苍柏，寒来暑去总不知"，人多物化，罕有存者，唯有古陵与古树，足以向后世证明鸣条的历史沧桑。滥动斧斤者，慎思诚勉吧。

舜帝陵的古柏，屡次砍伐，日渐凋零。一直到2002年，运城方面大规模改造扩建景区，山西全省各大林区调运二十年树龄以上的大柏树，从冬到春，移栽侧柏五千多棵，从此松柏成林。苟延残喘的几棵苍老的古柏，终于可以舒一口气，舜陵，不必再担心陵区没有柏树了。

舜帝陵的建筑景观，有许多，都是这样历经几次毁建，呈现在眼前的样貌，背后都有复杂曲折的故事。

从景区到陵区，要经过一道山门，又称仪门，它是整个中轴线上的一座主要建筑。2002年修复时重建。

山 门

仪门是一座二层仿清代的古建门楼。重檐歇山顶，内部结构为楼阁式。正门两旁分别写着"德圣""孝祖"两组大字，高标舜的精神核心。两侧小门附有东西对应的盘龙砖雕廊壁，前后栏额雕刻着花草缠枝、三星高照、富贵平安等晋南民间流行的系列吉祥图案。斗拱特制作成象头形象，喻示舜帝"执大象而天下往"的含义。台阶两旁的护栏石板上是舜的生平浮雕。柱石矗立，飞檐高耸，似凌空欲飞。大道渐次升高，仪门显得更加高大巍峨。拾级登楼，整个景区陵区尽收眼底。北望孤山，南揽鹾海，极目远眺条山横卧，好像看到了天尽头。

山门是 2002 年修复时新建，清代以前为何形制，已经无从稽考。

清至民国，有三次重修。

第一次为康熙元年（1662 年），安邑县令见陵庙总门只有一间，窄小薄朽，周围围墙黄土剥落，有的已经倒塌，于是倡导修复，修围墙，建大门。那时都是土墙，山墙包裹一层砖面就不错了。

第二次为康熙六十年（1721 年），主持修建的为陵区周围四村，当时陵庙集会香火旺盛，进出一间门，往来出入非常不便，于是将穿廊山门改为三间大门。修庙费用呢，砍伐五棵柏树，卖材得银一百五十二两八钱。

第三次为民国三十五年（1946 年），还是四村人主持修复。山门、卷棚、围墙多年风雨剥蚀，狐鼠出没，鸟雀穿毁，难以支撑，四村公议，变卖古柏筹集费用，共花费国币十万有余。记载说，修复之后，"山门庄严，卷棚明目，峻墙雄立"。其实真正的高大巍峨，雄伟壮观，当然是在 2002 年的大筹划大建设。

舜帝陵的陵区核心，无疑就是陵冢和皇城这一块。皇城又名"离乐城"，取离位享乐的意思。又名"牧宫"，《安邑县志》载，"舜始封虞，暮思归邑，禹乃营鸣条牧宫以安之"。说的是舜在晚年想回到自己的封地休养，禹便在鸣条岗建造了牧宫，以便舜颐养天年。有了禹的安顿，才有了安邑这个古地名，一直用到现在。据庙内碑文，皇城在明正德年间就见诸记载，嘉庆年间大地震以后重修。2000 年修复时，皇城仅仅留下正面的城墙，依照原始的式样，弥补，恢复，加持，于是有了整新如旧的内城。

皇城布局完整，巍峨壮观。似这样的庙中之城，世上罕见。站在城墙面前，森严的门洞，无尽的堞楼，令人遐想，在那个遥远的年代，舜就在这里结束了他治理国家的使命，眼看山河无恙，他会再弹起五弦琴吗？

皇 城

陵庙中的舜帝陵冢，这是游人最终抵达的愿景。冢为一处高大的方形土丘，四周由清代砖砌的花墙围护。东西长十三米，南北宽十二米，高约三米。冢前围墙中镶嵌上下两块石碑，上碑刻"有虞帝舜陵，明万历辛亥孟春东郡邢其任书"，下碑刻"帝舜陵"，楷书，碑额刻日月祥云。这个邢其任，明万历年间任知县，后提升为户部主事。

舜 陵

土冢上有几棵古槐古柏，树身粗壮，树冠宽大如盖，仿佛专为遮挡风雨侵袭一般。尤其东南角那棵古柏，看来历经千年，数十围粗，五枝虬蟠，傲然屹立，人称"五子登科"。舜陵，是拜谒舜帝最亲近的地方。常有游人学子于此下跪，低头伏地，追怀这位开启中华文明时代的先祖。

他就这样静静地躺在这里，看着千代百代，日月照耀，人事代谢。杀伐之声在耳，男耕女织，却也是平和的承传。中华一脉，历久弥坚绵绵不绝。

舜帝陵，还有几家小型的纪念祠，从建筑的规模来讲，也许不那么宏大，可也是十分耐品的杰思佳构。比如在舜陵的东西两边，一边关公祠，一边敤首祠。这个敤首祠，就有些创意。原来这个地方也就是个娘娘庙，这个娘娘庙，究竟供奉哪一位娘娘呢？建设者们推测，是不是舜帝的妹妹敤首呢？据传说，敤首可称为中华画祖。听说当地修建舜帝陵，国内工笔书画家潘絜兹在 2001 年两次来信，阐述自己的意见。她认为，关于画祖敤首是可以确认的，自有独立的绘画以来，她是文献有据

关公祠牌楼

敤首祠牌楼

的第一位女画家，又是舜的妹妹，可以配祀运城舜庙，也是画坛佳话，自此画家们可以来这里寻根问祖。像历史上许多先贤一样，他们配享香火，对文化旅游都是功德无量的事。潘絜兹先生特意画了一幅嫘首画像，于是盐湖区从外地迁建了两处民居，以潘絜兹手书"嫘首祠"制作牌匾。当地的民俗学者进一步到民间考察访问，搜集素材，制作了一幅嫘首作画的汉白玉雕像，安放在祠堂，供人祭祀。在广阔的舜帝陵区，在舜帝的身旁，还有一座小小的祠堂，纪念中国的画祖，游客到此，也是一个意外的惊喜吧。

舜帝陵景区内，还有一处李健吾纪念馆。

李健吾是辛亥革命名将李岐山的次子，舜帝陵下的西曲马村人，我国著名的文学家、翻译家。修建舜帝陵的时候，盐湖区委派专人赴北京，找到了李健吾的遗孀尤淑芬女士，老人已经九十多岁，运城方面和其家人子女协商，收集了李健吾生前部分办公生活用品、大量的写作资料、生平活动资料及图片，在游客中心建了一个永久性的李健吾纪念馆。

李健吾先生在八十年代初，曾经回乡探望。童年在故乡度过，舜帝庙是幼小的李健吾时常进出的场所，他写了《梦里童年》，回忆幼年在舜帝庙看戏。"晚年想起来，幼年时最喜欢的是春节前后几天，村民们吵嚷着，争抢着，抬出关帝爷的神像来，把神像抬到舜帝庙里。那个快，那个跑！赶到舜帝庙，往神座上一搁，就开戏了。"

舜帝庙景区，安放一个文学家，一个先祖画家，景区的上空，立刻飘落了浓郁的艺术彩云。面对严肃的历史宫墙，文学艺术的彩笔伸进来，庙宇，立刻具备了另一种风采。

西曲马村就在舜陵之下，先烈李岐山墓，就在陵区的红色宫墙外。

一条公路，对面就是墓地。

李岐山，西曲马村人，辛亥革命名将。1911年武昌起义，李岐山在太原举义，任五路招讨使，年底该部缩编为混成旅，李岐山任旅长，在鸣条岗屯田驻军。袁世凯称帝以后，李岐山在晋南起兵反袁，后任陆军部少将参议。1920年，为调解山陕两部合作入陕被杀害。河东军民为了纪念烈士，将李岐山公葬于大云寺，即今天的旧址。

墓地非常简朴，两冢黄土，埋葬李岐山兄弟烈士。四周用砖砌起围护，打开一个小门，可以看到祠碑"李先烈祠""辛亥革命陆军少将李岐山，马军统领李九皋之墓"。

先烈虽死，身躯不倒，他好似依然一身戎装，赳赳武士披坚执锐，守护着家乡，守护着河东大地，守护着千年舜帝陵。

将军墓地，千载大冢的最高点，站在这里，可以极目远望，俯视四方。

向北不远，就是流经河东全境的涑水河，涑水河北岸，是逶迤百里的峨嵋岭。数十里外，有一座稷王山，后稷教民稼穑就在这里。舜帝陵南边，是中条山，山脚下是千年盐池，黄帝大战蚩尤在此。黄帝的第一任宰相叫风后，他安葬的地方叫风陵。黄河于此拐弯东流，山陕两岸来往必经之地，有渡口，名叫风陵渡。

陵区的舜帝陵，经历千年流变，终于由一座皇家陵阙，演变成为远近知名的世纪公园。

回顾舜帝陵百年毁建的轮回，我们可以清晰地看到，除开大自然的风雨剥蚀，雷电轰击，人为的损毁其实是主要因素。无论陵区的原住民的影响，古柏的砍伐，牌坊的遗落，还有一座中学的耗损，景区多年的衰败事所必然。所幸的是，舜帝陵赶上了世纪之初的大开发大建设，无论拆、建、修、补，都是前所未有的投入，前所未有的推动。一个空前巨大的力量，摊开了一个空前巨大的画图。那么唯愿以后的舜帝陵景区陵区，不再遭受干扰，不再遭受侵害。让草木安然地生长，让城乡平和，发展建设，在这块土地上，祥光普照，云蒸霞蔚。那么，我们新盖的亭台楼阁，会长久。我们现栽的柏树，会一圈一圈重新积累新的年轮。我们在重建殿厅宫室，修补遗缺，这也是一个民族的精神省思和重建，重塑金身。历史也许就会这样接续，远古的文明，有起伏有曲折，不会中断。

"乐游原上清秋节，咸阳古道音尘绝。音尘绝，西风残照，汉家陵阙。"这是李白留给我们的一幅画面。站在岗上，凝神思索，历史更替，雄阔绚丽。

鸣条岗上，西风猎猎，落日熔金。收进眼底的，是一天云锦。

（本章图片均由盐湖区博物馆卢银山提供）

第四章 在今朝

第一节 穿越四千年的遗产

尧舜功高，万世为人敬仰，他们开创的祖制，一直延续下来。尧舜又是德行表率，万世师表，后人传颂了几千年，敬仰了几千年，继承了几千年。弘扬传统文化，尧舜就是一切良俗美德的源头。只要谈起德孝，中国人言必称尧舜。那么，尧舜对一个民族的伟大贡献究竟是什么，尧舜留给我们的伟大的遗产究竟是什么？我们需要具体梳理一下"祖述尧舜，宪章文武"的现代意义，尧舜无疑是源头，是先祖。

在器物层面和技术层面，尧舜留给我们的遗产是显而易见的。农业种植，饲养家畜，制陶技术，这些都是尧舜时代一直沿用到现在的。动植物的驯化，畜力牵引，这些无疑都与尧舜时代有关。一直到改革开放以前，牛拉木犁，还是乡村耕种的主要方式。走出丛林，告别狩猎，辨识五谷，播种收获，走向农耕文明。

关于农业文明，我们一定要谈到尧舜时代的观象台。

2003 年，正在发掘的陶寺现场，发掘出一处大型圆体夯土建筑，总面积约一千四百平方米。其建筑形状奇特，原为三层台基，附属建筑设施很多，规模宏大，是陶寺建筑中最大的单体建筑。据专家们的推测和反复观察，确

陶寺遗址观象台

定其功能与观天象和古代祭祀有关。这个结论一旦成立，那么陶寺观象台就成为全世界最早的观象台。不久，又在同一地方挖掘出一道弧形夯土柱列，共 11 个土柱，土柱与土柱之间间距是 15—20 厘米，形成了 10 道缝隙。这些柱间缝隙从台基中心的观测点开始，像扇面一样分对着崇山的各个山峰。看来，这些柱缝隙是专门为观测太阳出山时刻与山峰在缝隙中的投影变化而设置的。这就可能与史书记载的传授天时有关。

这个结论，首先使人联想到《尚书·尧典》中关于尧"敬授民时"的记载。《尚书·尧典》在开篇赞颂了尧的功绩之后，紧接着讲述尧的政务就是派员观测天象、制定历法，文章大意如下：尧委派了几个臣子，分给任务。臣子一敬顺上天的旨意，推算日月星辰运行的规律，制定出历法，并把时令节气告诉人们。为了把节气和时令搞得更加准确，帝尧又分别命令臣子二住在东方的旸谷，恭敬地迎接日出，辨别和测定日出的时刻，以昼夜平分的那天作为春分，以鸟星见于南方正中之时作为确定仲春时节的依据。又命令臣子三住在太阳由北向南转移的明都之地，辨别测定太阳向南运行情况，恭敬地迎接太阳的到来，以白天最长的那天作为夏至，以火星见于南方正中之时作为确定仲夏时节的依据。又命令臣子四在西方叫昧谷的地方，恭敬地送别落日，辨别测定太阳西落的时刻，以昼夜长短相等的那一天作为秋分，以虚星见于南方的正中之时作为仲秋时节的依据。又命令臣子五住在北方叫幽都的地方，辨别测定太阳向北运行的情况，以白昼最短的那一天作为冬至，以昴星见于南方正中之时作为确定仲冬的依据，这时人们住在温暖的室内，鸟兽长出了丰满的细毛。

华夏大地早期国家雏形，一个最突出的国家功能就是观测天象、制定历法、敬授民时。那个时候，人们对二十四节气的掌握还处于早期阶段，一般人更是懵懂无知。从事农业生产就必须掌握农时，当时统治者的一项大事就是发布农时，否则，就是不负责任。观测天象并不像今天是一件平常的事情，它是关系到国计民生的大事。每当观测到某一个节气到来，都要向全国发布节令，人们要举行相应的祭祀活动，生产活动也由此调节。

如果这一推测成立，那么这就是中国最早的观象台。据记载，尧舜时期不但测定了二十四节气，也测定了一年的天数、掌握了四季交替的节点。《尚书·尧典》就有"期三百有六旬有六日""以闰月定四时成岁"等历法的记载。这些历法不会凭空而来，发现陶寺"观象台"无疑证实了"观天授时"活动的存在，印证了《尚书·尧典》上记载的"历象日月星辰，敬授人时"的真实性。

自打我们在上小学时，就已经学会了《二十四节气歌》。从幼小的时候，我就知道了二十四个节气。尽管对这些节气的真正意思当时并不明白，但我还是很喜欢这首简单明白的节气歌。

这个带有明显中华民族特色的节气歌，是我们这些孩子的启蒙歌，后来长大了，我才明白什么是节气。出身于农民家庭的我，懂得了节气对于农民生活的重要性。比如播种，白露种高山，寒露种平川；清明前后，点瓜种豆。我这才知道，节气对农民来说，实在是太重要了。我对于发现节气的人就怀上了一种深深的敬意。先人太伟大了，能从纷繁复杂的气象变化中发现二十四个节气，并确定下来形成历法。这个时代，就在尧舜时代。

也就在那个时候，已经有了世袭相传的观测天象的家族，出现了家传，世家，舜的父亲瞽叟不就是鼓起眼睛仰观天象的官员吗？

二十四节气究竟起于何时？一般人认为，《尚书·尧典》中的仲春、仲夏、仲秋、仲冬就是指春分、夏至、秋分、冬至。这应该看作是二十四节气的初始阶段。

《左传》就有了两分、两至、四立的清晰记载。到西汉时期的《淮南子》

已经完整，和现代的二十四节气完全一致了。

尧舜时代，能够根据天体运行勘定历法，接着催生了"岁"这个概念。尧规定了三百六十六天为一岁，确定四季为一岁，有了闰月。这个，实在是一个伟大的开端。

我们曾经一直有人怀疑，先祖们在那样简陋的年代，他们到底用什么工具观察日月的运行规律，又怎么把一年四季划分得那样准确。直到在临汾的陶寺村见到古代的观象台，许多人的疑问才开始消散。

2003 年，在陶寺现场发现的中国最早的观象台，雄辩地说明了中国古代勘测确定历法，从尧舜时期已经开始。

那么，陶寺是它的起点吗？

我国古代很早就有立杆测影以定四时的科学计算方法。古代的日晷早已存在了几千年。运用日晷，测定冬至之日中，夏至之日中，也已经是很悠久的历史。

根据《周髀算经》的记述，尧居之地的"地中"，地表日晷的晷影为1.6 尺。

陶寺考古的发现和研究，这个地方，夏日表影长为 1.69 尺。

这说明帝尧初居之地并不是陶寺，还有一个日晷晷影为 1.6 尺的地方，才是帝尧初居之地。

中国社科院考古专家和国家天文台经过反复测定反推，证明全国夏至日晷晷影 1.6 尺长的地方只有三个，一是河南登封，一是山西陶寺，再就是垣曲。专家最后确定，尧所在的"地中"，只能是垣曲东关。

有日晷作证，有当地的仰韶庙底沟二期文化遗迹，那么可以认定，帝尧早年在垣曲，从垣曲走出，而后迁去陶寺的可能性最大。

最早的历法，最早的观象台，诞生在垣曲县城东关。

2018 年，央视《中华文明探源》来到垣曲拍摄专题片，报道了这个消息。

尧舜时期对于中华文明的开创之功，又一次得到证明。农耕狩猎，历法测算，驯化养殖家畜，抟土制陶，织网捕鱼，这些远古时代就伴随着祖先的技艺，如今不还是我们身边常见的情景吗？抚今思古，睹物思人，岁月亘古。先人们留下这样丰富的遗产，我们这个族群，幸甚至哉。

在尧舜的时代，中国社会开始了由原始部落向中央集权的国家形式的过渡，这是制度层面的最大变化。

自黄帝至尧帝，虽然历代帝王都在为实现统治全国做过努力，但并未形成集中统一的中央统治机制。没有统一政权，也没有统一法令。参加部落联盟的各氏族的首领们，实际上是一地之王。他们虽然承认帝王的至尊之位，表示臣服，但这种臣服只是一种承诺。各个部落的首领们在需要之时，就来朝见帝王，以表示君臣之属，这样，若有外患，就有结盟的实力来威慑。而在部落内部，没有中央政令干预，往往是我行我素，各行其是。舜执政以后，开始安定社会，发展农业，他要在全国推行自己的治国主张，开始一步一步施展自己的治国方略。他先收下四方诸侯来朝进贡的五种玉器，这五种玉器是桓圭、信圭、躬圭、谷璧、蒲璧，然后选择良辰吉日，分别接见来朝的四方诸侯，按照各方实力大小，分封爵位，让他们各领一方。立为公的执桓圭，立为侯的执信圭，立为伯的执躬圭，立为子的执谷璧，立为男的执蒲璧。他巡狩四方以后，把天下分为十二州，分封了十二州诸侯，让他们各领其地，各司其事，然后每五年巡视一次，了解民情，查看各路诸侯执行中央政令的情况，考绩并决定赏赐。还规定诸侯定期来朝觐见，汇报政绩。为明确职级，让各阶层官员明确自己的责任，舜还规定了各级爵位的官职衮服，以日月、山龙、华虫、宗彝、藻等十二种图案和色彩作为十二章，以明确爵位官职等级。天子十二章，公侯九章，伯七章，子男五章，卿大夫三章。

舜所推行的职级制度和爵位，都是为中央集权和推行政令服务的。他完善国家管理机制，推动机制运作，为国家机器的初步形成奠定基础，后来的国家机构，就在这一时刻初步孕育成型。

应该看到，国家机器，既有让民众服从的一面，也有让民众监督、自我监督的一面。这个便是早期的民主制度的萌芽。

可能有好多人还不十分清楚尧舜时代的诽谤木和四岳制度。

所谓的诽谤木，就是在门前立一根木柱，上面横着一块木板，让人们把意见写在木板上。据说还有一块响木，谁要是有意见要提，就敲响那块木板，帝尧就会出来接见。

按照现代人的语义，诽谤是一个贬义词。"诽谤"一词，从字面上理解，"诽"是背地议论，"谤"是公开指责的意思。而在古代，则是指议论是非，指责过失，与后来的"造谣中伤"有所不同。故而，"诽谤木"是君王勇于纳谏纠错的象征性表木。

现存文献对诽谤木的记载，最早见于《史记》。后来历代史书多有记载。诽谤之木最早起源于上古时代的尧舜，这是毫无疑问的。

既然是木头，我想一开始也不过是竖那么一根木头而已。一根光秃秃的木头，上边绑上一个木头箱子或者一块带响的木板。这根木头就立在帝尧办公室的前面。哪个老百姓对目前的政策有什么意见，或者在生活中受到什么委屈无处诉说，或者对帝尧本人有什么意见，都可以直接找到诽谤木，把自己的意见贴到那块木板上，这有点类似我们现在各个场所都能见到的意见箱。或者在响木上哐哐地敲上几下，办公室里的帝尧听到响声，就知道有人要向他反映情况，赶紧出来接见。就像现在我们政府部门设立群众来信来访办公室一样，目的就是接受群众的意见，接受他们提出的要求。

这根诽谤木就是一个标志：标志着帝尧时代的仁爱、民主，标志着中国历史上的民主制度其来有自。

诽谤木，开始就设立在宫室门口，随后就进一步扩大范围，在四通八达的十字路口，都要树立诽谤木，让国民充分表达自己的意见，或任意敲打响木，发泄不满。以求达到上下通达、政通人和的目的。从这里不难看出，我们的先祖就已经懂得了实行民主制度，给国民以批评各级官吏的言论自由。

后世历代帝王中，真正做到像尧舜那样虚怀若谷、虚心纳谏的帝王，恐怕非唐太宗李世民莫属。唐太宗李世民是中国历史上可以和尧舜相媲美的明君。他在位的时候，曾发文诏告大臣，如果发现皇帝的过错，要敢于忠言直谏。李世民曾有几句著名的话，曰："以铜为镜，可以正衣冠；以古为镜，可以知兴替；以人为镜，可以明得失。"正因此，他在历史上成了善于纳谏的明君，手底下也有几个敢于进言的直臣，比如魏征。

唐太宗很害怕君主深居宫中，与世隔绝，听不到老百姓的声音，难以洞明天下。唯恐自己偏听偏信，造成难以弥补的失误。所以，他仿效帝尧，虚心纳谏，终于打造出一个贞观盛世，他本人也成为历史上著名的开明君王。

对诽谤木的态度，可看出一个君王治国的理念和胸怀。作为暴君的秦始皇，他就喜欢一个人独断专行，天下都要听他的指令。当他登上帝王的宝座之后，所做的一件大事，就是把宫门前的诽谤木撤掉。

秦以后的许多帝王，为了标榜自己的仁德，还是把诽谤木堂而皇之地立在宫殿之前。汉代的时候，诽谤木上面增加了一个横木，从形式上来说显得气派了，而且用途也扩大了，树立在十字路口，用作路标。到了唐代，诽谤木由原来的木质变为石质；不仅在宫前树立，还在帝王的墓前树立，称之为墓表。而到了明代，演变成我们现在所看到的华表，实际上就成了一种装饰。

古人所言华表木的形状与现存的天安门前的华表大致相同。只是华表的"谤木"作用早已消失，上面不再刻以谏言，而为象征皇权的云龙纹所代替，成为皇家建筑的一种特殊标志。

现在北京天安门广场的正前方，竖立着两尊高大的汉白玉石柱，石柱拔地而起，直指苍穹；横生的云板像是两根羽翼，有一种凌空入云的气势；柱上盘绕的巨龙，昂头向上，跃跃欲飞，好像在天空播云布雨。这就是国人皆知的华表。它和天安门早已融为不可分割的整体，成为中国、中华的象征了。多少人来到天安门广场，抬头仰望巍然挺立的华表，内心就激荡起层层波澜。也许人们已经不知道这根挺立的华表究竟代表着什么意义，也许它已经仅仅成为天安门前的一个装饰，但蕴含在这根石柱上真正的文化意义，却永远也不会磨灭。

尧时的诽谤木以横木交于柱头，指示大路的方向，天安门前的华表仍然保持了尧时诽谤木的基本形状。

天安门前的华表，柱身上都雕刻着盘龙，柱头上立着瑞兽，它们和天安门前的石狮以及两侧的金水桥一起烘托着这座皇城的威严气势。古朴精美的华表，与巍巍壮丽、金碧辉煌的故宫建筑群浑然一体，使人既感到一种艺术上的和谐，又感到历史的庄重和威严。华表实际上已经和中国古老的制度文化紧密相连，从某种程度上也可以说是我们国家形象的一种标志。

追古思今，华表初立，实际上其主要作用是纳谏。

从诽谤木到华表，从最初一根简简单单的木柱，到现在一围高大挺立的石柱；从最初的光秃秃的木杆，到现在满是雕刻精美的花纹；从最初一个小山沟小茅屋门口的意见箱，到昂然挺立在天安门广场成为权威的标志和象征，这中间，经历了几千年翻天覆地的变化，经历了几千年的风雨沧桑，它反映了国民对民主的追求，反映了统治者对民间声音的重视。虽然时代变了，领导人搜集民间信息的方式和方法已经非常先进，已经不需要靠老百姓敲着木头来表达自己的意见，但华表作为一个象征仍然挺立在天安门广场，它是一种精神，它是一种文化，它是一个古老的传统，它时时在提醒我们的后人，国家实行民主制度，鼓励国人建言国是，这个本来就是制度设计中不可或缺的重要内容。

尧舜时代，不但设立诽谤木，各级官吏的官衙，还设有"敢谏之鼓"，《吕氏春秋》和《淮南子》都有记载，"尧置敢谏之鼓，舜立诽谤之木。"

"敢谏之鼓"设立于朝，无论官员百姓，谁对朝廷有什么意见或建议，都可以击鼓，然后向帝王或负责这方面工作的官员提出来。诽谤木演化成天安门前的华表，而谏鼓渐渐演化成衙门前的堂鼓。在中国的土地上，所有的衙门前都要置一堂鼓，供告状之人敲击。听到鼓声，县令就要立即上堂，犹如接到圣旨一般，不敢推延。这一行为实际上继承延续了尧舜诽谤木谏鼓的警示作用。

尧舜的谏鼓诽谤木，让我们看到了远古时期民主政治的某些设想。开通民主渠道，让老百姓说话，深得人心，也为后世明君赞赏和仿效。

与诽谤木谏鼓同时并存的另一种民主方式，还有四岳制度。尧舜在处理一些重大问题时，都要同四岳商量，听取他们的意见。四岳制度，实际上是氏族部落联盟中实行的民主议事制度。四岳是部落联盟内部具有决策权的人物，他们有的是本氏族的上层人物，有的则是联盟内其他氏族部落的首领，是一个贵族元老集团。四岳制度就是早期的政治协商制度，问政于朝野，避免皇权专制造成重大决策失误。这些尽管都只是某种朴素的简单制度设计，其中的民主思想的萌芽，也是值得珍视的。

我们还可以从尧舜的"协和万邦"战略思路，思考中华民族"大一统"架构的形成和长久维持的动力。

我们现在时常说"命运共同体"。这虽然是一个新概念，但却是一个极其古老的事实，尤其在中国，渊源极远。中国自古就是世界上人口最多的地区之一，加之族群众多，在上古时期，就已经是小邦林立。中国原始社会的鼎盛时期是尧舜时代，鉴于当时"天下万邦"的社会现实，尧提出了一个道德理念："克明俊德，以亲九族；九族既睦，平章百姓；百姓昭明，协和万邦。"即主张先由家族和谐，扩展到社会和谐，乃至不同邦族之间的和谐。"协和万邦"由此成为中国文化的基因与核心价值之一。

中国文化"协和万邦"的理念促进了民族的融合和"大一统"国家的建立。中华民族融合的历史在世界上堪称典范。这一点钱穆已经指出过。他说，西方思想源于古希腊，希腊不过如古代的齐国一样大，而其中城邦有一两百个。一个城邦中又各有不同的政府组织，有的是贵族政治，有的是共和政治，有的是代议政治。希腊始终没有融成一个统一的国家，只有所谓"城邦政治"。整个希腊时代一直如此。欧洲人从古希腊一路下来的文化传统，从未有过如中国自古以来统一和平的一套"天下观"。

尧舜的"协和万邦"思想为历代政治家和思想家所继承和弘扬。比如产生于商、周之际的《尚书·洪范》就说："无偏无党，王道荡荡；无党无偏，王道平平。"告诫统治者处事要公正，去除一己之偏爱，好恶一同于天下。《左传·隐公六年》也说："亲仁善邻，国之宝也。"春秋末期，孔子创立儒学，提出仁爱思想："仁者爱人""博施于民而能济众"。主张人与人之间、国与国之间"和而不同"，和平相处。战国时期孟子则提出"仁政"思想，强调要尊重他人的生命与财产。孟子说："春秋无义战。"他对春秋战国时期诸侯"强凌弱，众暴寡""争地以战，杀人盈野；争城以战，杀人盈城"的现实提出严厉批判，称"今之所谓良臣，古之所谓民贼也"。到了北宋时期，张载写了一篇著名的《西铭》，提出"民胞物与"思想，张载把天地当作一个大家园，天下的人都是兄弟，天下万物都是伙伴，自己是这个大家庭中的一分子，有应尽的责任与义务。尧舜和亲各族，以德怀远，一直受到历朝历代崇奉。

中华文明传承几千年，虽然历朝历代征战杀伐，分分合合，但是总以大一统为国家繁荣和历史进步的归结点，所以大凡有识之士都以追求大一统为己任。近代中国内忧外患，追求国家统一更与追求民族解放、社会进步紧密地联系在了一起。纵观中华民族的历史，尽管"分久必合，合久必分"，国家统一、民族团结统一还是大趋势。呼唤统一，呼唤团结，不单是有识之士的主张，也是百姓的强大呼声。一个统一团结的国族，这是尧舜时期就追求的目标，也是这个国家的子民世世代代牢记的使命、向往的境界。尧天舜日，万邦一同，这是根植人心千古不易的信念。

在制度层面，尧舜还有很多历史贡献。比如社会组织结构的建立，社会等级制度的形成，初具雏形的礼乐文明等等。这些对于中华文明的发展进步，产生了巨大影响。

我们再来看思想文化层面，在中华文明的起源阶段，虞舜文化无疑是一个重要源头，多元中的一元。有学者认为，"中国"这个政治实体的形成源自尧舜禹时代，虞舜文化是中华文明的直根。

具体来说，虞舜文化内涵的一个重要方面，是他的浓厚的民本思想。虞舜主张仁者爱人，《尚书·舜典》说：

> "咨，十有二牧！"曰："食哉惟时！柔远能迩，惇德允元，而难任人，蛮夷率服。"

他告诫十二州的州牧，为政首先要解决老百姓的吃饭问题。政务当先要安抚百姓，安民要广行德信，推行善政。邦国根本，民以食为天，必须以仁爱之心善待百姓，这样百姓就会归附。孔子曾说："舜之为君也，其政好生而恶杀。其任授贤而替不肖，德若天地而虚静，化若四时而变物。"崇尚道德，以仁义治天下，以善政化万民。

虞舜文化强调仁爱施于人，甚至施与鸟兽。大舜在历山耕田，爱惜幼鸟不耕地头，爱护耕牛鞭打簸箕的传说各地流传，这体现了大舜广施仁爱的大爱境界。

此外，大舜还有舍己从人、善与人同的思想。《孟子·公孙丑》曰："大舜有大焉，善与人同，舍己从人，乐取于人以为善，自耕稼陶渔，以至为帝，无非取于人者，取诸人以为善，是以人为善者也，故君子莫大乎与人为善。"舜从诸冯，到历山，处处事事关心他人，爱护他人，助人为乐，宁可牺牲自己，不让别人受损，表现了以大众利益为重的高尚的思想道德。这种思想道德治天下，就是惠泽万民。孔子在《礼记》中说，后世虽然也有有作为的，但比起舜，都比不上。

舜帝陵的山门两侧墙面上，曾经用四个大字概括了舜帝的崇高品行，一曰"德圣"，一曰"孝祖"，我认为是非常恰当的。舜帝精神，是中华民族德孝传统的母源。

虞舜的青年时代就以好德礼让闻名乡里。舜耕历山，历山耕作的人们平息了衅争。舜陶河滨，以诚实不欺赢得拥护爱戴。舜渔雷泽，当地乡邻礼让成风。到陶唐氏部落管理治理以后，舜得以施行自己的政治纲领，推行"五常之教"，即"父义、母慈、兄友、弟恭、子孝"，目的是通过互相尊敬爱护，构建和谐的人际关系。自此以后，华夏部落联盟成为礼仪之邦，受到四方蛮夷戎狄部落的尊崇向往。司马迁在《史记》中赞美说，"天下明德皆自虞帝始"。

依照五常之教，舜无论在帝尧时期，还是自己在位，始终举荐贤良之人任职。舜成功推行善政，使得原始社会有了礼仪秩序，有了道德准则，舜的德政流传千载，后人称誉为"德政千秋"。

虞舜在出山之前，就"年二十而有孝名"。生在一个父顽母嚚弟不贤的家庭，舜能够一次次逃脱父母和兄弟的迫害，而后又初心不改，执孝如初。舜执政以后，就在部落联盟推行孝道。他从七十岁以上的老人中选出"三老""五更"十余人，请他们到太学来，按年岁长幼为序，斟酒陪饮。在部落内部推行养老制度。后人赞舜"孝行天下"，被古人誉为"二十四孝"之首孝。

舜倡导仁善，推行仁政，以德治国，终身行孝，养老于庠，虞舜文化中的德孝内涵，也是我国德孝传统的母源。虞舜倡导为人、持家、做官、治国均以道德为大本，开创了中华道德文化之先河。后人尊崇舜为"道德始祖"，"百孝之首""文明之元"。

尧舜先祖给我们留下的思想文化遗产，内容是极其丰富珍贵的。从四千年前一直延续到现在，一脉相承源远流长。在流续的过程中，后人又不断丰富发展，形成了我们民族独特的文化资源。比如以德治国的理念，构建和谐社会的理念，德孝文化的传承，历经代代固本溯源，继承创新，已经一派根深叶茂，枝繁花盛。我们今天所做的工作，就是进一步振叶寻根，寻找千年文化矿脉，注入时代新元素，加工冶炼，再铸民族精神，一个时代新人的样貌，即将在我们的创新努力中打造完成。

第二节　今日德孝

运城市传承虞舜文化，开展德孝文化活动，一开始，是在舜帝陵所在的盐湖区启动的。

舜帝陵公园建成以后，当然要搞一些纪念活动。一开始也就是效仿外地，每年搞一次大祭纪念。到了 2007—2008 年，盐湖区参加了在香港举办的世界华人纪念舜帝年会，他们看到了世界华裔对于舜帝强烈的认同和向心力。运城方面邀请东南亚的全球舜帝后裔联谊会搬到舜帝陵来庆典纪念。连续搞了三四年，到 2011 年，当地面临一个选择，这个活动还搞不搞？还要年复一年这样平铺直叙地继续下去吗？

2011 年，王志峰新任盐湖区委书记，刚一到任，这个问题就摆在面前。那时各市县都在招商引资，盐湖区每年的秋季重阳舜帝大祭，看起来也是富丽堂皇，排场体面，但是招商引资效果并不明显。那么这个活动还需要不需要接着搞？

纪念活动，当然也要创新。区委、区政府形成了一个初步意见，抓住"德孝"这个舜文化的核心，把原来纪念舜帝的重阳大祭，改为"德孝文化节"，把一般的宣传纪念活动，和新时期的社会治理结合起来，在全区城乡，开展德孝文化推广实践活动。

对于舜帝，当地人并不陌生；对于德孝，当地人谁都知道。现在的问题是，在跨进新世纪的今天，有没有必要掀起一场德孝文化的狂飙？区委、区政府把家和子孝作为一个时期的工作重点，在全区发动号召孝敬老人大行动，是否适宜？

我们迫切需要找到一个强大的理论支点。我们陷入了寻找意义的迷茫。这是一种意义的困境。如果我们不能走出困境，我们如何获得动力，获得热情，去完成所做的一切，去推动一场轰轰烈烈的变革？

新任的区委书记是一个好钻研好学习的领导。他敏感地发现了这个德孝文化节的潜在价值。作为一个县级政府，通常的工作就是贯彻执行，并不在意如何创新。盐湖区的创新意识就在于，如何把一些当前社会的矛盾焦点问题，同社会主义核心价值观结合起来，同社会治理结合起来，一旦接轨，古老的文化遗产顷刻就赋予崭新的生命力，具备了耀眼的升值空间。眼下，谁都能看到，农村老人的赡养，已经成为一个严重的社会问题。年轻人一家外出打工，留下老人孤独终老。农村老人社保条件差，老来容易成为家庭负担，当下金钱至上，唯利是图之风盛炽，遗弃不养，不孝不贤似乎已经心安理得。农村老人无爱无聊，越发导致生存无意义，有的村子里，高龄老人自杀已经见惯不惊。想一想多么恐怖。我们这里就是舜帝的故乡，德圣、孝祖就在我们身旁，从小我们都是在敬老孝亲的教育声中长大，我们为什么不能首先用好身边的文化资源，在这里带一个好头？走出单一的文化活动的小圈

德孝事迹作品

子，"德孝文化节""德政千秋，孝行天下"这个口号，适时提出来了，很响亮。

德孝文化活动要走进群众心头，与人们的日常生活紧密结合起来，在当年的盐湖区，亮点就是家家户户村村社社都在参与的"评选好媳妇"活动。

一家之和，婆媳关系是核心。婆媳不和，是千年的难题。盐湖区这项活动，大力评选表彰各村各乡的好媳妇。将那些不管劳累脏、长年照顾病残公婆的贤惠女人，支持男人创业、悉心照料一家的贤内助，推到人前亮相。多少年来，一个村庄家庭安顺祥和，邻里和睦互助，这些好人却是一直掩藏在社会的角落，通过评选，将她们推到台前来，宣传表彰，这一善良和顺的人群，此刻被推到了台前，成为她们人生的高光时刻。

村村提名，乡里评选，县区确定，每年评选全区"十大孝顺媳妇""百佳孝顺媳妇"。她们也是模范，另一种模范——道德模范。

由于采写这本书，我打开了盐湖区编撰的十年以来好媳妇的事迹文集，这本书的书名叫作《媳妇花开》，打开看看这一百名孝顺媳妇，一千多名好媳妇，哪一个不是用一生的血泪和汗水，支撑一个残破的家，这个家在风雨中飘摇没有倾倒，全赖一个女子柔弱的肩膀拼力死扛着。我在书里看到好多家，丈夫病伤、子女年幼、公婆老迈，媳妇不离不弃，一家人和美幸福，全都是靠这个儿媳妇。有的丈夫事故死亡，这个年轻的未亡人完全可以改嫁一走了之，都因为公婆子女，她留了下来。我们怎能忍心指责她封建守旧从一而终？那是大爱，泼天大爱，让她坚守如磐石。

在冯村乡东畔村，我们看到了一个满头白发的老人，经常扶着一个行走困难的八九十岁的老人散步晒太阳。要问原因没有别的，全因为这个七十岁的老人，她早已是婆婆，她也没有忘了，自己也是一个儿媳妇啊！

在席张乡南贾村，我们曾经碰到小学的老师介绍他们学校的一个三好学生，她孝敬爷爷奶奶，学校组织给困难患病的同学捐款，她总捐最多。坐公交车遇到老人，她赶快起身将老人扶到座位上。下雨天，她总是把雨伞让给家远的同学。说这些的时候，老师忘不了补充一句：她妈妈王小当，是2014年度的"十大孝顺媳妇"之一。

几年间王小当的公公婆婆接连遭遇失子丧女之痛。轮番打击，七十多岁的公公很快得了老年痴呆症，加上白内障，几乎双目失明。王小当数年如一日，侍奉一个大小便不能自理的公公。不厌其烦帮忙脱衣穿裤子，接屎接尿擦身子，从无怨言。遇上老人便秘，要忍着脏臭下手抠。就这样日复一日好些年。

王小当，就这样感动了她的儿女，难道她就打动不了我们？多少年来，我们的社会基石，就是由这样一些平淡无奇的人群支撑着，因为侍候亲人，我们从来不觉得有什么崇高。从上到下都觉得他们不值得提说。今天我们就是要把聚光灯对准这个沉默的群体，不能再让她们无人知晓。

每年评选结果出来，盐湖区委、区政府都要大张旗鼓宣传造势。区领导带队，大会发奖，奖品有电动车、电视机、电冰箱，年年不一样。盐湖区电视台做了专题节目，孝顺媳妇一个一个拍摄播出，每人半个小时时长。

区委、区政府出台文件，让她们享受公费医疗、区内旅游等方面优惠。子女考学，考取工作岗位公益岗位，加分录取。

以上规定，评为"十大好媳妇"的，终身享受。评为"百佳好媳妇"的，当年享受。

好媳妇孝顺媳妇的评选，如一场一场季风吹过田野，蓝天白云好风飘，河东大地盛传好名声。第三个年头，盐湖区专门组织了220个好媳妇在运城境内各旅游点旅游。这是政府的礼遇哇。包了大轿子车，车身扯起横幅"盐湖区百佳好媳妇旅行团"，那是一路春风过山野，住一个点红一个点，走一条线红一条线，都知道有个好媳妇旅游团，当好媳妇政府也表彰，当一个好媳妇脸上也有光。

好媳妇评比如火如荼，几年以后，随着评比活动的深入，为了吸引更多的群众自发参与，好多村子实验把活动公开，把评比现场，变成了"夸媳妇"比赛。家家出动，公公婆婆可以夸儿媳，小姑子可以夸嫂子，妯娌可以互夸，邻居也可以夸邻居。民间原来潜藏着多少感人的事迹啊，经常是说的人泣不成声，听的人泪流满面，台上台下热泪相合流。孝心涌动，孝行如潮。一朵一朵美丽的"媳妇花"嫣然盛开。连续评比了两年，不孝顺的媳妇坐不住了，没人夸的家里，公婆也坐不住了。有的媳妇表现平不塌塌，连续几年没人提名，慢慢也不好意思了。

区委书记王志峰说，德孝之风誉满河东，就是要让不肖者汗颜，让忤逆者羞愧，让缺德者无地自容。

盐湖区推进德孝文化活动实践的又一举措，就是在全区各地建立老年人日间照料中心。

现今大批年轻人离乡离土进城务工创业，村里的留守老人中，孤寡老人、空巢老人越来越多。即便在城里，儿女早出晚归，老人白天无人照料也是常有的。如何让这一部分老人消除孤独感，解决困难，安享晚年，盐湖区在社区建设问题上的又一个大胆创举，就是建立老年人日间照料中心。

盐湖区的德孝文化实践活动，包含了"一顿饭""一堂课""一面墙""一台戏"等"九个一"系统工程。"一顿饭"是盐湖区的朋友通俗的说法。就是让这一部分孤独老人白天有个聚会的地方，中午一起吃一顿饭。有些居家养老的意思。这就需要一个食堂，一个大厅。具体的运作方法，听盐湖区的朋友们说，现在农村空余的房子很多，还有一些小学裁撤了，留下了校舍，可以利用这些空房。前后费用，经过测算，一年运营费用大致在两万元。区政府决定，建一个老年日间照料中心，政府补贴五万元，然后每年再给两万元的运营经费。村里的老人进这个日间照料中心，有的村每月收费一百元，有的村每月收费八十元，各村情况不同。现今一百元能干个啥？进了中心，吃一个月饭，可以负担。这个计划推行开来，很快盐湖区就建起了一百五十多所老年日间照料中心。全区五千多空巢老人、孤寡老人进了日间照料中心，白天在一起聚餐游乐，晚间各自回家，居家养老和日间照料相结合，老人们很开心，在外的子女也不再为他们操心，解除了后顾之忧。

自从有了日间照料中心，这里就成了乡村集中活动的场所，当然也成了热心公益事业的人们献爱心的主要对象。每过一阵村里的大喇叭就会广播，谁谁谁给了老年中心两筐鸡蛋、两筐蔬菜。村里有大款，过去献爱心要捐款，现在直接送过来几箱子粉条海带什么的。还有村里的孝顺媳妇，过一阵会拉上几个同伴，到日间照料中心做志愿者，给老人梳头洗脚剪剪指甲什么的。这个日间照料中心，也成了河东大地一桩美丽的新事物。

老人们在日间照料中心生活怎么样？听王志峰书记说，一天他路过车盘村，突然遇到一个老人，猛地拉住他打招呼，说："王书记，你可救了老叔的命了！"原来这个老人孤独一人，成天就吃个"滚水泡馍"——"滚水泡馍"，是当地取笑人们对付着吃饭的意思。进了日间照料中心，一个月体重长了五斤。到现在，有的日间照料中心，已经逐步发展成为托老所。这是新时期的敬老院，新型的农村社会主义大院。

创建日间照料中心，显而易见的一个效果，就是明显地改善了干群关系。解州镇的书记雷刚说，以前乡镇干部下乡，到了村子里头没人理睬，手脚没处放，要多尴尬有多尴尬。现在有了这个照料中心，村民见了干部特别亲。过节了乡镇干部提上肉菜，到中心过年，给老人包一顿饺子。大家在一起包，一起煮，一桌子吃，那是一口锅里搅稀稠的情谊。还有的带着街上饭店的成品，让尝一尝城里师傅的手艺。有时候还有当地喜欢唱歌跳舞的来助兴。一个村子的一个角落热气腾腾欢声笑语，大家都知道那是个照料中心。循声而去，它是一个村子最漂亮的房舍。

外出打工的年轻人，见了村干部，态度也变了。你把他老掌柜照顾好，他在外边也放心么。一见村干连忙递烟，口口声声有啥事尽管说。能有啥事？那是人家尊重你。

王志峰书记一说到这里就动了情，我们的基层干部就这样重新建立了威信。一个政党，靠什么赢得老百姓的支持？让广大群众说共产党好，这就是为执政党收拾民心。

日间照料中心，就这样成了党组织领导群众自我教育、自我管理的平台，也是民情民意的舆论中心。过去我们考察干部，尤其在征求群众意见这一块，问谁呢？现在你到哪里去，到中心去，那里的议论纷纷，往往表达了汹涌的民意。盐湖区考察干部现在有这一项，走访邻居，走访父母，要这些身边人签字，给你的"德孝"成绩打分。企业员工考察业绩，也要评比德孝业绩。

村干部不是要换届选举吗？过去的选举，外出务工的人群，往往觉得和自己没关系，现场冷冷清清，主持人时时担心人数不够。现在每到选举，不用你动员，老人就把孩子叫回来投票。你要选某某，选上某某，我就有饭吃。选不上，你们别走了，给我管饭！

盐湖区的党政干部经常说，他们的经验，是抓住了"好媳妇"这个"抓手"，从而推动了德孝文化建设。不是有一句名言吗，只要给我一个支点，我就能撬动地球。如果说前几年还有试水的色彩，到2012年以后，经历了好几年的探索，盐湖区已经明确无误地找到了德孝文化的当下意义。它不但在历史，它也就在鲜活的当下。德孝形成在遥远的历史深处，一路走来，它有过早年的异彩，经历过长期的异化，也有过不公正的污名化。关键是在今天，我们怎样传承改造、提炼升华，实现传统文化的创造性转化。剔除那些愚忠愚孝的有害成分，推动它的自我更新和健康成长。德孝文化是凝聚民族精神的一面旗帜，我们什么时候也不能丢弃，但如何和变迁的社会相适应，找到传统文化与现代社会价值的契合点，才好发力聚变。人类千百年来一直尊崇孝道，对父母的感恩，对兄弟的友爱，任何时候都理直气壮。从一脉相传的孝道出发，如何把这种优良品德放大到公共领域，生发出公共道德、职业美德，才是新时期取用传统的目标。孔夫子也说，孝悌乃为仁之本，"其为人也孝悌，而好犯上者，鲜矣。不好犯上，而好作乱者，未知有也"。他同样意识到了孝悌和政治品德之间的关联。我们今天推进德孝实践，归根结底也是要教育民众，从孝敬父母的孝道出发，沟通家和国之间的道德联系，实现家与国之间的道德过渡，从做一个好儿子好女儿，过渡到做一个好公民好党员好干部。老祖宗留给我们的文化元素很多，我们的任务是整合创新，以期完成国民精神的再造。如此这般，才是我们取法古人又超越先贤的远大目标。

寻找意义是一个由自发到自觉的过程，找到了终极意义，盐湖区的领导干部，行动起来就更加胆气正力度大，一个群体加力爆发，成为引爆那一时期公共视野的重大事件。

2012年的秋天，山西运城盐湖区，在北京召开又一轮德孝文化实践启动大会。启动仪式在京举行，首都各大媒体开始关注这个小城的大动作，称它是"一个治国理政的成功的区域实践"。

嗣后连续几年的持续推进，盐湖一个区的实践逐渐蔓延到相邻县市，盐湖区的经验逐渐在运城全市推开。河东大地，"好媳妇之花"盛开，"老人之家"星星点点撒满城乡。社会效益开始显示出来。风清气正，惠风和畅，少了戾气，多了正气，干部做事立人，百姓处世为人，城乡一派古风悠悠，新风习习。德孝文化深刻影响了一个区域的精神塑形。为了正确评估这一时期的成果，运城方面邀请了一个第三方主持评估。北京大学一班社会学研究生，到河东做田野调查，写出了数万字的调查报告，交到《光明日报》，这个调查报告在《光明日报》发了一个整版，这是少见的重头文章。事后《光明日报》给山西省委写了一封信，中心思想就是如何重视盐湖经验，从传统文化吸收养分，挖掘先贤治国理政的中国智慧。次年由中宣部推动，《人民日报》等宣传媒体为此召开了协调会。统筹新闻资源，除了纸媒，事后央视的《焦点访谈》《新闻调查》都跟进报道。

2015年6月，中宣部和全国妇联在运城盐湖区召开了"弘扬德孝文化，践行核心价值"现场会，中宣部副部长王世明到会讲话，高度评价运城盐湖区的实践经验，号召把德孝之风推向全国。代表们观看了几个村落的"夸媳妇"现场比赛，参观了日间照料中心。一帮农民在台上朴实憨厚地讲述自己身边的亲人事亲至孝。好几次，台上哭得讲不下去，台下听得满脸泪花。中央党校党建部把运城盐湖区的经验作为一个课题，组织专题研究，探讨优秀传统文化和党的政治文化建设的关系。一个县区的德孝文化建设成为国家社科项目，在山西也是头一家。所有这些推波助澜，终于迎来了一个高潮，习近平总书记2020年来到山西考察，在考察了云冈石窟等历史文化遗产之后，总书记提出，山西要弘扬五大文化精神，包括关公文化、德孝文化等多种地域文化。盐湖区这么多年来的德孝文化实践，与总书记的要求不谋而合。没有指派，没有布置，一个区域的领导干部，孜孜矻矻十多年，仔细择取本土文化资源，千方百计弘扬光大。这个既是共产党人的责任所在，也是强烈的文化自信、文化担当精神。

这个时候，德孝文化的影响，已经远远不止一县一区，它已经越过了省市边界，飞遍全国。"走出去""请进来"，让德孝文化传播，完全成为一个全国性的事件。通过文化交流，践行德孝文化，很快从盐湖区的"独唱"，变成了全国多省市、多区域联动响应的"大合唱"。此起彼伏，混声交响，这边唱来那边和，构成了一道五彩斑斓的美丽风景。

王志峰书记是走出去的带头人，他多次走出运城，到四川大学、同济大学等名牌大学为学生们演讲，随后又发起在清华大学、北京理工大学、同济大学、四川大学、山西大学等知名高校开展"大学生德孝楷模政绩活动""德孝根祖人文运城主题展""大学生辩论会""专家论坛"等一系列活动，旨在让外界知道，古老的运城，古老的盐湖，古老的虞舜文化，今天依然老树繁花，活色生香。

全国除山西本地外，也有上海、四川、广东、福建、北京、辽宁、新疆等十多个省市的一百多家团体，慕名来到运城盐湖访问学习。在沟通交流中达成共识。德孝文化进一步走向海外，一批海外华人多次给全区的日间照料中心捐款捐物，福建这个海外华人的故乡，和盐湖区结成了德孝文化同盟。当年华人从这里出发走向海外，今天又集结在这里，开赴中华文明的原点，返祖追宗，德孝文化成为全球华人的联谊纽带。

德政千秋，孝行天下，现在我们大家都已习惯了这种表达。八个字，仿佛信手拈来，弄云成雨，人们似乎也不觉得有什么难度。这个"德孝文化"的命名，也是经历了一番产婆的艰难接生。早先，大家有叫"慈孝"的，有叫"孝文化"的，总觉得言不尽意，行之不远。把"德"和"孝"联系起来，捆绑固定下来，运城是唯一的一家。这是个创造吗？命名就是创造。给一个事物命名，就是发现和催生。当它没有一个合适的名称，它几乎就不能说已经完成了诞生。创造概念和创造事物同等重要。现在"德孝文化"这个概念已经风靡全国，大家都认可了这个规范表达。难道你没有觉得，只有这个响亮的名字，才配得上行云流水一般的德孝文化运动吗？

细心的朋友曾经搜索过，在2011年以前，百度词库里是没有"德孝文化"这个词条的。自从盐湖区连续开展了七届德孝文化活动以后，现在已经成为当今社会一个脍炙人口家喻户晓的词条。我们可以骄傲地说，是盐湖区创造了"德孝文化"这个词条，作为对汉语的新贡献功不可没。当然更重要的是，千万人投身的火热实践，把"德孝文化"这个词条送上了居高声自远的云端，它已经收进了百度的云数据库。人民群众才是德孝文化建设的主力军。全区270名道德建设模范，100名德政楷模，1565名孝顺媳妇，455支志愿服务队，两万名各类志愿者，他们用自己的爱心和行动，不断演绎着令人心动的德孝活剧，给全社会注入了充沛的道德活力。

马克思曾经论述过思想的巨大能量。在河东这片舜帝耕耘过的土地上，德孝传统一旦赋予新的时代内涵，就会成为区域经济社会建设的强大推动力。这些舜帝的后裔面目一新，全社会移风易俗，何愁招不来金凤凰。回到先前的招商引资的话题，社会风气的变革就是招商环境的风向标。就在德孝文化节又一次启动仪式上，在舜帝陵广场，记者采访了区委、区政府领导，然后禁不住发表了现场感言，变革社会，引领新风，本意不是为了招商引资，但这才是最高水平的招商引资。你要是好人，他才愿意和你打交道。你要环境好，他才愿意来投资。投资商来了，经理高管来了，看一看好媳妇评比，看一看日间照料中心，区政府在干这个呀！这才是值得信赖的人，这才是值得打交道的地方。是呀，要不舜帝当年怎么能够"一年成聚，二年成邑，三年成都"？目光放长远一些，现代经济发展，道德就是竞争力，人心就是生产力。有了向心力，才有生产力。德孝精神调动了方方面面的凝聚力，从2011年开始，十年德孝，十年树人，这些舜帝的后裔不会忘记这一场岁月的洗礼，不会忘记这一笔历史的留痕。

今天，也只有在今天，经济高速发展，社会飞速进步，文明大普及，中国人开始有条件也有能力移风易俗，实现民族的精神重建。回顾以往，在舜帝的故乡，我们这些舜帝的后裔无比自豪。

一百多年以来，实现富强文明进步的生活梦想，始终是民众所期盼的心愿。这场德孝文化教育实践活动，让我们看到了希望之光。

第三节　好村子雷家坡

大家都说雷家坡这么好，我们一定要去看看。

现今的村子，村容村貌都变了，漂亮多了。我们路过西张耿，西张耿也是个老典型，五十年代因为办过农民夜校，编进了《中国农村的社会主义高潮》。现在县区也还在抓住不放。上面投资，建了一个村史馆，请清华大学的建筑专家设计，场馆很亮眼。以这个场馆为主体建筑，扩建了一个小广场。村史馆里，保存了许多当年的图片、实物，五十年代初期走过的路，隐隐约约像梦一样依稀，这里依然还能找到一个村子的记忆，很是宝贵。村史馆、图书室，和当年的农民夜校，是这个村子历史中的一个光点。场馆、夜校，大桌子，宽条凳子，油漆光亮鉴人。四周围墙都是红蓝色杂合的砖头砌成，好似当年穷困的日子闪回镜头。那砖，可是特制的艺术品。屋顶设计了高开的天窗，在这一带农家，可说是明目亮眼。村委会开会就在屋里。全村村民大会，在屋外的小广场召开也是宽宽松松的。

雷家坡的村中心，格局和西张耿相似。三面排房，围着一个小广场，广场连着村路，通向外面的世界。这个村子，6个居民组，1512人，2286亩土地。在运城的城西一带，属于一个中等大小的村子。

雷家坡这几年名声在外，全因为这个"夸媳妇"活动，还有村里的"日间照料中心"。

从运城向西，一路走四十里岗，这一带地势高，缺水，地薄，早先庄稼就不好。民国时代，也就亩产二三百斤。下了坡，有滩地，滩地又结着盐碱花子。离运城盐池不远，就这样。

离运城近，城里的风儿容易吹过来。改革开放以后，年轻人都外出务工。走远

雷家坡日间照料中心

了能闹事的不说，近一些的，就在运城干临时工。全村八百多劳力，一大半在外。

年轻人都要外出打工，留守儿童、留守老人，就有很多不方便的。这一届村委班子，对村里的老年人还是很关心的。每年 11 月 15 日是检查日，要过冬了，村里宣传、广播，教育子女关心老人，安排好老人们过冬。年轻人也犯难，不出去，没收入，出去了，家里老人没人照顾。这可把人难住了。

盐湖区的日间照料中心，就是这样，应运而生。

接待我们访谈的，是雷家坡的党支部副书记姚永计。他也就六十多岁吧。一个朴实的庄稼汉子，带着农村人的憨厚与诚恳。说讲起来，经常有一点羞涩。那个你一看就明白，他不是一个喜好吹嘘的人。

上边有号召，雷家坡也积极。雷家坡的日间照料中心，2012 年开办，9 月 1 日开办，9 月 2 日开灶。在盐湖区，是头一家。

开业时，区上王志峰书记来了。他代表盐湖区剪彩，和大家一起吃了一顿饭，吃完饭又聊天谝闲话，也是感觉一下，大家满意不满意。

怎么能不满意呢？老年人有老年人的话说，人家年轻人也不见得爱和你说。在家里闷着，不是个事儿。有了个吃饭的地方，重要的是有了个聚集的地方。吃了饭，打打牌，聊大天，不愿走的，晌午就在中心歇一下也行。挺

自在。

到第二年，盐湖区就开办了 155 家。大家觉得好嘛。

谁不知道这是个好事？可是办起来容易，巩固难。说到底，要花钱，要补贴。现在农村比过去条件好多了，政府又明确了给补贴，这事儿就不是问题。雷家坡的这个中心，一直没停。除了因为疫情，停了一下。春节过了正月十五，就开灶。就这，老弟兄们见面就有人打听了，还不开灶？

评选好媳妇，雷家坡也是开始得最早的。2006 年、2007 年那一阵，雷家坡就在评比。一个村里的，你说谁家的媳妇好，谁家的不好，平时心里能没个数？谁家的老人出门来穿戴整整齐齐，谁家的老人出门来穿得邋里邋遢，家里媳妇操的啥心，一眼就能看出来。全村分成九个小组，小姑子，公婆，妯娌，都说话，参加评选。哪家有个好媳妇，全家光荣。春节过年了，评奖，披红戴花，奖牌挂到家门上。好媳妇，好儿子，好公婆，好妯娌，改善村风，改变民风。

跟啥人，学啥人。好人是感染的。雷家坡出好媳妇，跟着也出好闺女。龙居镇评选好媳妇，评出十大好媳妇，竟然有四个是雷家坡的闺女。

2011 年以后，盐湖区评选好媳妇成了一项重要事儿。全区铺开。雷家坡的名字就打响了。

几年来，在孝顺媳妇的带动下，全村孝老敬老蔚然成风。全村六十岁以上的老人子女两百多人，自愿和村委会签署赡养父母协议书，承诺孝敬父母，接受监督。2014 年，雷家坡村被山西省评为省级的"文明村"，2015 年，被中央精神文明建设指导委员会评为"全国文明村镇"。

《人民日报》《光明日报》都报道过雷家坡的先进事迹。《光明日报》的通讯，题目叫作《雷家坡人有点"雷"》，说的是雷家坡的好媳妇刘爱样，还有村里的日间照料中心。几个小故事，这里的上下都知道，好像很平常。国家级的报纸把一个小村子的故事传向全国，这可不是小事情。

雷家坡的好媳妇刘爱样，说来真是苦命。小儿子生病用药，双目失明。丈夫换窗纱跌下来，下肢瘫痪，坐上了轮椅。2008 年，公公骑电动车跌倒，落了个半身不遂。儿子长成人，还是治不好病去世了。刘爱样知道自己一松手，这个家就散了。多年来，她侍候公婆丈夫，拉扯儿女，家里几个不能动弹的老小，屎尿不知道要端送多少。这样难过的日子，真不知道她是怎样一步一步坚强地走过来的。

村里评选好媳妇时，夸媳妇的是刘爱样的婆婆。还有村里妇女主任崔青云，崔青云说，那时村委会实在为这一家人捏了一把汗，生怕刘爱样走了。可她就这样撑过来。"这就是我村苦命、孝顺、自强的刘爱样。"苦命不是夸人的，那是老天瞎了眼，怎么能伤害一个好人。

刘爱样现在在城里开着一个杂货店。公公去世以后，她把丈夫婆婆都接到了店里，一家人还是一家人，换个法儿也得背起一个家，好一个要强的媳妇。

2015年6月，中宣部在盐湖区召开全国德孝文化实践活动现场会，与会代表观摩了雷家坡的孝顺媳妇评选活动和老年日间照料中心。雷家坡作为一个点，聚焦了全国的关注目光。这一天，雷家坡像是过节，欢迎来自全国各地的领导朋友。中宣部、全国妇联都来了领导，这个阵势实在不小。

雷家坡从来没有开过这样的大会，谁见过这样的阵势。大车小车停下一片，各地慕名而来的取经人济济一堂。参观访问，听取了雷家坡的汇报，人们非常敬佩，一个北方农村，怎么能把孝道这篇旧文章做得耳目一新。这个时候，就彰显传统的实力了，脚下就是舜帝的土地。德孝的老祖先就扎根在这里，新时期他们抢占潮头，一点也不奇怪。

现场有一个议程，就是要当场看一看雷家坡的男女老少夸媳妇，谈孝道，讲体会。这些粗手大脚的庄稼人，笨嘴拙舌的老实人，今天要在这里，给五湖四海的客人展示他们的平常却又光耀的日常生活。

姚永计主持大会，雷家坡这些年的所作所为，他是清清楚楚，这个没什么胆怯的。心里没数的，是村里今天策划了一个活动，叫作"三个一"。三个广场上的集体活动，"一盆温水""一个拥抱""一声爸妈"，他有点担心，这些老实巴交的乡亲，在大庭广众之下，当着这么多外人，能完成好吗？

一盆温水，就是在村里的中心广场，儿女给父母洗一次脚。为老人洗脚，本来是子女侍奉老人的寻常事，可是这些年谁还把这个当一回事？闹得

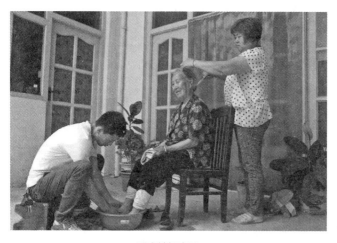

雷家坡好家风

寻常事成了稀罕事。今天，雷家坡要让年轻的儿女复习一下陈年往事，翻腾起往昔的体贴。有些情感，是不应该忘记的。

雷家坡，全村七十岁以上的老人共七十八人，姚永计以为来个二三十人就不错了，没想到广场上一下子来了一大片，数了数，六十八人。

六十八人，盛大的洗脚集会。

端起洗脚盆，媳妇给婆婆洗脚。脱掉鞋袜，轻轻按在温水里，婆婆的眼泪立刻流的哗啦啦的。

有一家，儿媳妇没来，孙子媳妇上来了，代替婆婆下了手。儿子一看，连忙搭上手。两双手，一双脚，一个盆里，一家人。

家里没有婆婆，儿媳妇要给公公洗。给公公洗，以前连想也不敢想。老汉也实在不好意思。坐下了，就不脱袜子。媳妇好着哩，好媳妇，哪能让臭脚氽到人家脸前，叫人家洗脚。全村人都在看，我不洗，人家说我媳妇不好。洗。

雷家坡这次集体洗脚，《人民日报》海外版发了一个版彩色照片，乡土亲情，热烈亲切。全世界都睁大了眼，注视着中国的北方，一个村子里的德孝新风。

仪式接着进行。姚永计宣布，下一步，大家起立，全场的子女，给父母一个拥抱。

农村有自己的习惯，在众人面前，拥抱父母，实在难为情，不好意思，这个，有人就那么愣着。

姚永计宣布，大家站起来，拥抱三分钟，我数一二三，看时间，就是要让大家，感受一下体温传播，你是热的，我也是热的。体温接通，把感恩融化在拥抱里。

你小时候生病，父母那么紧紧地把你抱住。你骑自行车摔倒，父母握住拿肉身子暖。忘了？

拥抱，拥抱。三分钟，不撒手。在这个乡下人陌生的礼仪里，满场一堆乡下人哭成一片。

父母子女之间，那些吵闹，还在意吗？婆媳之间的疙疙瘩瘩，还结记吗？一把抱住，千年万年的芥蒂都化开了。谁还记谁的仇，三辈五辈的道歉，我都代表了！

还有一个活动呢，叫一声爸妈。

在广场，子女媳妇女婿当着众人的面，大喊三声爸妈。姚永计在台上指挥，"都听着，我统一指挥！"一声不行，再叫一声！头一声还不顺口，两声过后，就自然了。三声起落，面对的双方已经泪流满面。在家里叫，和在众人面前叫，大不相同。这是向众人的一种宣示，亲，就要喊出来。天底下就数这个人和我亲，我不怕你看。平时藏着掖着，这会儿，我要在众人面前恣意地释放一回。

在场的北京客人说，看到这，都回头去抹眼泪。

乡镇书记在主席台做嘉宾，女人心软，自己先哭得不成样子。本来不讲话了，和着眼泪又诉说了一番。

外地客人一拥而上拉住姚永计，互加微信，回去联系，我们那里的德孝大讲堂，也这么弄。

河南灵宝市委宣传部部长到会，连着说没有想到没有想到这么强烈。回去就召开全县三级干部八百人大会，请姚永计过去作报告。姚永计放开讲了一个半钟头，台子底下几百人，静静的静静的没一个人出声。

好媳妇带了个好头，雷家坡以此为开始，收集整理村里的家风家训。有的家原来就有，祖辈传下来的。没有的，结合实际新编，找书法家写出来，做成铭牌钉在家门口墙壁上。村里开展五星家庭文明户活动，记录家风家训的光荣史，比方家里有几个党员，几个大学生，一直到几个孝顺媳妇等等，好事情都记着。

一家女儿找对象，男方到雷家坡来相亲，一眼看到门口的家风铭牌，马上动了心，定了亲，就是这一家了！

雷家坡的女儿出嫁，家风家训的铭牌要带着，带到婆家，当嫁妆一样陪嫁过去。外村人看了都说，看人家雷家坡，全国文明村，就是不一样！

这个嫁妆牌，是亮相，也是承诺，也是督促。在一次婚礼上，姚永计讲话，他说，我们雷家坡的女子，今个嫁到你们村，我们是全国文明村，要是雷家坡的女子，说话不文明，做事不文明，雷家坡不认她！这个仪式，司仪主持没掌声，青年人嬉笑没掌声，唯独听到这个讲话，讲到这里，全场愣了一下，接着呼啦啦一片掌声。那是真心拍手。

姚永计带我们去看了雷家坡的德孝展览。就在村里中心广场一边，建起了两排长廊，大红柱子，青砖青瓦，木料都有彩绘，雕梁画栋的。红蓝五彩，透着喜庆气。

长廊中有一段，是雷家坡的常用婚庆典礼台。中间有喷绘"喜结良缘"的大幅图案，两边是"鸳鸯比翼""龙凤呈祥"，顶端横批为"百年好合"。一旁的婚庆典礼议程一共有十项，最引人注意的，其中第六项是"双方父母向儿媳女婿传承家风家训"，第七项是"新郎新娘做德孝承诺"。看来在雷家坡，这个传承已经成了规矩。

雷家坡的每一家都有家风家训，做成了塑料或者木制的模板，模型像一面飘动的小红旗，钉在门墙上。我们随便看的这一家，小红旗上，红底白字：

> 以德立家，以德治家。——杜小平家庭

这一家是上星级的五星级文明户，治家格言是：

> 卫生整洁，移风易俗。家风良好，崇德向善。勤俭致富，诚实守信。邻里互助，孝老爱亲。遵规守法，爱党爱国。

雷家坡的长廊展览有好几个专栏，每一面墙上都有图案文字。比如"晒晒咱村好家庭""赞赞咱村好支部"。"夸夸咱村的孝顺媳妇"一栏，贴出了雷家坡历届好媳妇的光荣照，还有当年夸媳妇的场面留影。那个栏目，通栏标题是："公公赞，婆婆夸，女儿上台说妈妈。亲戚邻里都拉呱，众人来说媳妇家"。还有一个栏目，"谝谝咱家好亲人"，通栏标题是，"媳妇好就是好，全家好才最好，好婆婆好妯娌，好儿子好夫妻，好孙媳好女婿，和和美美一家亲"，这个显然是评比其他的家庭成员了。好婆婆，好妯娌，好夫妻，好孙媳，各自捧起了光荣匾，披红挂绿晒在光荣榜上。

图片中还有一幅是婚礼现场的德孝宣誓，新婚的小两口，披着花红，向众人承诺，那场面可是有几分庄严。凡村里出嫁的闺女，村委会送一幅德孝匾，作为陪嫁。匾上刻写铭言：

孝敬公婆，体贴丈夫，勤俭持家，艰苦创业，和睦邻里，诚实做人。

当年如果村里有考上大学的，村委会欢送新生，也要进行德孝教育，到了学校，要尊师重教，像孝敬父母一样尊敬师长，做一个好学生。

雷家坡这么做，风气正，好人多，村民对这几个领头人很满意，从2006年到现在，党支部、村委会两委的人马大体上没有换人，村里人知道，他们办好事，好着哩。

雷家坡名声在外，出去有做好事的，一问雷家坡的，旁边就有人议论，怪不得，人家是雷家坡的！大家都服气。

一个村子，落下这么好的名声，也是少见。

一个时期有一个时期的好村子。就运城这几十年，我已经见过宣传北马村编快板，宣传太阳村搞卫生，宣传青谷村汉语拼音，宣传西张耿的农民夜校，宣传三娄寺的思想工作，像雷家坡这样，宣传一家人相亲相爱，因为爱家人能成了模范，可是让人沉吟了许久。村庄，兜转几十年，回归了平常日子，回到了常理常情。平凡之美，琐碎之美，原始之美，人类的血亲之美，很可爱。

雷家坡，一个不大的村子，这些年，它做的事情，平常又平常，它辐射的光辉，却是照亮了大半个中国。

第四节　民间的治史热情

多年前一次我回故乡，一旦入座，老家的朋友马上说起一个话题，谁谁最近印了一本书，回忆半生历史；谁谁印了书，回忆他们村的过去。让我深深地感到，故乡这一块热土上，我的乡人乡亲特别喜好印书，把这一地的往事及时记录下来。过上若干年，这一地的民间史书就格外多。这一地的民间文化人，有一股特别的文史热情。灾梨祸枣的打击当然会伤害民间的这股子热情，但是新时期以后，民间的治史热情，依然蓬勃旺盛，仿佛从荒芜之地突然一脚踏进了一片适宜生长的土地，高草浅草，都在拼力伸出自己的枝丫，有点芜杂，也有点生机无限。

那一次回乡，记得朋友们给我推荐了三本记录当代史的回忆录。一本王庭荆的《风雨人生》，一本王树山老师的自己的回忆录，还有他组织联络编写的《柳村往事》。

王庭荆我熟识。"文革"中，山西从上到下分裂为"红总站"和"兵团"两大派群众组织，他是山西临猗的兵团头目。王庭荆详细回忆了这一段艰难的岁月。其中的北京上访，潜逃临汾，假戏真做抢汽车，都是当年耸动视听的传闻。他的回忆，提供了很多生动材料，是一部小小的区域社会史。想理清临猗县"文革"的详细过程，看过这书，会明白许多历史事件的由来去向。王庭荆顽强地写下这些，并没有立功立言的念想，这里只有一个朴素的观念，任何时代，记录下历史都是必要的，重要的。前人栽树，后人乘凉，前人写史，后人借鉴。面对历史虚无主义，这个普通干部的顽强书写，鼎力出书，有意无意间，成为一种反驳和反抗。"文革"十年史，就这样隐身在一个人的传记里，流传下来。

王树山老师是我们高二的语文老师，那时只知道他讲得一门好课，看这本书，知道了他的家世和艰难曲折的一生。幼年家穷，母亲祖母支撑一个家，备尝艰辛。好容易上了大学，打成右派。运动来去，折磨得死去活来。饥寒交迫，儿子失学。分配到吕梁，当年费死了劲，才调回老家中学。我们那时只知道听课，哪里知道王老师这些血泪悲酸。"文革"结束以后，王老师才算学有所用，调进了运城高专，教学治学各有所成。他那些年进入中国俗语研究领域，主编过《中国俗语大辞典》《中国歇后语研究》等多种图书。"文革"以后，为了追回失去的青春，他什么也不管不顾，一门心思搞他的俗语研究。晚年的他，像极了仓皇赶路，遇人不搭话，只知夺路狂奔，终于能够气喘吁吁弥补上十几年损耗的些许。此时太阳终于下山，哐当一声日落西沉，不允许他再作为了。2009年，王老师去世。

这样一个加鞭赶路的老人，晚年要排除多少阻碍，有时就是在心灵炼狱之中拼命升腾。你能想到一个背负重任争分夺秒的学者，突然听到女儿自杀时的悲怆挠心，那种天昏地暗中间无望的攀缘和抓挠吗？一路泪水涟涟，他就这样决绝地前进，走向人生的制高点。

还有一本《柳村往事》，更是奇书。奇就奇在，毫无官方组织的背景，一帮在外工作的柳村人，集合起来，集资大家分摊，题目大家分解，各自书写自己关于村庄的回忆。若干篇文章集合一起，就是一部柳村的村史。比方柳村的村名考证，是否和柳下跖有关？柳村的几大姓氏，各自怎样聚拢来的？关于柳村当年的名门大户，农业，商业，熬相公，学生意，柳村和西省（西安）的交道，柳村的农业合作化，柳村的习俗，柳村的人物，柳村的家戏，柳村的乐人班子，柳村的在外工作人员，五行八作，色彩斑斓，都是一个村子的生活史。其中还有一则回忆当年柳村复杂的地道设施，何年开挖？何年封闭？根据回忆手绘出地形图，能找到原来位置吗？总之，这实在是一本非常有意思的书。以往的民间写史，以个人回忆、家族回忆居多，以一个村子为单位，写一个村子的古往今来、旧人旧事的还不多。可以看出组织者的精心。六十年代曾经号召过写家史、村史、厂矿史、回忆录，那时主要是革命史，把红色铺展到每一个犄角旮旯。我的老家出版过王传何家史《红心向党》，吴吉昌家史《涑水河边》，还有劳模武侯梨的家史，眼前的自发修史，就保存史实、还原历史真相来说，也自有它的意义。

几本书都是自费出版，连书号都不要，就是印了送人。作者就是想让自己的家人，当地人知道点什么，记住当地的一些往事。这是留存给下一代的某种文字。

这种书，流传的地域很小，我看最多也就是运城地区这个圈子。但是在这个圈子里，关心它的人可真叫关心。就在临猗县，现在你想找这几本书，不好找呢。他们图的什么？

如果说关注当代史，总归还和自己熟悉的人和事有关联，那么古代史，远古史呢？数千年的史事，音讯杳不可闻，断简残篇，要到浩瀚的史书里扒梳，山河留下的点点痕迹，要去现场搜求考究。一点所得，说给别人，如听天书。这些民间的历史学者，只能说那是一种爱好推动着，对于中华这个族群的无限热爱，他们才有兴趣，有热情，有动力，将几千年的根底一直追寻下去。

十多年前，运城市政协就曾经编辑过一套《河东历史文化丛书》，每一辑五种，大约二十多种，河东的食盐、河东的关公、河东的戏曲、名门望族、衣食物产，无不一一记载讲述，当时聘请执笔撰写的，大多是当地的有一定文史功底的作家。其中的两册，一册《文明的曙光》专写尧舜禹，一册《回眸远古》，写人类用火、中华曙猿，已经追寻到千年万载。两个作者刘纪昌、韩振远，都是当地的作家。这一套丛书的主持人、原运城市政协主席安永全已经去世。直到现在，人们依然念念不忘这一套丛书的草创集成，不忘安主席写史造福一方的为政功德。

蒲州是历史名城，在永济，很早挖掘当地历史文化的，有作家王西兰的《大唐蒲东》；数点蒲州编年史的，有作家杨孟东的《亘古蒲州》。伴随我这次考察写作的，有郝仰宁、邓解放、曹中义三位，郝仰宁在科委，邓解放是警察，只有曹忠义在政协编一本内部刊物。他们都可以说是业余的文史研究爱好者。但是他们长期钻研当地的历史文化，尤其是远古文明，研究考证舜帝在当地史迹遗存，每个人都卓有成效。前两年，郝仰宁把自己关于尧舜研究的论文收集了一下，永济当地给他印行了一本《舜文化探源》，其中有些论文，已经分别在省市级和国家级出版的论文集中发表过，他是当地公认的舜文化研究专家。邓解放也是个奇人，他本来是当地劳教机关的一名警察，迷上了当地文史，工作之余穷搜苦研，古中国尧舜禹时代的历史渐入堂奥。退休以后，邓解放按照古籍提供的线索，开始了永济当地的访古考察。2010年，他在张家窑一带山坡发现两棵千年古橡树，结合当地史料，由古橡树逆推到舜和象，这一对兄弟冤家的恩怨报应和圆满结局，再由此连接到古中国起源的种种线索。在永济，若论古中国，他是一个"虞乡派"，许多古中国的史迹，他梳理起来，虞乡都是起点。他的看法，当然不一定准确，但是在一个小小的区划范围内，竟然也出现了新时期的"古史辨"，活跃着一批为了几千年前的往事争辩不休的人群，这个，不能不说是令人非常惊奇非常欣喜的人文景观。

曹中义先生编辑一本内部交流的县市文史刊物，确实把这个地块的犄角旮旯摸了个遍。他搜集的民间传说，有时间，有地点，有讲述人，让你不能不信，这是地道的民间传说，不是那种道听途说甚至自己不负责任瞎编一气的假冒伪劣。这样的民间传说，才有史证意义。

这一批民间文史探求者，也有退休下来的政府官员。我们到垣曲时，当地率先接受访谈的，就是垣曲县退休的前任副县长张飞，随行的还有他那个团队的几个年轻人。说是团队，其实没有什么组织，不过是一伙热爱当地文史，对舜乡史迹有钻研兴趣的一伙同道。张飞自幼生长在垣曲，从小，上一辈就在讲述舜帝在垣曲的故事。工作多年了，才知道天下说舜属于自己家乡的地方很多。河南啦，山东啦，湖南啦，浙江啦，都有。张飞退休以后，发誓要到这些地方都去看看，看看他们的根据是什么。他带着一个业余班子，跑遍了全国所有与舜有关的地方。凡有争议的，一看史料，二看古迹，三听民间传说。东西南北跑了个遍，有关舜的争议地点，摸熟了，回来再查看

《山西通志》《平阳府志》《垣曲县志》，更加坚信舜就在自己身边，在身边这块土地长大，从这里走出去，成为千古一帝。

和张飞对谈，常常为他的雄辩举证而折服，有时也为他的友好调笑而莞尔。比方他说，到南方查勘舜井——舜得以从上斜的井洞出逃的那个，他会和当地人讲，你们这里水位这样浅，挖一挖就见水，如何打一个巷道斜井呢？浙江某地有一口舜井，地下全是石头，你当下打井都不容易，舜那时如何挖得动？而垣曲这样的并列井口，敦煌变文就有记载。历山这个山，问当地村民，他们说，我也不知道在哪里。河南濮阳，历山不过一个小岗。济南的千佛山，半天足可以走出去，舜怎么可能在山里迷路？所有的这一切，张飞不愿意过多地驳论，那表情，却也带着成竹在胸的某种骄傲。

祖先大家祭，不分我和你。他们，有一种大度的胸怀，也有某些当仁不让的底气。

在垣曲，我们还遇到了一位蔼然长者吕步震先生，他已经七十六岁了。他以前在烟草公司做文案，酷爱当地的历史文化，长期浸润其中，退休以后就专一研究舜文化。他首先发起在垣曲县成立舜文化研究会，担任过研究会的第一任会长。从在职到现在，二十八年以来，吕步震专一挖掘追寻中华传统文化渊源，打造创建舜文化研究的数据库。他本人，堪称一部大舜在垣曲的"活字典"。二十八年以来，他奔波四省八县百村，行程两万余公里，采访千余名耄耋老人，自费行程，自费食宿，自费购置录像录音，自己编撰打印，自费出版《虞舜明德文明史》系列丛书二十四册，编辑出版《舜文化研究》杂志二十一期，出版《大舜故事》和《尧王访贤》故事系列，为舜帝故里历史树立了一座丰碑。多年来，他在舜乡大地寻找到舜文化遗址七十二处，碑刻三十一通，舜王庙十四座，带领当地重新修复舜王庙三座，九男仰舜亭一座，舜王阁一处，舜王像石雕九个，为舜帝遗址雕刻界碑十八个，牵头创建舜文化纪念亭十五个，参与创建舜文化旅游区五个。可以说，老人把自己的毕生精力全部投入到发展弘扬舜文化的事业中，寻找大舜，挖掘史迹，设立地标，垣曲大地历山周边，凡有大舜遗迹处，必然留下老人的足迹。哪一本书有记载，哪怕寥寥几句，也要找来。

吕步震老人是山西省确定的舜文化非遗传承人。

在垣曲县文化馆，吕步震老人有一个工作室。他在这里设计布置了一个大舜史迹展览馆。有图片，有图书，更多的是各种模板，这种模板，

民间治史成果

是图文模具的形象展示。比如虞舜在垣曲的活动轨迹，尧王访贤路线图，区域地图加上红线标记，点线连接，一目了然。有人来参观，形象直观。吕步震老人总结了大舜的种种历史功绩，比如三大里程碑、四大美德、五大历史功绩、六大文化、七大传播途径、八大产业等等。围绕这些点，吕步震挖掘整合，广搜博采，从民间采集到这些闪光的历史记号，聚拢了舜乡故里三十年生活史，在这里，陈列在广阔大地上的遗迹，成为活的跳动的形象。垣曲舜的传说的密集性、序列性得到了充分展演。

吕步震老人把他的展厅，叫作"崇舜非遗成果展览馆"，以一人之力，办起一个展览馆，走遍东西南北，实实地少见。

这些当地的"土"学者，带着当地的"土腥气"，若论他们的眼界和学养，当然不比专家，但是他们的发现，他们的论述，由于从当地的民间史实出发，又非常接地气。这个恰恰又为象牙塔里的学者力所不及。民间学者在当地的地理民俗中间，时常拎出一些鲜活质朴的指征，像现场指认，拎出来从民众生活中生长出来的问题和证据，这个，高头讲章只能甘拜下风。

世纪之初我还在《山西文学》，主持编辑这本刊物。文学刊物也有偶涉文史问题的，一期《山西文学》发表了作家张石山和主编韩石山的通信，讨论"Yao 婆"二字应该怎么写。两人都没有确定的意见，但都知道这个方言

词流行在现运城地区。文学评论家董大中读后，写了一封给韩石山的信，说了自己的意见。他在信中说：

"Yao 婆"不是一个普通的词，或方言土语，它是一个典故，由舜而来。

舜，"六亿神州"的两个伟大榜样之一，不用解释。舜能被尧选中，把王位禅让于他，他的至孝是最重要的原因，而他的至孝，又因为他的后妈最恶，最残忍。他那个后妈，跟其亲生儿子，亦即舜的异母弟弟，加上他那个糊涂父亲，联合在一起，对他进行残酷迫害。他上了楼，他们把楼焚烧；他下到井里，他们把井填埋，必欲置他于死地而后快。可他每次都逃脱了。事后依然用最大的诚意和敬意，最大的耐心，善待父母和兄弟，以致"孝感动天"，他成为中国五千年历史上最孝的贤人，排在《二十四孝》的第一位。"Yao 婆"最初是指称他那个后妈的，后来才用于别人。它有几层含义。第一层，是男人续娶的妻子，继妻；第二层，有明确的褒贬，"带有明显的鄙视的意味"；第三层，她对前任留下的子女无慈母之心，反呈恶人之状，轻者，不给吃不给穿，使子女得不到家庭温暖，重者，如舜的后妈那样，已失了人性。真正贤惠的后妈是没有人叫她"Yao 婆"的。因此这是一个贬义词，指凶恶的后妈，韩石山和张石山提出三个说法，"妖婆"含有贬义，具备了上边第二、三层意思；"幺婆"和"幼婆"都是中性字眼，只含有上边第一层意思。它们都不能完整地表现那个词的含义。它们还有一个明显的不足，是失去了典故的特点。

我以为，它既是一个典故，就不能按平常组词方式去为它构词。我在用这个词时，经过反复思考，最后决定用"姚婆"二字。根据有三。第一，舜是谥号，他本姓姚，名字叫重华。他父亲也姓姚。说"姚婆"，就是姚家的婆娘之意。第二，我很小的时候，常常听大人讲舜如何孝顺，又常常听女人们议论或指骂谁是"Yao

婆"。从那时起，我就知道"姚婆"指舜的后妈，后来扩大到指那些对非亲生子女如何苛刻、如何残忍的现代后妈，显然是那个典故的活用。我再三回想，"Yao 婆"的"Yao"是二声，跟"尧""爻"相同，因此应是"姚婆"。"妖"和"幺"跟它音同调不同，"幼"则连音也不同了。第三，记得以前从什么书上看到有人用过"姚婆"这个写法，是什么人用过，用在什么书上，却怎么也想不起来。估计，在当时或稍后，人们用"像姚家的婆娘一样"告诫或描写虐待子女的小老婆，说惯了，经过简化，便成了这个词。虽然看不出褒贬，但它是个典故，用时加上引号，其含义自明。再看字义。姚有三义，一是姓，一是远，一是妖艳貌。《荀子·非相》："今世俗之乱君，乡曲之儇子，莫不美丽姚冶，奇衣妇饰，血气态度拟于女子。"说舜的后母有些妖艳，亦通，这就跟你的解释相似了。

董大中在这里想不起什么人用过，用在什么书上。后来找到了出处，最早说到这个词的，是卫聚贤。卫先生亦为河东文化人，他在故乡长期生活过，做过考古发掘，做过古文物考察，对河东一带民俗风情有深刻的了解和研究。卫先生在《古史在西康》中说："舜为苗民，余在《古史研究》上已说过了。舜姓姚，现在山西河东一带演旧戏，对于继母称为'姚婆'，以舜的母亲为姚家的婆婆……"此外，河东地区著名民间文学家屈殿奎亦曾说过。屈殿奎先生跟卫先生一样，明确说，"姚婆"来源于舜的继母，是继母里边的一个异类。再就是马长泰的《舜的传说》和刘拴安的《大舜之光》。马长泰在《舜的传说》中说："舜姓姚，狠毒的继母是姚家的老婆，所以，数千年流传至今，当地人仍将虐待前生子女的继母叫'姚婆'。"刘拴安书中说，"舜离家出走后，庄子里的人都称他的继母为'老姚婆'，天长日久就把'老姚婆'叫成了'老妖婆'……"

像诸如此类的考据，如果不是土生土长的河东人，对于河东的方言民俗了解稔熟，恐怕不好由字面上的一个词，推知背后丰富的内容以及世代流传的沿袭习惯。董大中感慨地说，最能说明舜是河东人的一个方言词，是"姚婆"。像这样的词，只能由具有当地生活经历的学人思考得出结论。从天而降一个大理论家再有本事，和当地民俗生疏与隔膜，怎么能采集到这样的活生生的生活材料，又作出入情入理的通俗辨析？这一切，没有这块土地上的"土"专家绝对不可能的。

我们还知道运城的著名文化专家王雪樵，他原来在运城报社任职，退休以后，专修河东古文化。对尧舜的考证，也是别具一格，一看就是河东城乡的土特产。从肥沃的土壤里长出来的鲜锐课题。

王雪樵先生著有《河东舜迹漫考》，还有其他一些关于古中国的论文。他由《水经注》所引分水处华谷，追索稷山化峪镇的地名，推测出"华夏""华人"可能出于此。在《鸣条舜迹漫考》中，对鸣条岗舜帝陵旁边的一些地名再进行考证，比如"余林村"——

> 舜陵之北有余林村，《运城县地名录》称："该村位于舜帝陵以北三公里处，舜帝号虞，因与虞陵为邻，后演变为余林。"按，此说颇有道理。"德不孤，必有邻。"以舜帝为邻亦是吉兆，以"虞林"为村名亦可体现圣人教化作用，故不当以此说为非。然而从"余林"与舜帝庙紧相毗邻，古之舜陵面积颇大来看，"余林"亦可能是"虞林"之别写。盖古圣人之陵称作"林"，如作为曲阜三孔之一的孔林，实即"孔陵"，洛阳之关林，亦为"关陵"之别称。古"余林村"或者原本就是"虞林村"，是将陵、庙、村作一体观的。

其他还有"大方村""杨余村""冯村""孙余村"的村名考证，与此类似。我因为是当地人，尤其故里距离舜帝陵不远，思考这些村名，津津有味。身边这些村子，原来也可以有这样深厚的历史渊源，这样发人深思的学问。我不敢说王雪樵先生的考证一定能站得住，但这种假设求证，遵循一定思路推论的精神，确是可贵的学术风范。这些，如果不是熟悉当地的风土，熟悉当地的城镇乡村，一个外地人，即便他是学富五车的专家，怎么能想得到千里之外掩藏的小巧机关，历史谜题。

从永济到垣曲，从董大中到王雪樵，尽管他们的学术面目各不相同，总体来说，他们更多的还是以一个民间学者的姿态出现在学问的丛林。和那些专业治史的学者相比，他们更多地属于乡土的产物。生于斯长于斯，要把这块土地上的以往记录下来，传播出去，这是对故土的热爱，何尝不是沉甸甸的历史责任感。

这些年，对于乡村从事科学研究的"土"学者"土"专家，学界习惯叫他们"民科"，民科是一个恶谥，一个蔑称。民间科学家，一般是嘲笑他们不讲学理乱弹琴。在"民科"的队伍里，确有一些不通学理胡思乱想的无知妄人，也有踏踏实实埋头苦干成绩突出而功名不彰的，我深深地替他们惋惜。民科由于学术修养的先天缺陷，面对专家一向胆怯拘谨。面对专家的宏大事业，他们会以偏安一隅而自卑，但是对一方水土的热爱，对一地区域史的烂熟于心，还有研究对象的感性体验，却是专家们所不具备的。这些年，许多历史事件历史人物浮出水面，都与当地的民间研究者揭竿而起首义于前有关。比如我们临猗县的关汉卿故里，诸葛亮后人故里，哪一个不是自下而上爆响？这些民间学者，往往官方不认可，学者瞧不上。他们不满这些冷落，这些轻蔑，又时常希望官方的表彰，学者的推举。遇到学者的逼问，他们会脸红，私下里却也相当固执。他们知道自己接地气，踩得硬。来自民间的证明，来自群众的实证，让他们顽强挺进。区域史的研究突破，他们是一支不可抗拒的力量。

历史研究的建设力量，其来源不外两种，一是专业机构的研究者，二是"民间学人"，按说各种思想主张都是向世界与生活发声，从这个角度看，为什么要强调这些研究队伍的来源性差异呢？我们要尊重不同研究产生的路径与传统，况且，他们的确各有所长。我们希望看到的是，研究的专业性和民间性相互依存，活力给予经典当代雪融，经典给予活力精神启示。

钱穆在《国史大纲》说过，每一个企图研究国史的人，必先对自己的国史具备一定的温情。"民科"们不计报酬地奉献，他们是一群狂热的国史爱好者，要保护他们。

漫山遍野的民间学人队伍，是国史发扬光大的雄厚伟力所在。

第五节　这里最早叫中国：先声和余响

运城，河东，古中国，尧舜禹，这些互相重叠、互相链接、交叉呼应的名词，近几年，在人们的视野里越来越光耀夺目。

尧舜禹在河东，尧舜禹都在运城建都，说古中国在晋南，一点也没错。

是谁最早发现这个秘密，或者这个历史命题？

关于"中国"一词，据史书记载和考古文物证实，中国这个名称三千年以前就有了。记载最早见于《尚书》，考古发掘，最早见于西周初年的青铜器"何尊"，上有铭文"余其宅兹中国，自之疚民"。不过，那时的"中国"，大致上说的是中原一带，和我们后来所说的中国，还不完全是一个意思。

明确地把尧舜禹所立国的地区指称为"中国"，应该是到了孟子他们这个时代。孟子说舜，"夫然后之中国，践天子位"。以当时人们的认识，"帝王所居为中，故曰中国"。远古时期，华夏族群活动在黄河中下游一带，以为居天下之中，故称中国。当代学者普遍以为黄河流域是中国历史发展的中心区域，早在史前时期这个区域就以核心作用和影响力将各地维系为一个整体，尧舜禹在这里建都，这里当然是最早的中国。

这里最早叫中国，运城地区这样标识自己。哪里才是古中国？曾经有好几个地区这样标榜自己。经过多年的争辩，现在各方的声音逐渐平息下来，大家倾向于一个结论，黄河拐弯处这一带，古河东，应该是最早的中国。

著名历史学家、中国考古学奠基人苏秉琦教授认为，"中国"政治实体形成源自原始社会的尧舜禹，他说——

史书记载，夏代以前有尧舜禹，他们的活动中心在晋南一带。

"中国"一词的出现也正在此时。所以称舜继位要"之（到）中国"，后人解释，"帝王所都为中，故曰中国"。

由此可见，"中国"一词最初指的是"晋南"一块地方，即"帝王所都"。而中原仰韶文化的"花（华）"和龙山文化的"龙"，甚至江南的古文化都相聚于此，这倒很像车辐聚于车毂，而不像光、热等向四周放射。这样，我们所讲的"中国"一词，就把"龙"和"华"都揽到了一处。

小小的晋南一块地方曾保留远自七千年前到距今二千余年前的文化传统，可见这个"直根"在中华民族总根系中的重要地位。

苏秉琦教授多次论述过中国文明的起源，他以"三部曲"来概括描述"中国"的形成。在尧舜禹时代万邦林立，各邦的"诉讼""朝贺"，由四面八方"之中国"，出现了最初的"中国"概念，这还只是承认万邦中有一个不十分确定的中心，这时的"中国"概念也可以说是"共识的中国"。到夏商周三代，由于方国的成熟与发展，出现了松散的联邦式的"中国"，至秦汉帝国的形成，从"共识的中国"，到"理想的中国"，再到"现实的中国"，相应经历了三部曲的形成发展，臻于成熟。

"中国"概念的形成过程，是中华民族多支祖先不断组合与重组的过程，各种文化因素重合聚变，产生了陶寺文化，遂以《禹贡》九州之首的冀州为中心奠定了华夏族群的根基。尧舜禹这个十分强大的氏族部落联盟，是最早的"中国"，是中华民族总根系中的直根。

2005年10月25日的《光明日报》，刊登了《专家论河东》一文，指出——

关于虞舜文化，专家们认为，尧舜禹虽都处于部落联盟向封建王朝的过渡时期，但其中舜的贡献最大。舜作为"五帝"中的最后一位，是文明成立并繁荣发展的重要时期。舜帝"明德"思想集中体现为和谐尽孝，而孔子思想核心的"仁"即以"孝悌"为根本，说明了春秋儒家把虞舜思想继承并发扬光大，并从此成为中国传统文化的重要组成部分。所以舜帝是道德文明的鼻祖，虞舜文化是中华传统文化的重要母源。

运城的民众，非常珍视这个"直根"和"母源"。试想，一种伟大文明根系发达，伸向千万里山川沃野，长成参天大树，你的祖先就在直根生长发育，滋养枝叶繁茂，这是多么自豪多么得意的千古荣耀。以此为母源，中华文化又衍生出种种争奇斗艳的花朵，在广袤的国土上一脉同源，又千姿百态，美丽中华，美不胜收。一个靠近母体的子孙，总会时时传感母体的温热，与其他儿女兄弟向心凝聚，花团锦簇。

只有运城，才敢于骄傲地宣称：这里最早叫中国。这里，就是运城。

河东儿女，喜爱"直根"这个说法，提到"母源"的评价，当然脸有喜色。大凡各地讴歌我们的传统文化直根，河东儿女乐见其成。同时，他们也在文明的腹地发出自己"天下第一"的声音，这些年，古中国，新运城，"这里最早叫中国"的种种活动，不断在各地热络，它是河东儿女的声音，也是中华大地讴歌历史文明的多声部合唱。

1988 年的高考语文，有一道阅读题，内容是，我国最早叫中国的地方是山西南部。

1989 年高考历史试题，其中有一题，"中国"一词最早指的是我国的什么地方？答案是：晋南。

从八十年代到世纪之初，论文散点开花，运城当地介绍研究的著作也令人目不暇接。如《妫水河名考》《舜都蒲坂》《舜帝故里》《舜帝文化历史遗迹考略》，《华夏文明看山西》系列丛书，收录了《尧舜禹相继建都在河东》《虞舜之墟在永济》《舜居妫汭与妫汭舜都显现于蒲州城东南九龙口》。还有《虞舜圣迹》《虞舜古论》《虞舜今论》《虞舜传说》《舜裔姓源》《虞舜文化考论》《鸣条舜帝陵古碑录》，这其中，叶雨青、张培莲合作的《舜的传说》《圣帝虞舜》《舜帝传说故事》《舜帝陵庙》《尧舜传》，先后在山西人民出版社出版，他们是尧舜研究的生力军。

内地的虞舜热，推动港澳台乃至东南亚及世界各地的虞舜宗亲，纷纷组织亲友团来内地寻根拜祖。

1989 年开始，"台湾中华民族统一促进会"秘书长、台湾中国文化大学姚荣龄教授，受陈立夫老先生所委托，到大陆进行为期三年的考察、调研，查证舜帝的确实出生地。姚荣龄教授不辞劳苦，本着全心全意、大公无私的精神，奔走于山东省、河南省、浙江省、山西省、陕西省等地，为时三年时间，行程近十万公里，通过多方考证、走访及采集原始古老实证等资料，向陈立夫老先生汇报，最后确认舜帝姚重华太始祖出生地为：山西省永济市张营乡舜帝村。1993年年初，姚女士经多方寻访找到古蒲坂的确切地址，到永济舜帝故都故里，详细观察体味，写出了情深意切的《寻根记》，在1994年菲律宾召开的第十届舜裔大会上作了发言。同年，新加坡姚氏总会的实业家姚志腾，在姚荣龄的陪同下到永济考察，参与建设舜帝广场，在广场中心竖起一座舜帝青石塑像。当时永济市还成立了蒲坂五姓总会（姚、陈、胡、王、田），姚志腾任名誉会长，姚荣龄任顾问，由五姓总会提议修建一座舜帝庙。后来，舜帝庙未能建成，于是姚志腾在永济市中心捐建"舜帝广场"，并立有舜帝圣像一座，自此这条大道命名为"舜帝大道"。

在运城的另一端，垣曲县也在努力。县里面成立舜文化研究会，编辑刊物书籍。村里在恢复舜王庙会，尝试规划线路，制造抬阁塑像。要重现十村八村联络一体的盛典狂欢。专家们在勘察当年尧舜的遗迹，旅游区在着力打造特色历史文化内涵的观光区。县里政府部门开始组织公祭活动，古负夏城要筹备修茸。一切的一切，都在迎合一个热点，冷落了多年的祖先舜帝，要抖落历史的风尘，重新成为我们顶礼膜拜的守护神。

四海儿女，声气相通。海外的大祭启发了我们，我们就在舜帝的故乡，一个最有资格祭奠舜帝的地方，祭奠的场所，应该搬到河东来。待到新的舜帝陵修复工程竣工以后，盐湖区向全世界介绍舜帝研究的成果和舜帝陵的历史文化价值，引起了各国舜帝后裔的热情关注，于是，世界舜裔联谊会的大祭主办权，有那么几年，争取到了盐湖区。每年九月，即金秋大祭，热闹非凡，来自几十个国家的舜帝后裔齐聚舜帝陵，在古柏广场举行万人金秋大祭活动。世界舜裔联谊会主席亲自担任主祭，恭读祭文，全体参拜舜陵，世界各地的舜帝后裔被舜帝陵的壮观景象所震撼，许多人激动得热泪盈眶，总算是找见老家，见到老祖宗了！

天地之间，一个沉钟一般的声音终于传到了北京，2004 年，中国先秦史学会郑重决定，将山西运城舜帝陵作为先秦史的研究基地。

2005 年 9 月，中国先秦史学会第八届年会暨全国虞舜文化研讨会在山西运城舜帝陵召开。

这是一场学术盛会。对于远古文化研究，有着极其重要的意义。

夏商周断代史刚刚由这个学会的专家们划断，从此夏代再也不是传说，成为信史。这个学会拥有国内一批顶尖的专家，一个个都是一言九鼎。

山东的、河南的、湖南零陵的、汉中的、会稽的专家代表都来了，他们那里也有虞舜的遗迹，舜帝到底属于谁？在这里有一场看似波澜不惊，实则互不相让的较量。

全国虞舜文化研讨会为期三天。会议期间，来自中国社会科学院、北京大学、清华大学等八十多所研究机构、高等院校的一百三十多位专家集聚一堂，站在历史高度，以严谨科学的态度、求真务实的作风、勇于创新的精神，分别从考古学、训诂学、地名学、地理学、民俗学等不同领域，多方位、多角度、多层次地对尧舜时期的社会性质及禅让制度，虞舜的主要活动地域，虞舜文化的思想内涵和开发利用价值等课题进行了广泛深入的研究探讨。与会专家学者或高屋建瓴，字字珠玑；或引经据典，娓娓道来；或旁征博引，纵横古今；或独辟蹊径，发人深思。他们各抒己见，精彩纷呈；畅所欲言，灼见煌煌。浓厚的学术研讨氛围中，透射着强烈的时代气息，舜帝安息之处，有一群拜学后人在大聚会大辩论。

与会的都是全国一流的专家，在这个领域有强大的发言权。这是一次全国性的大讨论，也是一场各种观点的大比拼加公开评判。关于虞舜或者是有虞氏部落活动区域，与会专家认为，正是由于中华先祖枝繁叶茂，代有迁徙扩张，因而造成全国各个地方都有舜的遗迹，地方之间互争先祖居地，恰恰是中华民族强大向心力的具体表现。目前虞舜居地主要有冀州、兖州说，另有会稽、汉中、零陵等说，经过讨论，关于会稽、汉中、零陵说已经没有什么人坚持。有些原来坚持上述学说的专家来到运城以后，看到运城虞舜有关的丰厚文化积淀，尤其是参观了舜帝陵庙及"虞舜文化专题展"，立即改变看法，从众人说，认为黄河流域特别是晋南应该是舜的主要活动地区。少部分学者也有认为从其他地方迁入的，多数专家学者一致认为，舜的活动区域在晋南境内。

这次年会的报道，各位专家的意见，《光明日报》刊发了一个整版。专家群体的态度，也可谓斩钉截铁，没有什么含糊其词的虚与委蛇——

> 经过考察，专家们一致认为，运城一带的文物资源，一是多，内容丰富，文化积淀非常丰厚；二是大，即历史研究价值大；三是早，即年代古老；四是广，即分布区域广，形成了一个上古文化广泛的网络。在上古时期，没有比今晋南更重要的地方了。说尧舜禹皆活动于今晋南一带，应该是理直气壮的。

> 专家们认为，古书上说，尧都平阳，比尧在河北和鲁西南的说法更有理。夏人活动中心为晋南和豫北，夏都安邑是动摇不了的。舜的活动地区有不同说法，但司马迁还说舜是冀州人，还有人说，"舜居蒲坂"，因此，把舜的活动地区和死后的卒葬地列在晋南这一范围内，至少在学术上是有依据的。

中国先秦史学会第八届年会，是一个标志性的事件，这一班中国古代史专家，在完成了国家的夏商周的断代史工程以后，又开始把目光聚焦到史前，尧舜禹，已经进入他们的视线，他们在大地上寻觅尧舜禹的踪迹，此刻一群顶级专家汇聚晋南，显示了一种战略目光的转移。"探华夏文明之源史学大师综论虞舜，谒德孝圣祖之陵先秦专家欢聚河东"，新闻记者们用此来描绘大会的空前盛况。

中国先秦史学会的理事长李学勤，以一首《舜帝赋》献祭舜帝：

> 盛皇虞舜，千古圣帝。睿哲文明，万世崇尊。
> 承尧传禹，拓新人文。功德丰伟，立极乾坤。
> 事亲尽孝，感天动地。以德化民，淳风普世。

施政以仁，万邦来仪。至孝至德，天下驰誉。

举禹治水，开凿龙门。命弃稼穑，稷山教民。

制定刑律，依法制本。功在社稷，泽被后昆。

高歌南风，勤政爱民。禅位大禹，天性公心。

创建政体，为国奠基。大道光炎，盛德清馨。

黄河浩荡，中条崔嵬。圣帝之乡，万象呈辉。

英雄儿女，同德同心。强市强区，图宏业伟，

放眼世界，风生云起。圣帝之裔，傲立寰宇。

艰苦创业，勤奋智慧。竭诚报国，可歌可泣。

中华美德，长存永继。民族精神，永不失弃。

尊祖爱国，勿忘根本。传承文明，和谐社会。

尧天舜日，时代永追。太平世界，人类翘企。

仰帝圣灵，光我河东。祈帝福庇，强我华裔。

  李学勤的这一大赋放歌舜帝的功业，回顾了千年河东，又展望了古老的运城辉煌的未来。作为一个历史学家，他看到一个古中国的摇篮，从悠远的过往汲取力量智慧，强大的传统成为巨大的力量，推动城乡继往开来。而每前进一步，我们都可以骄傲地回顾，我们得力于先人积累的宝贵财富，这样的一个历史悠久的地区，一路逶迤前行，拜先王所赐，也是后人的福祉。

  运城的过去，尧舜禹先王诞生成长治国理政的地方，运城此后的一切成就，也都喜欢打起先王的旗帜，他们的斩获，都可以找到先王的影子。

  2006年，全国评比"十佳魅力城市"，3月启动，10月颁奖，历时八个多月。观众投票，实地考察。运城参加了一轮一轮的角逐，一路斩关夺隘。

  9月20日，由中国文联副主席冯骥才、厦门大学教授易中天等十三位著名的专家教授组成的评委会终决投票，运城在十座城市中全票当选。与江苏苏州、云南丽江等一起荣登中国十佳魅力城市金榜。

10 月 16 日夜，北京城，中央电视台举办的中国魅力城市颁奖典礼流光溢彩。运城绛州鼓乐团表演的锣鼓以排山倒海之势拉开了序幕。运城首先上台领奖。对于运城这个古老又年轻的城市来说，这是一个永存于运城人民记忆，载入中国城市发展史册的高光时刻。著名主持人宣读组委会对运城市的颁奖词：

> 舜耕历山，禹凿龙门，嫘祖养蚕，后稷稼穑，中华文化从这里一路摇曳而来，穿过汉风唐雨，经历宋韵之声，这里是五千年文明的主题公园；永乐宫中笑谈古今往事，鹳雀楼上眺望三晋风流，关公的诚信就是这座城市源远流长的人文精神。华夏之根，诚信之邦——运城！

明眼人一眼就能看出，我们靠的什么实力？我们靠的是悠久的历史。靠的是先王带头的"舜耕历山"。几千年过去了，尧、舜、禹、嫘祖、后稷，一旦有事，先祖们依然在暗中助力我们。

运城成为全国十佳以后，一首歌唱运城风情的歌曲不胫而走，在天空和大地之间冲撞，响遍了田野城乡。这就是运城市文化局局长黄勋会作词、二炮文工团歌唱演员咏峰作曲演唱的《这里最早叫中国》——

> 你因尧舜禹光芒闪烁，你因中条盐湖富民强国。
> 你因关公精神诚信天下，你因西厢爱情陶醉你我。
> 这里最早叫中国，黄河母亲这样对我说。
> 华夏之根，文明之源，这里就是最早的中国。
> 你有永乐宫里八仙传说，你有鹳雀楼上千古长歌，
> 你有嫘祖养蚕美丽生活，你有后土圣母赐福你我。
> 这里最早叫中国，黄河母亲这样对我说。
> 华夏之根，文明之源，这里就是最早的中国。

十多年以后，发展再发展，进步再进步，运城已经成为晋之南一颗美丽的明珠。2018 年，央视又一次组织全国旅游城市大比拼。这一次，山西推出了永济市，对抗的对手是山东乐陵。

央视直播评选现场

央视一个半小时的节目直播，在山西，在运城，在永济，都不是小事。运城和永济，要恭请嘉宾，组织团队，领导登台引领，群众演员配套，歌舞解说，对接组合，这是宣传运城、展示永济的一场大戏，历时半年的导排合成，大队人马浩浩荡荡三百人，终于搬到了北京央视排演中心。

龙洋的主持，阎维文的歌唱，任志宏的解说，灯柱旋转划过高空，音乐摇撼首都之夜，五颜六色的群舞欢腾跳跃。央视此刻，是山西时刻，运城时刻，永济时刻，一个城市面对全国，尽情地展示自己的魅力色彩和分量。山西山东两地，一边欣赏对方的豪迈文明妩媚，一边紧张地注视着打分。毕竟，这是一场竞赛。

永济市的市委书记徐志英，代表永济做城市介绍，他向大家，向全国，展示永济的魅力所在——

　　永济，是最早叫中国的地方！西邻黄河水，南屏中条山，是尧的旧都，舜的都城，尧舜禅让的尧王台遗址尚存，《虞乡崇圣寺碑记》中说，"中国之名始于尧舜禹，中条五老授其河图九书而治于天下，初竖疆都，依中条而竖其国，谓之中国。"《史记》记载，"天下明德自虞舜始"。从舜都蒲坂到大唐蒲州，从宋元明清到清朝以后的永济，在中华民族发展史上都占有重要位置。

"这里最早叫中国！"这一声悠长的吟诵，力拔千钧。哪里有这样的县市，敢于宣称自己就是千年中国的起点？六分钟的介绍，一秒不差的六分钟，却是震响了舞台，震响了遍布千山万水间的点点荧屏。

节目有永济民俗表演，有花伞，有道情，有背冰，这本来是永济一带黄河岸边开河之时的民间庆典。春寒料峭，小伙子们背起数十斤重的大冰块，沿着岸边列队舞蹈，锣鼓轰鸣，一年冬去春来。在舞台上，小伙子们袒胸露背，亮出强壮的脊骨，结实的肌肉，雪白的冰块映衬在古铜色的皮肤上，那是青春、力和美的惊艳亮相。这时，主持人龙洋突然注意到，小伙子们头上都缠着一个草圈，草圈一边竖起一个火红的烛棒一般的东西，她好奇地问：

你们这个草圈有什么含义？

小伙子告诉她，这草，是黄河岸边的蒲草，这根棒棒叫蒲棒，是蒲草的花棒。

啊，这苍天一般的蒲草，苍天一般的蒲棒！四千多年以前，我们的先祖舜帝一族，不就是沿着黄河岸边，寻找蒲草，望着火红的蒲棒，确定了自己的居住地吗？这个地方，就此开始叫——蒲。就此开始，成为婴儿的中国！

音乐响起，灯光大亮，全场时光穿越，千年的蒲草，千年的蒲棒，不老的黄河，遥远的舜帝，今天在这个光华万丈的大舞台汇合。九百六十万平方公里的版图上，从灯火辉煌的高楼到山凹凹里的星星点点人家，都在倾听着一个声音：这里最早叫中国。

四海回响，龙凤和鸣，狂飙为我从天落。这里最早叫中国。永济这么说，运城这么说，山西听到了，中国听到了，世界听到了。

第六节　眺望陶寺

关于舜，至今依然可以说，我们知道的还不多。

运城的朋友们说，尧舜啊，传说多，记载多，史征少。

关于舜，目前为止，来自史征的确实很少。

1996 年，国家宣布启动夏商周三代断代工程，经过五年努力，夏商周的历史纪年，终于有了一个明确的交代，由此，夏，成为信史。

这是一个国家历史巨大的研究工程，可惜的是，他们的脚步走到尧舜禹旁边停了下来。只要再前行一步，或许就可以感应到尧舜禹的神经，触摸到先王的肉身，开启尧舜时代的大门，遗憾的是，这一切，并没有发生。

不过，我们还有陶寺。

从 1978 年以后，为了寻找夏代遗存，考古人员对于疑似尧都平阳的陶寺遗址再次进行发掘。1999 年又一次发掘。2002 年，陶寺遗址考古纳入中华文明探源工程。2016 年、2017 年相继发掘，陶寺遗址的面目越来越清晰。

陶寺遗址

陶寺遗址发掘总面积约 10000 平方米，出土文物 5000 余件。考古人员对于陶寺遗址的聚落形态，包括都城兴衰、性质以及功能的区划、大路水系等，都有了进一步的认识。这些功能区，涵盖了宫城、下层贵族居住区、王陵区、祭天祭地礼制建筑区、仓储区、手工业作坊区、普通居民区等。

据李琳之《元中国时代》，展现在我们面前的陶寺古国，它具有以下特征——

独占地中以绍上帝。2002 年，陶寺城址中期王墓，出土一根漆木杆，这是圭表日影测量仪器系统中的圭尺，可测量陶寺本地春分、秋分、夏至、冬至以及其他节令，同时可以用于测量大地幅员。陶寺当时的夏至日影实际为 1.69 尺，准确地说 1.6 尺是南边一百公里的垣曲盆地夏至影长的实测数据。垣曲盆地东关等遗址，被视为先夏遗存的庙底沟二期文化中心分布地。陶寺统治者把垣曲盆地夏至影长 1.6 尺作为其"独占地中"的标志，是为了"以绍上帝"，笼络人心。

实际上，这个"地中"一直处在"逐中"的状态，到了夏朝，夏至影长"尺五寸"又成了地中，这是河南登封的实测数据。从垣曲盆地的 1.6 尺，到陶寺虚拟的 1.6 尺，再到夏代"禹都阳城"的 1.5 尺，说明了"地中"概念可以变动，"地中"思想却是严格传承的。

陶寺古城以"中"为指导思想来进行选址、建设，还体现在背靠崇山的地理位置。崇山是陶寺古国及其联盟心目中作为"天下之中"标志的神山。这种神山，在尧舜之前，人们名之曰昆仑，既是支撑天地间的中央支柱，也是帝王赖以往来天地间的天梯，在尧舜时代则被称为崇山。这正是古代"王者逐中"思想的集中反映。

陶寺遗址，乃至此后的登封王成岗遗址、二里头遗址等，建城理念都是"独占地中以绍上帝"。《史记集解》所云，"帝王所都为中，故曰中国"，这是"中国"的初始定义。

严密的社会组织结构。陶寺古国的实际控制面积并不大，然而通过南北两个拱卫遗址群，同古城一起整体构成了一个具有五级聚落、四层等级化的国家社会组织机构。它的社会组织以乡镇为基层组织，村级组织只是乡镇组织的一种延伸，发育并不完全。许多乡镇甚至根本没有村级组织机构分支。这是一种自上而下的行政分支发散式发展模式，与后世中央对地方行政管理体系暗相符合。

陶寺古国严密的社会组织结构还体现在陶寺遗址出土的玉圭上。

玉圭分为平首圭和尖首圭两种，是上古重要的礼器，被广泛用来"朝觐礼见"表明等级身份的瑞玉。圭首是尖锐的，就像大地上的小草到了春天就会破土而出，从不失信于大地一样。这样，玉圭就成了官僚委任的凭信物。可以看出，陶寺古国对于下辖各地的治理，有着严密的官吏任用考核制度。

严格的社会等级制度。陶寺古国严格的社会等级制度，首先体现在墓葬的规格。早期王族墓地中的统治者与高级官僚，凌驾于 95% 的赤贫平民之上。显示出贵贱有别、高下依序的等级制度已经存在。其次，体现在陶寺古城的构建布局上。陶寺中期城址有一条连通外郭城东门与西门的通衢大道，这条大道将城址分割为截然不同的两个空间。南区分布着手工业区和普通居民区，属于低等级的平民生活区域。北区则是宫城、王级贵族墓地、祭天礼制建筑区和祭地礼制建筑区，是古国王族、贵族等上层人士工作生活的区域。尊卑等级秩序一目了然。

值得一提的是，王级贵族墓地和观象祭祀台等祭祀遗存被城墙围在城南的小城内，形成特定的"鬼神区"，鬼神凌驾于王族贵族以上，开了后世陵园、寝庙围城的先河。既从物化形式上提升了鬼神区在城址功能区划中的地位，又从精神上强化了人们"祀天祭祖"的意识。

初具雏形的礼乐文明。礼乐如影随形，有什么样的礼，就要有什么样的乐。封建统治者之所以强调礼乐文化，是以治国安民为目的，通过乐舞让人们完善内在修养，自觉遵守社会秩序，实现整个社会的安定和谐状态。

礼乐文化发展到西周，受到统治者的格外重视。周王室强调个人的乐舞修养，还制定了相关的礼乐制度。就整个贵族阶层而言，乐舞修养持守已经成为他们生活的一部分。

礼乐文化经过西周上层社会的发扬光大，已经非常成熟完备。周礼甚至成为周王朝上下敦睦、秩序井然、国泰民和的标志。正因为如此，生于春秋时代的孔子，对于身边的各国争相攻伐、杀人如麻、礼崩乐坏的局面痛彻心扉，倾其一生周游列国，念念不忘克己复礼。梦想回到西周所谓笙磬同音、琴瑟调谐的礼乐文明社会。

礼必有乐，是因为无论祭祀、朝聘、宴饮、战争等重大事件都离不开乐器。鼎、彝等礼器表现这些活动的庄重，钟、鼓等乐器演奏乐章，因此，礼乐文化总需要相关乐器演奏，才能形成文化载体。

陶寺文化之前，河南舞阳的贾湖遗址曾出土世界上最早的七孔音笛，此后还在中原地区多处遗址发现了陶埙等乐器。这些发现很重要，不过毕竟支离破碎。比较来说，陶寺遗址出土的各种乐器却是成组成套的。目前为止，陶寺遗址出土的乐器有鼍鼓8件、石磬4件、土鼓6件、陶铃6件、铜铃1件、陶埙1件，合计26件。尤其值得强调的是，早期王墓中，陶鼓、鼍鼓、石磬通常都是配伍殉葬，这标志着陶寺古国礼乐制度的初步形成。

陶寺遗址出土的成组、成系列的各种乐器，向我们展示了四千多年前早期中国时代礼乐文明的壮丽画卷。毫无疑问，它是影响中国数千年之久的礼乐文明的滥觞。

陶寺龙开启帝王身份象征时代。陶寺遗址发掘出一副彩绘龙盘，其内壁和盘心绘有作盘曲状的朱红色龙纹，底色是油亮的黑色磨光陶衣。龙纹蛇躯鳞身，方手圆目，身体饱满而外张，沉稳而强健，龙头朝上，龙眼直视前方。嘴里衔着一根草状的植物，犹如伸展的蛇信，威严而神秘。整个形态似蛇非蛇，似鳄非鳄。陶寺这条龙对于以前各种背景下的龙形，有继承也有创新。联系到陶寺古国的国家性质，陶寺龙实际上开辟了"帝王身份"的象征时代，具有划时代的意义。在中华民族龙文化的发展传播过程中，陶寺龙是一个关键的坐标点。它上承河南濮阳西水坡的蚌壳摆塑龙、湖北焦墩遗址和辽河流域红山文化的玉猪龙，下接豫西二里头遗

陶寺遗址出土陶彩盆

址的绿松石摆塑龙等，成为这个漫长时光链条中最重要的一环。

引领世界风骚的科学技术。陶寺古国科学技术的发达，首先体现在天文气象观测。陶寺观象台位于城址的东南部祭天遗址内，其最重要的功能就是观天测日以授农时。在远古，这个观象台已经可以通过观测，发现一年二十个节气，指导大豆、黍、粟等农作物播种收获。其次是夯土建筑技术。利用黄河流域黄土的直立性、可塑性的特点，采用夹板成形、夯打砸实，以增强人工土的密度和实度。陶寺文化时期，这种夯土技术已经相当成熟精湛。陶寺遗址的所有城墙以及大型基址，都采用了夯土技术。直到现在，黄土高原的乡村建筑，还可以时常看到夯土墙夯土地基。须知在四千多年以前，我们的祖先早已经用得烂熟。与此相联系，陶寺的宫殿，开始使用板瓦。虽然性能不能和现代陶瓦相比，但在远古，已经很了不起。无论宫殿建筑，还是普通民宅，大都使用了白灰墙与地面装饰技术，这些建筑材料应该是利用当地的石灰石矿烧制成的，其成分接近今天普遍使用的石膏。陶寺的宫殿区晚期堆积还发现了一块白灰皮蓝彩，似为宫殿墙裙装饰涂料。这就是我们俗称的蓝铜矿。

还有先进的冶金技术。遗址出现的铜盆口沿，铜铃、铜齿轮、铜环、铜盆口残片和铜蟾蜍片，都是红铜制造。虽然不能否认陶寺的红铜制造技术受到中亚乃至西亚的影响，但陶寺人成功地把这种技术提升而用于礼器的制造，不能不说是红铜铸造技术本土化的一个创举。还有朱砂染料技术。陶寺早期中期的陶器、木漆外表装饰，以及朱书文字的颜料，红色都为主要色，当代人对这些红色颜料做过化学分析，结果表明，这是我们至今还在使用的朱砂。

兴盛发达的农业经济。陶寺的农作物除了黍、粟和水稻，好像还有大豆。其中粟、黍居多。通过植硅石分析，当地也种植水稻。水稻在日常生活食谱中少见，但在宫廷和祭祀中地位重要。最能说明陶寺古国农业经济兴盛发达的直接证据，是那个宏大的窖穴仓储区。仓储区占地面积约一千平方米，周边是二十米宽的空白隔离带。区域内窖穴密集分布，有可以下到坑底的螺旋形坡道，坑底还有用来支垫防潮的木板。大窖穴可以容纳四百多立方，小窖穴也可以容纳一百立方左右，其中储存的粮食主要是粟。陶寺农业的发达程度，可见一斑。

陶寺的家畜饲养以猪狗牛羊为主。猪狗较多，都是作为肉食用的。猪骨也有随葬的。在一座墓穴，随葬的猪下颌竟然达到了132件，陶寺古国的家畜饲养业该是多么发达！

门类齐全的手工业体系。2010—2012年，山西考古队对陶寺城址手工业区钻探发掘以后，初步认识到陶寺中期的手工业区近二十万平的范围，可能是一个人工控制的封闭区域。除了制陶手工业园区以外，至少还有四处石器工业园区。整个手工业园区由一座面积约一千四百平方米，带天井和门道的回字形大型夯土建筑统领。其建筑级别之高，整个陶寺手工业区内没有任何一座建筑能与之相比。中国社会科学院的考古专家何驽认为这是陶寺手工业区的最高行政管理机构治所，并由此提出了关于陶寺手工业管理的模式。何驽认为，陶寺石器工业中的主要产品，不管是陶器还是木作工具都不是主打产品，主打产品就是各种类型的石镞，这是一种"军工石器工业"，生产出来的棱骨穿甲镞和片叶状镞，除了武装自己以外，大量产品主要用于贸易。当然陶寺穿甲镞性能优越，片叶镞坚固耐用，让它在军工市场更容易占得先机。

陶寺古国，发达的农业经济是它腾飞的基础，门类齐全的手工业体系，尤其是严格控制的高端军工制造业，更加让它睥睨天下，笑傲四方。

陶寺遗址发掘出的城址及文物性质表明，它已经具备了最初中国的形态，尽管作为一个国家，它的许多功能还不完备。尽管它的实际控制范围还仅限于晋南一带，但它是公元前2300年最初的实力最为雄厚、影响最大的一个古国。

四千多年前的陶寺古国，在历史的深处如此傲视群雄，光芒四射，那么它的主人到底是谁？

陶寺古国一次一次发掘成果，吸引了海内外的目光，一大批专家络绎不绝到此勘察，在纷纷攘攘的争辩中间，一条线索越来越清晰。

陶寺古国的存在时期，对应着我们远古的尧舜时代。

陶寺遗址和尧都在时空上高度吻合。

华夏图腾的龙，在陶寺龙彩盘这里看到了实物。

观象台的出土，让尧舜"敬授民时"从传说走向史实。

陶寺遗址中两座墓葬的墓主，进行了人类牙釉质的锶同位素比值测定，头骨测量多元技术分析，结果暗示了陶寺人群的地籍族源。这个说明，尧舜的活动区域，确在晋南一带。帝尧禅让予帝舜，是完全可能的。虞舜迁回蒲坂，也是合乎情理的。尧舜群落的活动，是有史征强大支持的。

陶寺遗址文物的丰富多彩和风格流变，显示了尧舜时代协和万邦的思想发扬光大。尧舜禅让之中的"垂衣而治"和晚年帝位问题悲剧命运，都开始有了倾向合理的解释。

陶寺，使得尧舜不再属于传说。它的时代，它的宫闱，它的墓葬，已经可以看到实物。那个时代的工业农业手工业，都一一显影出来。那个朝代的科学技术、制度安排、礼乐文明都已经成为可征可考的实景。一副远古时代的图景渐渐由我们一笔一画描绘出来。所有的证据将这个文明古国的主人指向了尧舜。

关于陶寺遗址的价值，著名历史学家李学勤这样评价：

> 考古研究已经使我们窥见相当于传说中尧舜时代的社会、文化的真相。例如山西襄汾陶寺遗址，其年限上限在公元前 2500 年至公元前 2400 年，下限不晚于公元前 2000 年，正好与传说时代的尧舜时代大致相当。——陶寺的地理位置同文献中"尧都平阳"正好接近。由此看来，认为传说中尧舜时代文明已初步建立，是妥当的。

陶寺古国表现出的最初中国形态，上接炎黄文明，下启夏代文明，成为五千年中华文明链条上一个不可或缺的关键点。

陶寺遗址，让尧舜时代走近了我们。越来越多的专家认为，尧都平阳现在已经是于史可征。那么，舜帝呢？关于尧舜的一切，是否都已经清晰地显示出来了呢？

听一听专家群体的意见，就知道关于尧舜，我们其实还是刚刚穿越到这个时代的门槛。

山西的专家朋友李琳之这样说——

陶寺遗址被分为早、中、晚三期。早期距今4300—4100年，中期距今4100—4000年，这一数据同文献记载的尧舜禹时代基本上是吻合的。之所以说"基本上"，是因为尧舜禹这些人物往往不是指具体的个体，而是同其部族名称、图腾名称，甚或地名是联系在一起的，因而尧舜禹更可能是一个沿袭性的称号，换句话说，尧舜禹应该是其几代最高统治者的一个统称，如同今天不同国家的主席、总统、首相等称谓。事实上，在陶寺早期的王陵中，也确实发现了处于最高而且是同一等级的六座大墓。根据陶寺早期遗址延续两百年的时间看，这六座大墓的主人理应是前后相继的六代帝尧。

这里的意思，引自临汾方面编写的学术讨论成果《帝尧之都，中华之源》一书。看一看这些论断和推测，就知道走近尧舜，我们还不能太过乐观。

与此同时，即便就以现代的科学测试手段来鉴定，我们也可以听到一些别的声音。

垣曲方面有朋友认为，依据垣曲东关陶寺遗址发现的圭尺测定，陶寺夏至日影为1.69尺，而以帝王"独占地中"论，"地中"日影为1.6尺，这是垣曲东关夏至日影的实测数据。而垣曲东关是庙底沟二期文化中心所在地，陶寺那个1.6尺，不过是虚拟借代。由此推断，尧的部落应该在垣曲。

还有学者依据绛县周家坡遗址处于陶寺晚期，为晋南首屈一指的大型聚落，遗址看出古国功能完备，推断这里可能是舜帝的都城。

众说纷纭。难以有谁能够做到一声断喝，众响毕绝。

历史，就这样给我们留下了许多千古谜题。山一程，水一程，我们一路前行，一路回看，人类，总想弄清自己的来路。我从哪里来，我到哪里去？

无奈山重水复，来路早已隐没在恒久的时光里。我们探寻过许多抵达的路径，终而还在路上。像夸父追日，我们一直在追寻自己的起点，却永远只能看到先人高大的背影。他影影绰绰，时隐时现，有时我们似乎一把就能抓住他的手臂，突然明白会错了意，顿时垂头丧气。不过，由星光满天，到月朗星稀，目标显然越来越明朗。

抵达的过程，悠久而漫长。回忆曲折的脚步，我们依然很欣慰。我们曾经有过多少切实的收获，幸福的回忆，美好的想象。对于先王，我们也经历了多少丰富的理解，艰难的阐释。理解和阐释，一个千年的命运。我们在理解先王，阐释过去，同时也在塑造自己，塑造自己的群体形象。一个伟大的国家功业，在追寻和理解中完成，一个伟大的民族性格，就在不断的追寻过程中塑造完美。几千年，尧舜作为一个伟大的象征符号，在民族精神的建造中，发挥了伟大作用。它还会泽被后世，光耀后人，恩泽浩然，辽阔遥远。

从二十世纪二十年代的古史辨到现在，转眼也快一百年了。从康有为、章太炎的"传疑时代"说，到顾颉刚那个吓到世界的"禹是一条虫"的假说，似乎还回响在耳边，今天，夏朝却已经成为确信不疑的历史。一切都表明，我们在顽强地走向一个目标，尧舜禹确有其人。中华民族的五千年的文明史不是虚言妄断。我们口口相传这么多年，我们铁画银钩记载了这么多年，怎么会是无根之论，无本之木。山，就在那里，我们没有爬上去而已。根系，深植千年万年，我们没有理顺脉络罢了。

大地莽莽苍苍，时空辽阔旷远。我们当然还会继续寻找。

我们会在时间的深处相会。

期待考古的新成就，也许不久的将来，我们就会看到尧天舜日的清晰图景。千年的失散，千年的重逢，会令我们欣喜若狂。走近了，揖手，下拜，尧舜禹不只是传说，先王实有其人。

（本章陶寺遗址照片由陶寺遗址考古队队长高江涛提供）

后　记

　　我的写作，从来不涉先秦，理由明摆着，我们那一代老三届中学生，古代汉语是个短板。汉以后的历史，还可以糊弄事儿。一到先秦，古代汉语这一关先就过不了，不能阅读古书典籍，怎么理解历史呢？所以在以前，一说到先秦，我就闭嘴，遑论远古。近些年传统文化大兴，我佩服一些同学朋友，他们和我一样，求学时代在大字报批判传统中间度过，怎么后来就能作出古代史的皇皇大论。一次问一个朋友，你的论语研究怎么搞出来的，你什么时候修习的论语啊？他坦率地自嘲，"还不是'批林批孔'的时候"。我明白他的意思，当一部典籍，我们只有在批判时，才有接触和阅读它的机会，这是多么悲哀的事儿。

　　像《诗经》《楚辞》四书五经十三经一类典籍，我们的前辈学人，都是在少年时代，就接受了系统的启蒙，他们有扎实的童子功。感谢这些年的传统文化大复兴，我们渐近老年，终于和这些经典有了亲近，这个补课的任务当然是十分艰巨的。

　　由此，在接受老家写一写舜帝这个任务时，我的心里其实压力挺大的。对于远古文明，我深知自己所知甚少。写作实际也是一个恶补的过程。尤其一些佶屈聱牙的早期文献，反复查找比对，总想得到一个准确地阐释。可以说，在我，是一个边学习边写作的过程。田野考察，走访古村落，一头扎进史书，吸收消化，经过异常劳累的跋涉，可以说，对于远古，对于故乡丰厚的历史蕴含，我有了较前更多地了解和积累。在写作过程中，实在说，几次想到放弃。太费劲了。只恨自己学养太差。我羡慕那些故乡的乡贤，他们之中的好多人，一辈子就钻在故乡的历史典籍里，徜徉在民俗和文物现场，孜孜不倦地治学，终而至于有成。前些年有一种说法叫"地方性知识"，有那么点讥诮的意思。其实写好一个地方很不容易。尤其是故乡，在这一块肥沃的土地上耕耘，该是一件多么幸福的事情。

《德孝舜地》的写作，还有一个难题，就是历史阐释和艺术表达的完美融合。本书不是学术论文，我们的定位是文化散文。历史事件需要艺术化的表达，作品要体现艺术美。历史论说总是枯燥的，文学表达却是鲜活的。历史记录是理性的，历史现场的遇见却是感性的。我尽量处理好两者之间的关系，于古老的历史事件生发出活色生香的感受来。我们所写的这种散文，应该叫学者散文吧。崛起在九十年代的文化散文，很大程度上改变了散文这种古老的文体，它得以能够和其他文体的大变革相提并论。很长一段时间，文化散文成为中国散文的主体。这种散文，雄心勃勃地进入古老的历史现场，力图通过对旧事件、旧人物的缅怀和追思，建立起一种豪放的、有史学力度的新散文路径。应该说，文化散文以新维度的视角看取生活，它扩展了写作视野，的确改变了当代散文的一些面貌，取得了令人瞩目的成就。但文化大散文有一个普遍的短板，如果写作者的心灵和精神触角愚钝，往往请求历史史料的援助，那些本应是背景的史料，由于作者生硬的转述，反而成了文章的主体，留给个人的想象空间就显得非常狭窄。大家可以看出，我的文章也有这个毛病。

眼下，文化散文据说也在退潮。面对这种文体，怎样寻求更好的表达，当然也是我个人努力去做的。看这本书，各位高人自能明鉴。

如果要讲这部书最大的收获，我以为是深切地体会到了各方面对于赓续文化传统的急切和忧心。运城地区组织了这样一个大工程，集中展现本土的传统文化，历年都有大动作。最近看到一个朋友说到一个国家历史关头事关国运的几大核心诉求，其中一个就是文化传承，我很震动。在老家，我看到了当地朋友群文史写作的热情，我很有些激奋。我曾经和好些朋友说过，在我的老家运城，如要拿文学创作和文史写作相比，文史写作这些年的成绩和影响，明显地高于文学创作。无论是历史散文、历史随笔、文史小品，参与的朋友众多，队伍强大，成就突出。民间自发地搜寻、考据、田野调查，没有人督促他们，没有什么好处可图，就是有人乐此不疲。国学大师钱穆所说的对于国史的温情，在这里处处可以感受到。他们的博学多识，对这一块土地的热爱和熟稔——从来没有嫌弃它的窄小，没有好高骛远地追求什么宏大叙述，只是老老实实专门去啃属于自己的这块热土。我甚至特别欣赏各县里乡贤级的文化传承者。他们居身僻地，不为名利，可能文化程度也不很高，全凭自己学习与兴趣驱动，几十年不倦地对地方文化进行关注、采集、整理与研究。他们务实诚朴，远比一些仅仅戴一顶高帽子的伪专家博学多识。细流涓涓，文化不灭，斯人功大。我这些年虽然置身于文学创作队伍，其实所写也多和文史相关。看到这么多志同道合的文友，能和他们共同做一件事，实在有一种呼朋引类的快意兴会。

我要感谢这些朋友。感谢二位大方之家李琳之、吉琨璋，他们的指点，让我不至于脱离历史框架无知妄说。感谢运城的叶雨青张培莲夫妇，感谢作家刘纪昌，感谢永济的郝仰宁、邓解放、曹中义，感谢垣曲的张飞，还有吕步震老先生，他们不辞劳苦陪我下乡奔跑，慷慨地捧出他们的研究成果供我使用，这本书里的许多章节，都吸收了他们的思考，引用了他们的研究成果。关于《在负夏》一章，垣曲的作家李薇薇也有贡献。可以说，没有他们的无私援手，就没有这本书的顺利出世，这些，是要特别指出的。

2022 年 3 月末　太原

参考文献

1. 李琳之：《元中国时代》，商务印书馆 2020 年。

2. 刘纪昌：《文明的曙光》，作家出版社 2010 年。

3. 叶雨青、张培莲：《德孝天下——虞舜文化说略》，山西人民出版社 2014 年。

4. 郝仰宁：《舜文化探源》，中共永济市委宣传部编印 2020 年。

5. 曹中义编著：《乡忆永济》，永济优秀文化传统丛书 2020 年。

6. 李敬泽、薛瑞霞：《龙背上的古国》，山西人民出版社 2019 年。

7. 叶雨青、张培莲：《尧舜传》，山西春秋电子音像出版社 2008 年。

8. 中共运城市盐湖区委宣传部编：《虞舜文化研究集》，山西古籍出版社 2006 年。

9. 运城市盐湖区虞舜文化研究会编：《舜乡圣迹》，山西古籍出版社 2004 年。

10. 杨孟冬：《亘古蒲州》，三晋出版社 2013 年。

11. 黄勋会：《在黄河金三角朝圣》，北岳文艺出版社 2020 年。

12. 张飞、张剑：《舜耕历山——虞舜地望垣曲考》，山西人民出版社 2016 年。

13. 吕步震、吕步云编著：《德孝脉源》，中国文史出版社 2014 年。

14. 吕步震、吕步云编著：《舜乡舜庙》，中国文史出版社 2014 年。

15. 董俊高主编:《舜的传说》,三晋出版社 2016 年。

16. 胡苏平主编:《德孝文化润三晋》,山西人民出版社 2016 年。

17. 中共运城市盐湖区委、盐湖区人民政府主编:《媳妇花开》。

18.《今日盐湖》编辑部编:《运城市盐湖区德孝文化实践回眸》。

19. 永济市政协主办:《永济文史》。

图书在版编目（CIP）数据

德孝舜地 / 毕星星著 . -- 北京：作家出版社，2022. 9
（2023.4重印）

（典藏古河东丛书）

ISBN 978-7-5212-1954-8

Ⅰ.①德… Ⅱ.①毕… Ⅲ.①散文集—中国—当代
Ⅳ.①I267

中国版本图书馆 CIP 数据核字（2022）第 122139 号

德孝舜地

作　　者：毕星星
责任编辑：丁文梅　朱莲莲
装帧设计：鲁麟锋
出版发行：作家出版社有限公司
社　　址：北京农展馆南里 10 号　　　邮　　编：100125
电话传真：86-10-65067186（发行中心及邮购部）
　　　　　86-10-65004079（总编室）
E-mail:zuojia @ zuojia.net.cn
http://www.zuojiachubanshe.com
印　　刷：唐山嘉德印刷有限公司
成品尺寸：170×240
字　　数：240 千
印　　张：16.5
版　　次：2022 年 9 月第 1 版
印　　次：2023 年 4 月第 2 次印刷
ISBN 978-7-5212-1954-8
定　　价：53.00 元